I0597716

MERITARE HENLEY

Il Rifugio, Libro 2

SUSAN STOKER

Titolo originale: *Deserving Henley*

Traduzione dall'inglese di Patrizia Zecchin per One More Chapter Translations

Editing di Mimma Maio

La forza di Gillian
La forza di Kinley (1 Febbraio)
La forza di Aspen (1 Maggio)
La forza di Jayme (15 Giugno)
La forza di Riley (15 Agosto)
La forza di Devyn (15 Settembre)
La forza di Ember (1 Novembre)
La forza di Sierra

Armi & Amori: verso il futuro

Soccorrere Caite
Soccorrere Brenae
Soccorrere Sidney
Soccorrere Piper
Soccorrere Zoey
Soccorrere Avery
Soccorrere Kalee
Soccorrere Jane

Mercenari di Montagna

Difendere Allye
Difendere Chloe
Difendere Morgan
Difendere Harlow
Difendere Everly
Difendere Zara
Difendere Raven

Delta Force Heroes

Salvare Rayne
Salvare Emily
Salvare Harley

Il Matrimonio di Emily
Salvare Kassie
Salvare Bryn
Salvare Casey
Salvare Sadie
Salvare Wendy
Salvare Mary
Salvare Macie
Salvare Annie

Armi e Amori

Proteggere Caroline
Proteggere Alabama
Proteggere Fiona
Il Matrimonio di Caroline
Proteggere Summer
Proteggere Cheyenne
Proteggere Jessyka
Proteggere Julie
Proteggere Melody
Proteggere il Futuro
Proteggere Kiera
Proteggere i figli di Alabama
Proteggere Dakota

Ace Security

Il riscatto di Grace
Il riscatto di Alexis
Il riscatto di Bailey
Il riscatto di Felicity
Il riscatto di Sarah

Una raccolta di storie brevi

Un momento nel tempo

CAPITOLO UNO

HENLEY MCCLURE AVEVA APPENA TERMINATO una seduta di gruppo particolarmente emotiva al Rifugio e, sebbene fosse stanca, era anche molto soddisfatta. Succedeva sempre quando uno dei suoi clienti faceva un passo avanti.

Fare la psicologa era la sua vocazione e la amava. Lavorava per uno studio ben avviato a Los Alamos, ma negli ultimi anni aveva ridotto le ore lì per trascorrere più tempo al Rifugio. Assistere gli uomini e le donne che andavano a soggiornare in quel resort di fama nazionale sulle montagne del New Mexico era più soddisfacente di quanto avesse mai sognato. Anche se non riusciva a conoscere molto bene i suoi pazienti, dato che di solito li vedeva solo per poche sedute, sapere che li stava aiutando a superare gli eventi traumatici che avevano vissuto – proprio quelli che li avevano portati al Rifugio – le riempiva il cuore di gratificazione.

Aveva anche il massimo rispetto per i sette uomini che lo possedevano e gestivano. Erano tutti ex militari, ognuno dei quali aveva vissuto i propri traumi, che di conseguenza li avevano portati a voler aiutare altre persone che soffrivano di disturbo post-traumatico da stress.

Naturalmente, c'era un proprietario da cui era più attratta.

Finn "Tonka" Matlick aveva catturato la sua attenzione fin dal primo momento in cui si erano incontrati. Non perché fosse estremamente bello... anche se lo era. In effetti, tutti loro erano affascinanti.

No... era stato il dolore che aveva visto nei suoi occhi, simile a quello che vedeva lei stessa quando si guardava allo specchio certe mattine. Ma Henley era avvantaggiata dai molti anni trascorsi dall'evento e dall'aver seguito un eccellente percorso terapeutico per gestire l'angoscia, mentre per Finn era ancora fresca e viscerale. Faceva del suo meglio per nascondere quel dolore al mondo, ma era sempre presente, annidato nel profondo della sua anima.

Da quando lo conosceva non aveva mai cercato di farlo parlare di ciò che gli aveva causato quella sofferenza nello sguardo, nonostante fosse qualificata per farlo. Era un uomo molto distaccato, preferiva occuparsi degli animali del Rifugio piuttosto che conversare con gli ospiti o anche solo stare in compagnia dei suoi amici.

Aveva partecipato a molte delle sessioni di gruppo che Henley offriva, ma non aveva mai contribuito, non aveva mai detto nulla del suo passato. Tuttavia, il solo fatto di averlo accanto quando lei condivideva con i pazienti il proprio evento traumatico, rendeva un po' più facile raccontare quella storia. Vedere l'angoscia e l'empatia nei suoi occhi contribuiva a farle provare meno rabbia e dolore per ciò che aveva subito. Ma il loro rapporto non si era mai spinto oltre.

Dopo il terribile incidente di due settimane prima,

quando un uomo era entrato nella proprietà con l'intento di rapire Alaska, la fidanzata di Drake Vandine, uno dei proprietari, aveva pensato che le cose tra loro sarebbero cambiate. Durante quell'evento spaventoso Henley e Finn si erano connessi a un livello mai raggiunto prima... o almeno così aveva pensato.

Ma dopo quella notte, quando lui aveva pianto tra le sue braccia nella stalla mentre proteggevano gli animali dall'intruso, non l'aveva trattata in modo diverso, ed era stata una grande delusione. La sua unica consolazione era che sembrava che Finn ora frequentasse più spesso il lodge. Almeno quando c'era lei.

Voleva pensare che fosse perché magari voleva parlarle, ma ogni volta che i loro occhi si incontravano, lui inevitabilmente si voltava dall'altra parte.

Quell'uomo la frustrava, ed era delusa da se stessa. Era una psicologa competente e una donna indipendente. Nonostante ciò, non riusciva a trovare il coraggio di fare la prima mossa per vedere se avrebbero potuto essere qualcosa di più che semplici conoscenti.

Inoltre, gli anni da madre single stavano cominciando a pesare. Lo stress era una compagnia costante a causa dei due lavori e di Jasna che si stava avvicinando a un'età in cui non avrebbe più voluto la sua incessante protezione. E dulcis in fundo, la notte passata nella stalla con lui aveva messo bene in evidenza la crescente solitudine di Henley. Erano anni che non aveva una relazione.

Era sempre più esasperata per quella situazione. Ogni giorno giurava che gli avrebbe parlato per capire se era interessato a sviluppare qualcosa di più... o se lei avrebbe dovuto rivolgere la sua attenzione altrove.

Fece il possibile per allontanare quei pensieri e cercò il

telefono nella borsa per assicurarsi che sua figlia non le avesse mandato dei messaggi mentre era occupata con la seduta. Non appena lo prese in mano incominciò a vibrare, spaventandola a morte. Sbuffando per il suo nervosismo si portò il cellulare all'orecchio. Non conosceva il numero, ma aveva visto che era del posto.

«Pronto?»

«Parla Henley McClure?»

«Sì.»

«Sono Betty Turner, l'infermiera della Mountain Elementary School.»

Il battito del suo cuore accelerò. Erano solo le undici. Jasna le era sembrata un po' giù quella mattina, ma erano in ritardo e sua figlia non era una persona mattiniera, quindi non ci aveva dato troppo peso. «Cosa c'è che non va? Jasna non sta bene?» chiese.

«Ha la febbre. Ha anche vomitato e dice che le fa male lo stomaco. Probabilmente è l'influenza che sta girando, ma dato che è febbricitante dobbiamo chiederle di venire a prenderla.»

Henley aggrottò la fronte. Jasna era una bambina piuttosto tranquilla. Aveva un paio di amiche nel condominio in cui vivevano, anche se la maggior parte delle volte era contenta di giocare da sola o di leggere. Si ammalava raramente e non si lamentava *mai*. Era una tipa tosta e alla mano, quindi se diceva che le faceva male lo stomaco, doveva farle *davvero* male.

Guardò l'orologio e pensò di avere abbastanza tempo per andare a prendere sua figlia, lasciarla alla vicina e poi tornare al Rifugio per la sessione pomeridiana che aveva programmato con un'ospite. Da quello che aveva capito, la donna mentre era nell'esercito era stata catturata e trattenuta per un mese prima di essere salvata. Era comprensibile che stesse attraversando un periodo difficile per tutto ciò che aveva passato, e Henley non voleva deluderla o rimandare la seduta. Il viaggio tra andata e ritorno non le avrebbe lasciato molto tempo.

«Sarò lì tra circa venti minuti.»

«Non abbia fretta. Sua figlia è al sicuro qui. Sta dormendo sul lettino nel mio ufficio.»

«Grazie. A dopo.»

Jasna era tutto il suo mondo. Era un'anima antica. Una dodicenne con la maturità di una quarantacinquenne. Henley era rimasta incinta mentre si stava trascinando per terminare gli studi. Non era certo il momento in cui avrebbe scelto di avere un figlio, ma tra il programma scolastico, il lavoro e i demoni del suo passato, aveva usato gli uomini per cercare di alleviare lo stress. Invece lo aveva aumentato con la maternità. Ma non avrebbe cambiato assolutamente nulla.

La gravidanza era stata la sveglia di cui aveva avuto bisogno per rimettersi in carreggiata. Non era stato facile essere una madre single, non lo era tuttora, ma ce l'aveva fatta. Era estremamente orgogliosa di come lei e Jasna erano riuscite a superare ogni ostacolo che si era presentato sul loro cammino fino a quel momento.

Ma cosa non avrebbe dato per avere una spalla su cui appoggiarsi. Un amico. Un compagno. Soprattutto in momenti come quello.

Non poté fare a meno di pensare al fatto che sua figlia era solo un po' più grande di quanto lo era stata lei quando aveva perso la madre. Non voleva che Jasna vivesse una situazione così traumatica. Avrebbe fatto qualsiasi cosa per proteggerla. *Qualsiasi cosa.*

Con quel pensiero in mente, prese il telefono e la borsa e uscì dalla stanza che di solito usava per incontrare i clienti del Rifugio. Doveva chiamare la sua vicina, la signora Singleton, e vedere se era disposta a badare a Jasna finché non fosse riuscita a tornare a casa.

Si guardò intorno e non vide nessuno dei ragazzi, ma c'era Alaska dietro il banco della reception.

«Com'è andata la seduta?» chiese, quando Henley si avvicinò.

«Bene. Ho bisogno di uscire per un'oretta» le disse.

L'altra si alzò, aggrottando un po' la fronte. «È tutto a posto?»

«Credo di sì. Mia figlia non sta bene. Ha chiamato l'infermiera della scuola e devo andare a prenderla.»

«Oh, no. Posso fare qualcosa?»

Henley le sorrise con affetto. Molte persone avrebbero potuto considerare Alaska Stein insignificante, ma aveva un cuore d'oro, cosa che ai suoi occhi era molto più importante dell'aspetto. Lei e Drake erano fatti l'uno per l'altra. Erano stati amici per quasi tutta la vita e solo di recente avevano capito che l'amicizia era un fondamento straordinario per l'amore.

Qualcosa che non poteva fare a meno di desiderare per sé... con Finn.

Henley scosse la testa scacciando quel pensiero, perché loro non erano *affatto* come Alaska e Drake. «Grazie, ma no. Vado a Los Alamos, la sistemo a casa della mia vicina e poi torno per la seduta pomeridiana.»

«Sono sicura che possiamo rimandare.»

«Lo so, ma non voglio. Desidero davvero incontrare Christina.»

«Va bene, ma se hai bisogno di qualcosa fai un fischio.

Lavorerò per un'altra ora circa. Stiamo facendo dei colloqui con alcune potenziali addette alle pulizie per sostituire Alexis. Sono felice che abbia ricevuto l'eredità dal prozio o chiunque fosse, ma ci ha lasciati in difficoltà. Speriamo di assumere qualcuno oggi. Comunque, hai il mio numero di cellulare, vero?»

Henley annuì. In realtà aveva i numeri di tutti i ragazzi oltre a quello di Alaska. Avevano insistito che avesse un modo di contattarli in caso di emergenza. «Ce l'ho, grazie» confermò.

«Ok. Guida con prudenza e di' a Jasna che speriamo si rimetta presto.»

Era un pensiero dolce... e del tutto nuovo. Henley aveva tenuto nascosta la figlia a tutti al Rifugio. Non intenzionalmente o perché non si fidasse di loro. Al di là delle chiacchiere o dei discorsi riguardanti il lavoro, le sue conversazioni con i proprietari di solito non vertevano sul personale, quindi Jasna non era mai stata menzionata. Ma la notte del tentato rapimento di Alaska, Henley era rimasta bloccata al Rifugio fino a tarda notte, e quando le era stato suggerito di fermarsi a dormire lì, aveva spiegato che doveva tornare a casa da sua figlia.

Ora che tutti lo avevano scoperto, chiedevano spesso di lei e Alaska programmava le sedute di Henley in modo che finissero sempre prima dell'ora di cena, così che potesse tornare a casa presto.

«Grazie, lo farò.» La salutò e si affrettò verso la porta d'ingresso del lodge.

Mentre andava alla macchina, aprì l'elenco dei contatti e cliccò sul nome della signora Singleton. La sua vicina era stata una manna dal cielo nel corso degli anni. Accettava di guardare Jasna anche quando glielo chiedeva all'ultimo momento, e in generale era presente per entrambe quando avevano bisogno di lei. Aveva sessant'anni, i suoi figli erano cresciuti e se n'erano andati da Los Alamos, suo marito Gerald era morto circa dieci anni prima, e sembrava proprio amare poter prendersi cura di Jasna.

Quando il telefono continuò a squillare Henley si accigliò. Lasciò un messaggio, ma non sapeva cosa fare. La signora Singleton era sempre disponibile.

Fece un respiro profondo, sperando di venire richiamata prima di arrivare a scuola. Non aveva altre opzioni. Non sarebbe stata la prima volta che doveva rimandare una seduta con un cliente del Rifugio, ma odiava comunque farlo.

Henley passò davanti all'ingresso della stalla mentre si dirigeva verso il piccolo parcheggio per i dipendenti. Ce n'era uno separato per gli ospiti, mentre i proprietari del Rifugio parcheggiavano vicino ai loro chalet. Quindi, al momento, c'erano solo la sua auto e quella di Jess, una delle addette alle pulizie. Si fermò accanto alla sua Honda CRV. Non era nuova, ma si comportava bene sulle strade di montagna, soprattutto in inverno.

Salì al posto di guida, inserì la chiave nell'accensione e la girò.

Con sua grande sorpresa, non accadde nulla. Neanche un clic.

Sbatté le palpebre confusa e provò ad avviare di nuovo il motore, ma ottenne lo stesso risultato.

Poi provò di nuovo.

Colpì il volante e lanciò un urlo frustrato, che si attenuò quando sentì il pizzicore delle lacrime.

L'auto che non partiva fu l'ultima goccia. Lo stress costante, la solitudine, Jasna che non stava bene, l'impossibilità di contattare la signora Singleton, la preoccupazione di perdere una seduta... tutto l'aveva travolta in un colpo solo.

Afferrò il volante e abbassò la testa appoggiando la fronte sulle mani, mentre cercava di trattenere le lacrime di frustrazione... senza fortuna.

La sua autocommiserazione durò solo un minuto, perché un colpo al finestrino la spaventò a tal punto che si portò le mani al petto, balzando di lato per allontanarsi dal rumore.

Vide Finn dall'altra parte del vetro e non sembrava contento quando indietreggiò di un passo sollevando le mani, come per dimostrarle che non era lì per farle del male.

Henley fece un respiro profondo e cercò di ricomporsi, aprì la portiera e scese dal veicolo.

«Che problema c'è?» le chiese subito.

Lei sospirò.

«Stai male? È tua figlia? Perché te ne stai seduta in macchina? Fa troppo caldo per stare lì dentro con i finestrini chiusi. E stai piangendo. Dimmi cosa c'è, Henley.»

Si asciugò le guance con le mani e si mise quasi a ridere. Quello era stato il maggior numero di parole che aveva espresso con lei in una volta sola.

Sospirò ancora e sollevò la testa per guardarlo. Era *davvero* alto. Aveva sempre avuto un po' di paura degli uomini alti, perché quelli che avevano ucciso sua madre erano sembrati enormi alla bambina che era a dieci anni. Tuttavia, non aveva mai avuto paura di Finn, nemmeno una volta.

Sapeva che aveva trentaquattro anni, quindi due in meno di lei, ma sembrava più giovane, nonostante l'inferno che aveva passato. Aveva i capelli scuri e folti, che di solito erano spettinati come se ci passasse continuamente le mani. Quel giorno non faceva eccezione. La barba e i baffi erano ben curati e i lineamenti marcati gli davano l'aspetto ruvido di una persona che viveva all'aria aperta. Indossava la solita camicia di jeans sbiadita e consumata sopra a una maglietta color kaki, e dei jeans. Gli scarponi erano impolverati e sporchi e i suoi occhi castani erano concentrati su di lei.

Lo sorprendeva spesso a fissarla, ma non appena lei stabiliva un contatto visivo, lui distoglieva sempre lo sguardo. Non quel giorno. Anzi, la stava fissando così intensamente da essere quasi sconcertante. Si chiese cosa vedesse nel suo viso in quel momento.

Stress e stanchezza, suppose.

Si costrinse a sorridere, anche se dovette proprio sforzarsi. «Sto bene. E non fa così caldo. Penso che sei *tu* che hai il sangue caldo» scherzò. Ma quando lui non sorrise e non si rilassò nemmeno un po', scosse la testa. «Jasna sta male. Dubito che sia qualcosa di grave visto che l'infermiera della scuola ha detto che in questo periodo sta circolando l'influenza. Devo andare a prenderla e la mia macchina non parte. E non riesco a contattare la mia vicina di casa che di solito si occupa di lei quando ne ho bisogno. Se non ho nessuno che la tiene dovrò cancellare la seduta di oggi pomeriggio con Christina, e mi dispiacerebbe.»

Henley era consapevole di parlare troppo velocemente e che il tono della sua voce era un po' aumentato, proprio come lo stress, ma era di nuovo sull'orlo delle lacrime e non le importava nemmeno.

Scioccandola, Finn si chinò dietro di lei e prese la sua

borsa dall'auto, poi chiuse la portiera e le mise una mano sul gomito, guidandola verso la stalla.

«Finn, cosa fai?» chiese confusa. Era la prima volta che la toccava da quella notte dell'incendio, quando l'aveva stretta così forte, quasi disperatamente, mentre affrontava i demoni che gli tormentavano la mente.

Non rispose, si limitò a camminare intorno all'edifico fino a dove era parcheggiato il suo pick-up F-250. Era un bestione, un modello vecchio, ricoperto di ammaccature e con il pianale pieno di terra, fieno e chissà cos'altro. Era un veicolo da lavoro e per qualche motivo la affascinava. A lui non importava che fosse malconcio, purché fosse affidabile e facesse il suo dovere, e dato che trasportava continuamente cose per gli animali del Rifugio, veniva usato molto.

«Finn?» ripeté, quando lui si avvicinò al lato del passeggero e aprì la portiera. «Cosa stai facendo?»

«Ti accompagno a prendere Jasna» rispose semplicemente.

Henley si accigliò. «Ma...»

Non la lasciò continuare. «Possiamo passare da casa tua e se la tua vicina non c'è, la portiamo qui. Darò un'occhiata alla tua macchina e vedrò se è qualcosa di semplice che posso riparare io mentre fai la seduta con Christina.»

Riuscì solo a fissarlo a bocca aperta. «Cosa?» domandò, completamente sbalordita.

Finn si passò una mano tra i capelli e scrollò le spalle. «Tua figlia sta male, la macchina non parte e devi andare da lei. Quindi, farò in modo che tu ci vada.»

Henley deglutì a fatica e le lacrime minacciarono di nuovo di scendere. Era stata da sola per molto tempo, non era abituata alle persone che facevano le cose per lei, a parte la disponibilità della signora Singleton a fare da baby-sitter. «Grazie» sussurrò.

«Sali» la esortò in risposta.

Fu grata della sua mano sul gomito mentre saltava – saltava letteralmente – sull'enorme veicolo. Per lui non era un problema dato che superava il metro e ottantacinque, ma per lei che era solo un metro e sessanta non era altrettanto facile. Si allacciò la cintura di sicurezza mentre Finn andava al lato del conducente. Una volta salito mise in moto senza dire una parola e si allontanò dalla stalla, dirigendosi verso la strada principale che portava in centro.

Non le disse nient'altro, ma Henley era abituata al silenzio, quindi non la turbava. Chiamò di nuovo la signora Singleton, ma quando partì la segreteria telefonica riattaccò senza lasciare un altro messaggio.

«Quando arrivi in centro gira sulla Diamond Drive» lo avvertì dopo un po'.

Finn annuì.

Un attimo dopo entrò nel parcheggio della scuola elementare e Henley gli lanciò un'occhiata. «Torno subito.»

«Fai con calma» replicò con la sua voce profonda.

«Io... lo apprezzo molto.»

Lui si limitò ad annuire di nuovo.

Lo fissò per un attimo, con la voglia di porgli un sacco di domande. Invece, gli fece un piccolo sorriso e afferrò la maniglia della portiera. Saltò giù dal pick-up e si avviò verso la porta d'ingresso della scuola. Era difficile credere che la sua bambina avrebbe frequentato le medie l'anno successivo. Jasna era sempre stata una persona tranquilla e introspettiva, e Henley non era pronta all'eventualità di patemi adolescenziali. Ma se doveva succedere, sarebbe successo, che lei fosse pronta o meno.

Fece un respiro profondo, aprì la porta e si diresse verso la segreteria. Mentre attraversava i corridoi le venne in mente ciò che aveva detto Finn, cioè che se non fosse riuscita a trovare la signora Singleton avrebbero portato Jasna al Rifugio con loro. Non aveva mai portato sua figlia sul posto di lavoro, non per un motivo in particolare, semplicemente non c'era stata la necessità o l'opportunità.

Non era sicura di volerlo fare ora. Dove sarebbe stata mentre lei era con la paziente? Stava male, e l'ultima cosa che voleva era che contagiasse con i suoi germi gli ospiti, i ragazzi o Alaska. E magari nemmeno Jasna sarebbe voluta andare. Se non stava bene, probabilmente avrebbe preferito essere nel suo letto.

Forse la cosa migliore era farsi accompagnare a casa e che lui tornasse al Rifugio da solo. Naturalmente ciò l'avrebbe lasciata senza macchina, ma quello lo avrebbe risolto in seguito. Tanto al momento non funzionava.

Una cosa alla volta. Prima di tutto doveva andare da sua figlia.

CAPITOLO DUE

FINN "TONKA" Matlick tamburellò le dita sul volante mentre aspettava pazientemente seduto nel pick-up. Non sapeva perché si fosse offerto di accompagnare Henley a prendere sua figlia.

No, era una bugia. Lo sapeva. Da quella sera in cui era successo il casino a causa dell'uomo che aveva cercato di rapire Alaska, e lui e Henley avevano avuto il loro... *momento* nella stalla, aveva cercato di trovare un modo per parlarle. Per avvicinarsi un po' di più.

Ovviamente, essendo un rottame emotivamente bloccato, non ci era ancora riuscito. Né dopo quella sera, né negli anni precedenti, da quando lei aveva iniziato a collaborare con il Rifugio.

Ma vederla piangere in macchina lo aveva scosso. Di solito era una donna molto calma e positiva, o almeno quella era l'immagine che dava di sé. Vederla così sconvolta gli era sembrato sbagliato. Non aveva avuto intenzione di spaventarla bussando sul finestrino e si sarebbe preso a calci per non aver pensato prima di agire. In ogni caso, non voleva più vedere quell'espressione impaurita sul suo viso, soprattutto non a causa di qualcosa che *lui* aveva fatto.

Quando gli aveva detto quale fosse il problema, aveva risposto in modo istintivo. Per lui era stata la soluzione più semplice quella di accompagnarla a prendere la figlia. Ma ora, mentre era seduto nel pick-up e aspettava che Henley uscisse dalla scuola con Jasna, si rammaricò ancora una volta di non averci riflettuto di più.

Non aveva mai avuto a che fare con i bambini. Non sapeva cosa dire, come comportarsi. Anche se per molti versi supponeva che fossero come i cani con cui aveva lavorato... dipendenti dagli altri per quasi tutto.

Tonka si costrinse a cambiare il corso dei suoi pensieri; non poteva pensare per più di qualche secondo a Steel, il suo ex compagno canino, senza avere un crollo.

Si concentrò sulla situazione attuale. Era stato uno shock sapere che Henley aveva una figlia, e non solo per lui ma per tutti quelli del Rifugio. Si chiese che aspetto avesse. Era minuta come la madre? Aveva gli stessi bellissimi capelli castani lunghi e gli occhi nocciola? Era un tipo loquace, un maschiaccio? Le piacevano i trucchi e la moda? Non ne aveva idea... e per qualche motivo ciò lo irritò.

Naturalmente, il fatto che non sapesse nulla era soltanto colpa sua. Avrebbe voluto chiedere di lei dopo che aveva saputo della sua esistenza, ma non aveva idea di come parlare con Henley senza sembrare un perfetto idiota.

Era ridicolo. In realtà un tempo era un vero e proprio donnaiolo. Non aveva avuto problemi a provarci con le donne nei bar o alla base in Virginia. Ma ora? Era del tutto impacciato. E onestamente non gli interessava più.

La sua vita era stata grigia per anni e solo di recente era tornato un po' di colore.

La sua attenzione era rimasta incollata alle porte d'ingresso, così notò subito la donna e la ragazza uscire e cominciare a camminare verso il pick-up. Tonka scese rapidamente e fece il giro del veicolo per aprire la portiera posteriore. Le sue labbra ebbero un guizzo quando vide che la figlia di Henley, a dodici anni, era alta quasi quanto la madre. Jasna era slanciata. Gli ricordava un puledro che ancora non aveva sviluppato bene le zampe. I suoi capelli erano più biondo scuro che castani, ma non c'era dubbio che le due fossero imparentate.

La preadolescente guardava per terra mentre camminavano e la madre continuava a fissarla preoccupata.

«Ehi» gli disse Henley un po' timidamente quando si avvicinarono. «Spero che non ci abbiamo messo troppo.»

«Niente affatto.»

«Jasna, questo è Finn. Finn, questa è mia figlia Jasna.»

«È un piacere conoscerti» disse lui con calma. «Mi dispiace che non ti senta bene.»

La ragazza lo guardò e Tonka inspirò. Il color ambra dei suoi occhi era davvero unico e quasi della stessa tonalità di quelli di Steel.

«Grazie per essere venuto a prendermi. Mamma mi ha detto che la sua macchina non partiva.»

Si costrinse a rimanere fermo e a non indietreggiare. Non che avesse paura o che non gli piacessero i suoi occhi, anzi, piuttosto il contrario. Solo che per lui era stato davvero uno shock.

I ricordi dell'ultima volta che aveva visto occhi di quel colore, di come avevano implorato aiuto, furono quasi opprimenti.

Deglutì a fatica e fece del suo meglio per ritrovare l'equilibrio mentale. Si voltò a guardare Henley per non perdere la testa. Ma naturalmente, come sempre, lei aveva visto più di quanto Tonka avrebbe voluto. Aveva già notato la sua strana reazione nei confronti della ragazzina.

Il suo viso mostrò per un attimo delusione e dolore, prima che riuscisse a mascherarli.

Merda. Non stava andando bene. Bella impressione che stava dando! Non sarebbe mai riuscito a fare progressi con lei se avesse pensato che non gli piaceva sua figlia.

«Stavo pensando che forse dovremmo tornare subito al Rifugio, senza preoccuparci della tua vicina.» Tonka riportò lo sguardo sulla ragazza, pronto all'impatto con i suoi occhi. «Jasna, se vuoi puoi stare nella stalla con me e i miei animali mentre tua madre fa le sue cose al lodge. C'è un ufficio con un divano letto, così se sei stanca puoi fare un pisolino. Oppure, se te la senti, puoi guardarmi mentre do loro da mangiare.»

«Davvero?» chiese eccitata.

Lui annuì.

«Non sono sicura che sia una buona idea...» iniziò Henley, ma la figlia la interruppe.

«Ti prego, mamma. Hai parlato così tanto di Melba che non vedo l'ora di conoscerla! E di vedere i cavalli. E le capre che cercano sempre di mangiare i vestiti della gente. E non hai detto che ci sono dei nuovi gattini? *Per favooore?*»

Tonka non riuscì a trattenere l'ondata di piacere che lo travolse nel sentire quelle parole. Gli piaceva che Henley avesse parlato degli animali con sua figlia. Erano il suo orgoglio e la sua gioia.

«Non lo so, Jas. Hai trentotto di febbre. Quando è stata l'ultima volta che hai vomitato?»

«Possiamo evitare di parlare di me che vomito davanti al tuo amico?» borbottò.

«Scusa» disse Henley con un piccolo sorriso. «Penso solo che potresti stare più comoda nel tuo letto.»

«Ma oggi hai quella seduta che non volevi perdere. E sei stata tu a dire che la signora Singleton non c'è. Potrei stare a casa da sola, ma so che non me lo permetteresti.»

Tonka si accigliò. Lasciarla a casa da sola? Non se ne parlava proprio. Ma le parole successive di Henley lo rassicurarono.

«Non resterai a casa da sola, almeno fino a quando non avrai sedici anni, e forse nemmeno allora.» Lo guardò mordendosi il labbro inferiore. «Sei sicuro che non ti dispiaccia? Voglio dire, se preferisci potrei farla stare in una delle stanze inutilizzate del lodge.»

«Sono sicuro» rispose, e fu sorpreso di scoprire che lo pensava davvero. Non era ancora certo delle sue capacità di intrattenere una bambina, ma forse si sarebbe addormentata e non sarebbe stato un problema.

«Evviva!» esclamò Jasna. Poi fece una smorfia e si mise una mano tremante sulla pancia.

«Vieni che ti sistemiamo» disse Tonka con fermezza, indicando il sedile posteriore. Avrebbe voluto aiutarla a salire, ma non voleva toccarla senza la sua approvazione o quella della madre. Prima di chiudere la portiera, si avvicinò al pianale del pick-up e prese un secchio d'acciaio. Lo posò ai piedi di Jasna e le rivolse un piccolo sorriso. «Per ogni evenienza» spiegò.

Non voleva mettere in imbarazzo la ragazzina, ma se avesse avuto bisogno di vomitare di nuovo mentre erano in viaggio verso il Rifugio, non voleva che lo facesse su tutto il veicolo. Non gli importava di doverlo pulire, trasportando animali erano successe cose peggiori, ma aveva la sensazione che lei si sarebbe sentita umiliata se avesse vomitato dappertutto.

«Grazie» disse Henley, mentre afferrava la maniglia.

Tonka annuì e le mise ancora una volta una mano sotto il gomito per aiutarla a salire sul sedile del passeggero. Quando anche lei fu sistemata, chiuse la portiera e si diresse verso il lato del conducente.

Non aveva idea di cosa stesse facendo. Pregava solo che invitare Jasna a stare con lui nella stalla non gli si ritorcesse contro. Era terribilmente curioso di conoscerla. Non aveva avuto il coraggio di chiedere di lei e Henley non la nominava mai... ovvio, dato che fino a un paio di settimane prima non sapeva della sua esistenza, ma voleva conoscere praticamente tutto della psicologa che passava tanto tempo al Rifugio, e quindi ciò includeva anche sua figlia.

Tonka *voleva* interessarsi alle cose come facevano la maggior parte delle persone normali. Voleva anche dare seguito all'interesse che vedeva spesso negli occhi di Henley, perché lo provava anche lui fin dalla prima volta che l'aveva vista. Per farlo, però, sapeva che avrebbe dovuto parlare di cose che aveva evitato per anni.

Il pensiero di condividere ciò che lo aveva reso l'ombra dell'uomo che era un tempo lo ripugnava, ma aveva la sensazione che se esisteva qualcuno con cui avrebbe potuto parlare di quell'incidente, quella era Henley.

Quel giorno aveva agito d'impulso, cosa che non faceva *mai*, ma era sorprendentemente tranquillo. Voleva fare qualcosa per dimostrarle quanto apprezzasse il sostegno che gli aveva offerto un paio di settimane prima, quando aveva quasi perso la testa. Ma da allora era stato un coniglio. Non era riuscito più ad avvicinarsi a lei.

Poteva non essere più l'uomo di una volta, ma non era mai stato un codardo. E avrebbe voluto poter dire che la sua offerta di aiuto era stata una svolta, invece si trattava piuttosto di una profonda necessità.

Quella decisione non era stata nemmeno un pensiero consapevole: a lei serviva un aiuto e lui aveva istintivamente sentito il bisogno di fornirglielo.

Se le cose fossero andate bene con Jasna, quello avrebbe potuto essere l'inizio di un nuovo tipo di rapporto tra lui e Henley. In caso contrario, poteva essere la fine di tutto prima ancora di cominciare.

«Pronte?» chiese, dopo aver messo in moto il pick-up. Guardò Henley, che annuì con un piccolo sorriso. Poi guardò da sopra la spalla la ragazzina sul sedile posteriore. Era un po' pallida, ma annuì anche lei. Facendo un respiro profondo e sperando che fosse l'inizio di qualcosa di bello, Tonka uscì dal parcheggio della scuola e tornò al Rifugio.

Trenta minuti più tardi, si ritrovò nella stalla da solo con Jasna. Henley le aveva dato centinaia di istruzioni prima di farla accomodare sul piccolo divano dell'ufficio. Doveva ammettere di aver trovato accattivante il modo in cui si preoccupava di sua figlia. La ragazza sembrava aver gradito le attenzioni, ma allo stesso tempo l'avevano un po' imbarazzata.

Dopo che la madre era uscita per recarsi al lodge per la seduta con Christina, Jasna si era subito aggirata nell'area principale della stalla. Tonka era molto orgoglioso di mantenere lo spazio pulito e ordinato. I cavalli erano fuori nel recinto e anche le capre stavano gironzolando lì intorno, probabilmente mangiando qualcosa che non avrebbero dovuto, ma Melba era all'interno.

Ora gli occhi della ragazzina erano incollati sull'enorme bestia. «Posso accarezzarla?» chiese timidamente.

Pensò che avrebbe dovuto dirle di tornare in ufficio a dormire, ma non ne ebbe il coraggio. Era così eccitata di conoscere quel gigante gentile che non riuscì a negarglielo.

«Certo. Le piacerebbe molto. Vieni qui» le disse, sollevando la mano. In realtà voleva solo farle strada fino al box, ma con sua grande sorpresa Jasna gliela prese e gli sorrise piena di fiducia.

E con altrettanta facilità, Tonka fu spacciato.

Gli ricordava così tanto Steel – i suoi occhi, la sua affabilità, la fiducia che gli stava dimostrando – anche se supponeva che non le sarebbe piaciuto essere paragonata a un cane. Ma Steel non era stato *solo* un cane. Era stato il suo migliore amico. Il suo compagno. La fiducia che avevano avuto l'uno nell'altro era stata assoluta... il che aveva reso ciò che era successo ancora più orribile.

Steel lo aveva guardato come lo stava guardando Jasna in quel momento. E *quello* era il modo in cui voleva ricordare il suo vecchio amico, con lo sguardo fiducioso ed eccitato di chi sapeva avrebbero fatto qualcosa di divertente, che fossero stati al lavoro o al parco a giocare con la palla.

Tonka non era sicuro di meritare quella fiducia. Comportava un'enorme responsabilità che non pensava avrebbe voluto di nuovo. O avrebbe potuto *assumersi* di nuovo. Ma per qualche motivo, con la mano di Jasna nella sua e i suoi occhi d'ambra che lo fissavano, provò un senso di protezione così intenso da essere quasi doloroso.

Lei aggrottò la fronte e gli chiese: «Andiamo a vedere Melba?»

«Sì, scusa» le disse, voltandosi per poi dirigersi verso la grande mucca.

I suoi occhi castani erano fissi su di loro mentre si avvicinavano. Tonka prese una grossa carota da un cestino che teneva ben lontano dalla portata degli animali che avrebbero potuto decidere di servirsi da soli e la porse a Jasna. «Sono due le cose che Melba ama di più al mondo: essere grattata sotto il muso e le carote. Se gliele darai, ti amerà per sempre.»

La ragazzina gli rivolse un sorriso radioso e lui quasi sussultò rendendosi conto di quanto fosse bella. Henley avrebbe avuto il suo bel da fare quando Jasna fosse diventata grande.

«Fantastico!» esclamò. Strinse forte la carota avvicinandosi al box.

Melba muggì e Tonka sentì la ragazzina trasalire nella sua presa.

«Calma, è tutto a posto. È totalmente amichevole. È solo eccitata per la carota che hai in mano» le spiegò.

«Cosa devo fare?» gli chiese con voce tremante.

«Vieni qui, sali sulle sbarre del cancello.» Le mise una mano sulla schiena, ancora stupito di quanto si sentisse protettivo nei suoi confronti. «Sali ancora un po'. Non permetterò che tu cada.»

Quando fu abbastanza in alto, le disse: «Ora porgile la carota e Melba farà il resto.»

«Mi morderà?»

Tonka non poté fare a meno di ridere. «No, tesoro. È molto più interessata alla carota che alle tue dita.»

Jasna annuì e porse l'ortaggio all'enorme animale.

Come se Melba avesse capito che la ragazzina era nervosa, prese la carota con molta delicatezza e lui avrebbe potuto giurare che stesse sorridendo mentre masticava.

«Posso accarezzarla?» sussurrò.

Il sorriso di Tonka si fece più ampio. «Certo.»

«Mi tieni?» gli chiese.

Quella sensazione di calore lo pervase ancora una volta per la fiducia innocente che gli stava dimostrando. Le mise le mani sulla vita e la tenne ferma mentre lei si sporgeva dal parapetto per avvicinarsi di più all'animale.

Melba, che non era stupida, si avvicinò al cancello, rendendole più facile raggiungerla. La risata di Jasna era spensierata e gioiosa mentre accarezzava quella mucca viziata.

Tonka aveva un sacco di cose da fare. Pulire i box, assicurarsi che tutti avessero acqua fresca, strigliare i cavalli... ma in quel momento niente gli sembrò più importante che assistere alla felicità di quella ragazzina.

«È fantastica!» mormorò Jasna.

«Già.»

«Mamma ha detto che l'avete adottata dopo un incendio» disse, senza distogliere lo sguardo dalla mucca.

Fu attraversato di nuovo da un piccolo brivido sentendo la dimostrazione che Henley aveva condiviso informazioni sul Rifugio con sua figlia. «Sì. La stalla in cui si trovava ha preso fuoco e lei ne è rimasta traumatizzata. Il suo proprietario non ha avuto la pazienza di lavorare con lei sulla sua paura di stare al chiuso e l'ha abbandonata.»

«Non è giusto. Se fossi stata dentro casa mia a farmi gli affari miei e all'improvviso avesse fatto troppo caldo, non fossi riuscita a respirare bene e avessi pensato di morire, nemmeno io poi sarei entusiasta di tornare dentro.»

Tonka deglutì a fatica. «Esatto» sussurrò.

«E alle capre piace mangiare tutto ciò su cui riescono a mettere la bocca, comprese le maglie delle persone, perché sono quasi morte di fame quando i loro padroni si sono trasferiti e le hanno abbandonate, giusto?» chiese.

«Sì.»

«E avete salvato anche i cavalli e i gatti.»

Non era una domanda, ma lui annuì lo stesso.

«Penso che sia una cosa bellissima. Tutti dovrebbero avere una casa dove essere amati e protetti. Alcuni bambini a scuola mi prendono in giro perché non conosco mio padre e dicono cose cattive su mia madre, ma a me non importa. Mamma mi ama e anche se è iperprotettiva mi fa sentire bene che ci tenga così tanto a me.»

La prima reazione di Tonka fu quella di chiedere i nomi di chi tormentava quella preziosa bambina, ma ingoiò le parole. Non poteva certo andare a minacciare un gruppo di ragazzini. «Penso che tu sia la cosa più importante della sua vita» disse invece.

«È così» replicò Jasna candidamente. Poi girò la testa e disse: «La mamma dice che tu e i tuoi amici avete passato dei brutti momenti ed è per questo che avete aperto questo posto. Perché volete aiutare le persone.»

I suoi occhi d'ambra lo sbigottivano sempre meno, man mano che stavano insieme. «Ha ragione.»

Poi lo spiazzò posandogli una mano su un lato del viso e dicendogli in tono serio: «Mi dispiace per quello che ti è successo, ma sono felice che tu sia qui per aiutare gli animali come Melba. Non possono parlare e non hanno i pollici, quindi non possono prendersi cura di loro stessi. Hanno bisogno che tu lo faccia per loro.»

Avrebbe voluto ridere al commento sui pollici, ma le sue parole lo colpirono così profondamente che non riuscì a parlare. Si ritrovò catapultato in un altro momento, quando non era stato in grado di fare un bel niente per fermare il dolore di un altro animale che aveva avuto bisogno di lui: il suo amato cane.

Solo quando sentì i capelli della bambina sfiorargli il viso, Tonka si rese conto che Jasna si era spostata dal cancello di Melba e lo stava abbracciando. Gli aveva circondato la vita con le gambe e il collo con le braccia. Era leggera e la stava stringendo troppo forte. L'ultima cosa che voleva fare era ferire quella ragazzina troppo perspicace per la sua tranquillità mentale.

Si allontanò dal box e tornò verso l'ufficio, tenendo Jasna con cautela. Aveva bisogno di spazio. Si sentiva troppo vulnerabile.

Si chinò per rimetterla sul divano che aveva lasciato prima. Lei tolse le braccia dal suo collo e lo fissò con uno sguardo che sembrava riuscire a capire tutti i suoi segreti. «Scusa se ho detto qualcosa che non avrei dovuto dire.»

«Non l'hai fatto» la rassicurò senza esitare.

«La mamma è molto orgogliosa di tutti voi. Tu e i tuoi amici le piacete molto. Dice che la vita non è giusta e che a volte ferisce, ma è anche bella. E quando succedono cose brutte, può essere più difficile vedere quella bellezza, ma c'è se si guarda con attenzione.»

Tonka la studiò per un momento, non sapendo come rispondere.

«Mamma ha subito delle cose brutte quando era piccola, ma dice che io sono stata la sua salvezza. Il mio nome è slavo... nel senso che viene dall'Europa. È popolare in posti come la Croazia, la Bosnia, la Serbia e il Montenegro.»

Sembrava che la bambina stesse recitando qualcosa che le era già stato detto varie volte.

«Significa chiaro o nitido. Mamma dice di avermi chiamata così perché prima che arrivassi io la sua vita era sfocata, ma quando ha avuto me il suo obiettivo si è fatto più nitido. Ha detto che era anche il nome di una donna che era andata a trovarla in ospedale quando era piccola, dopo il brutto incidente. Non ha mai dimenticato la sua gentilezza, così mi ha dato il suo nome per onorarla.»

Tonka si sedette sul bordo del divano, all'improvviso non era più ansioso di andarsene. «Ah sì? Non lo sapevo.»

«Che cosa significa il tuo nome?» gli chiese.

«Quale?»

Sembrò confusa. «Ne hai più di uno?»

«Be', il mio nome di battesimo è Finn, che è come mi chiama tua madre.»

Lei annuì.

«Significa "dalla carnagione chiara" o "dai capelli chiari".»

«Ma i tuoi capelli sono castani.»

Tonka sorrise. «Lo so. Ma a quanto pare quando sono nato erano biondissimi. Quando avevo circa la tua età ho fatto delle ricerche sul mio nome e ho scoperto che uno dei grandi eroi della mitologia irlandese, Finn MacCool, era un guerriero con poteri soprannaturali. Era anche estremamente intelligente e generoso. Preferisco pensare di aver preso il nome da lui.»

«Oooh, come la capacità di volare?»

Ridacchiò. «Suppongo di sì.»

«Mi piacerebbe molto saper volare. Sarebbe così bello» disse con entusiasmo, poi si ricordò di cosa stavano parlando. «E l'altro nome?»

«Tonka. È così che mi chiamano tutti i miei amici.»

«Come i giocattoli?» chiese con la fronte aggrottata.

«Sì. Più precisamente, un camion giocattolo. Quando

mi stavo addestrando per entrare nell'esercito, ero più grosso di adesso. Avevo molti muscoli. Così la gente ha iniziato a chiamarmi Tonka.»

Jasna sembrò confusa per un attimo prima di scuotere la testa. «Mi piace di più Finn.»

«Puoi chiamarmi come vuoi» la rassicurò.

«Finn?»

«Sì?»

«Grazie per avermi permesso di stare con te nella stalla.»

«Prego.»

«È solo che... sono strana.»

La fissò confuso. «Cosa?»

«Sono strana» ripeté in tono piatto, senza il minimo accenno di tristezza o di angoscia. «Amo leggere. Non mi piacciono i ragazzi e la maggior parte delle ragazze della mia classe non vuole parlare d'altro. Non mi piace truccarmi perché mi fa prudere la faccia e preferisco indossare scarpe da ginnastica e una tuta comoda piuttosto che abiti e scarpe con il tacco. Sono strana» ripeté con un'alzata di spalle.

«La cosa ti turba?»

Jasna scosse la testa. «Non proprio. La mamma dice che devo essere me stessa e che se agli altri non piace o non piaccio io, è un problema loro, non mio.»

«Tua madre è intelligente.»

«Lo so.»

Era difficile credere che pochi minuti prima Tonka si sentisse sull'orlo di un crollo depressivo e ora stesse sorridendo. Quella ragazzina poteva pensare di essere strana, ma per lui era un piccolo miracolo.

Mentre la fissava, la vide impallidire.

Si spostò d'istinto e prese il secchio che aveva portato dal pick-up per metterlo vicino al divano. Fece appena in tempo, perché vomitò il resto di ciò che aveva in pancia.

Jasna fece un piccolo gemito e si passò una mano sulla bocca. «Che schifo» mormorò.

In qualsiasi altro momento avrebbe sorriso, ma era troppo preoccupato per lei per farlo. «Sdraiati» le disse con fermezza. «Vado a pulire il secchio e a prenderti dell'acqua per sciacquarti la bocca.»

«Va bene» replicò lei, lasciandosi cadere di fianco sui cuscini. «Credo che farò un riposino.»

Tonka prese la coperta dallo schienale del divano e coprì il suo corpo esile. Sì, era alta, ma non pesava molto. Sembrava minuscola sdraiata lì con le mani sotto la guancia.

Si costrinse a muoversi, così si alzò e si occupò del secchio, poi rientrò nell'ufficio con l'acqua promessa. Jasna dormiva già e non ebbe il coraggio di svegliarla. Mise il bicchiere sul tavolino accanto al divano e appoggiò il secchio sul pavimento, dove lei lo avrebbe visto se ne avesse avuto bisogno.

Gli ci vollero diversi minuti prima di riuscire a costringersi a lasciare il suo fianco. Era affascinato da quella bambina, il che era estremamente insolito per lui.

Era chiaro che la ragazzina lo avesse in pugno. Era lì da più o meno un'ora ed era già affascinato da lei come da sua madre.

Tonka non lo capiva. Era un po' turbato da quella consapevolezza, ma allo stesso tempo nel cuore lo sentiva giusto e gli faceva desiderare di fare tutto il necessario per assicurarsi che madre e figlia fossero al sicuro e felici.

Guardò l'orologio e si rese conto che se voleva sbrigare

tutte le faccende prima che Henley finisse con Christina, doveva darsi da fare. Inoltre, doveva anche dare un'occhiata alla sua macchina per vedere di capire quale fosse il problema. Sperava che si trattasse solo della batteria difettosa o di qualcosa di altrettanto semplice.

Diede un'ultima occhiata alla ragazzina addormentata e si diresse verso la porta. La lasciò socchiusa in modo da sentirla se si fosse svegliata e avesse avuto bisogno di lui.

Melba muggì in modo pietoso, come per chiedere dov'era finita la dolce bambina che le aveva dato la leccornia, e Tonka si ritrovò a sorridere all'animale. Dedicò un minuto a rassicurarla che Jasna più tardi si sarebbe alzata e le avrebbe dato un'altra carota, poi andò a prendere la pala appoggiata al muro. I box non si sarebbero puliti da soli... e per la prima volta dopo tanto tempo, non vedeva l'ora che finisse la giornata. Perché significava che avrebbe rivisto Henley.

CAPITOLO TRE

H ENLEY CONTINUAVA A LANCIARE OCCHIATE furtive a Finn mentre le accompagnava all'appartamento. L'appuntamento con l'ex prigioniera di guerra era stato lungo, e in seguito Drake e gli altri proprietari del Rifugio l'avevano incoraggiata a rimanere per cena. Robert, il loro chef, aveva superato se stesso preparando diversi stufati: vegetariano, di carne, senza glutine, a basso contenuto di grassi e uno di patate, pancetta e pasta.

Aveva controllato Jasna, che allora stava dormendo così profondamente che ci sarebbe voluta una bomba per svegliarla, e rassicurato Finn che non c'erano problemi a lasciarla dov'era mentre mangiavano, ma lui si era rifiutato di abbandonarla nella stalla.

Il fatto che avesse insistito di restare lì vicino "per ogni evenienza" era stato...

Non sapeva *cosa*. Sorprendente, come minimo, visto che aveva appena conosciuto sua figlia. Di certo le aveva riempito il cuore. Henley aveva sempre avuto la responsabilità di badare a Jasna da sola, ed era bello che qualcun altro sembrasse essere altrettanto preoccupato per lei. Anche se solo per poche ore.

Così era andata al lodge, aveva riempito due piatti per poi portarli nella stalla. Non avrebbe mai lasciato Finn lì da solo ad accudire sua figlia mentre lei mangiava da un'altra parte.

Avevano cenato insieme nel soppalco, dove la mucca e le capre non avrebbero potuto raggiungerli e chiedere cibo. Era stato... piacevole. Finn non aveva parlato molto, ma le aveva detto che a Jasna era piaciuto conoscere Melba, e anche che la batteria della sua auto era scarica e gliene sarebbe servita una nuova. Si era offerto di accompagnarle a casa, di fermarsi a comprare una batteria, di installarla e di riportarle l'auto al suo appartamento, in modo che l'indomani avrebbe potuto andare al lavoro.

Di solito passava la mattina nello studio in centro, dove collaborava con altri tre psicologi, poi nel pomeriggio andava al Rifugio. All'inizio il lavoro con gli ospiti era stato semplicemente un guadagno extra, ma dopo un paio d'anni aveva scoperto che le piaceva molto di più dell'altro. Non che non le piacesse aiutare i residenti di Los Alamos, ma... c'erano stati un paio di pazienti che l'avevano un po' spaventata e per i quali non aveva avuto le capacità necessarie per aiutarli. Era brutto ammetterlo, ma era così. E a differenza del Rifugio, lo studio di Los Alamos non disponeva di diversi uomini corpulenti che potessero dare assistenza se un paziente le fosse sfuggito di mano.

Ora Finn le stava facendo un altro favore, prima di passare chissà quanto tempo a lavorare sulla sua auto per assicurarsi che avesse un mezzo di trasporto. Nel corso degli anni era migliorata nell'accettare aiuto, ma tutto quel prodigarsi per lei le faceva pensare che ci fosse... qualcosa di più. La maggior parte delle persone non si sarebbero date così tanto da fare, avrebbero chiamato un carro attrezzi o un Uber, ma non si sarebbero spinte fino a quel punto.

Poteva osare chiedersi se ciò significava che si stava un po' sciogliendo con lei? Che forse la vedeva come qualcosa di più di una semplice impiegata del Rifugio? Non lo sapeva, ma poteva sempre sperare.

«Sei sicura che Jasna stia bene?» le chiese, mentre si avvicinavano al suo condominio.

«Sì. È sempre stata così. Quando si ammala, cosa rara, all'inizio dorme molto e poi si sveglia quasi come nuova. È un po' irritante, in realtà.» Lo disse sorridendo, ma quando Finn non si rilassò minimamente, tornò seria. «La controllerò un paio di volte durante la notte e le misurerò la febbre. Se sale o se continua a vomitare, la porterò al pronto soccorso. Ma sono abbastanza sicura che si tratti solo di quel virus che dura ventiquattro ore e che sta circolando nella sua scuola.»

Finn annuì, sempre con un'aria preoccupata.

«Grazie» gli disse Henley.

«Per cosa?»

Per cosa? Faceva sul serio? «Be', per essere stato con lei oggi. E per non aver voluto lasciarla da sola anche se sarebbe stata bene. Per aver capito cosa non andava nella mia macchina, perché ci stai accompagnando a casa e per esserti offerto di riparare la mia auto e poi di riportarmela. Ma, soprattutto, per esserti preso cura di Jasna. Non riesco a ricordare un momento in cui qualcuno, a parte me e forse la mia vicina, si sia preoccupato veramente per lei.»

«È una brava ragazza» disse con un'alzata di spalle, ignorando tutte le altre cose per cui lo aveva ringraziato.

«È vero» concordò.

«Come ti comporterai con lei durante l'estate?»

Henley aggrottò la fronte. «In che senso?»

«Intendo quando lavori. Hai detto che non la lasceresti mai da sola, quindi presumo che quando non è a scuola non stia a casa ad aspettare che tu torni.»

«Oh! Certo che no. Negli ultimi anni ha frequentato un campus estivo per i bambini delle elementari, oppure l'ha tenuta d'occhio la signora Singleton. Ora non è più in età per quei campus, ma ce ne sono altri per ragazzini più grandi che sto prendendo in considerazione.»

«*Lei* cosa ne pensa?» le chiese.

Henley era entusiasta che stesse conversando così tanto, e si stupì del cambiamento improvviso mentre arricciava il naso a quella domanda. «Non è una grande fan dei campus, perché è un tipo solitario. Ma è anche una brava ragazza e sa che la cosa mi preoccupa, quindi non si lamenta mai molto.»

«Mmm.»

Non capì cosa significasse quel mormorio vago, ma non ebbe il tempo di chiederlo visto che stavano entrando nel parcheggio del suo condominio.

«Apprezzo molto che tu ci abbia accompagnate» ripeté.

Finn annuì e scese dal pick-up.

Henley non si stupì più di tanto che non amasse essere ringraziato, ma ciò non significava che lei non lo avrebbe fatto. Scese dall'auto e stava per andare ad aprire la portiera posteriore, ma scoprì che lui era già lì e in qualche modo era riuscito a prendere in braccio Jasna senza svegliarla.

«Dorme come un sasso, eh?» disse con un piccolo sorriso.

«Sì. È sempre stata così, anche da piccola. Ma può metterci un po' a crollare, soprattutto se è eccitata per qualcosa.»

Le sue labbra ebbero un guizzo mentre si dirigevano verso l'edificio. «Come quando ha conosciuto Melba?»

Henley ridacchiò. «Sì, esatto.»

Il suo appartamento si trovava al secondo piano e rimase colpita dalla facilità con cui Finn la portò su per le scale. Gli aprì la porta e la tenne aperta. «La sua stanza è l'ultima a sinistra in fondo al corridoio» gli disse.

Lo seguì mentre portava Jasna in camera. La posò con cautela sul letto, poi si raddrizzò passandosi una mano tra i capelli. Le fece un cenno con la testa e la lasciò a sistemare la figlia.

Non ci volle molto per toglierle i vestiti e farle indossare la camicia da notte. Andò a prendere una bacinella da mettere accanto al letto, per ogni evenienza... e trovò Finn che camminava avanti e indietro nel suo appartamento.

«Oh, pensavo che te ne fossi andato» sbottò.

«Non me ne andrei mai senza essermi assicurato che state bene» le disse con un'espressione accigliata.

Il cuore di Henley perse un battito per la sua premurosità. «Stiamo bene.»

«La camera di tua figlia è quella matrimoniale» commentò.

«Sì» replicò corrugando la fronte.

«Perché? Perché non hai tu la camera più grande?»

Lei scrollò le spalle. «Non ho bisogno di molto spazio. Sto bene in quella più piccola. Ci vado solo per dormire. Preferisco che Jasna abbia più spazio per i giocattoli e i libri.»

Finn la fissò così a lungo che Henley si sentì a disagio.

«Che c'è?» chiese, in modo un po' più brusco di quanto avrebbe voluto.

«Niente. Penso che sia... una cosa carina.»

Riuscì a non fare una smorfia. Carina. Bah. Non era l'aggettivo che avrebbe voluto usasse quando pensava a lei. Si costrinse a sorridere. Era stanca. Era stata una lunga giornata e se Finn doveva fermarsi a prendere una batteria, installarla e riportarle l'auto, probabilmente doveva andarsene. «Fammi sapere quando mi riporterai la macchina, così scendo a prendere le chiavi» gli disse.

Lui scosse la testa. «No. Sarà tardi. Hai bisogno di dormire.»

«Allora come faccio per le chiavi? Le lascerai dentro, sotto il tappetino o qualcosa del genere?»

«Assolutamente no. È un ottimo modo per farsela rubare. Domani mattina quando ti alzi mi mandi un messaggio e te le porto.»

Si accigliò. «No, Finn. Non posso chiederti di farlo. So che il lavoro alla stalla inizia presto. È già abbastanza brutto che tu debba portarmela stasera. Fammi sapere quando arrivi e scendo.»

«Non è un grosso problema. Tanto domattina devo venire in paese a prendere del mangime e del fieno.»

Henley non riuscì a interpretare il suo sguardo. Non aveva idea se si fosse inventato o meno quella commissione.

«Inoltre» aggiunse, «non mi dispiacerebbe vedere Jasna per assicurarmi che stia bene.»

Era *proprio* una brava persona. «Ok» replicò sommessamente.

«Ottimo. Hai il mio numero, se succede qualcosa chiamami. E se domani non sta abbastanza bene per andare a scuola, se vuoi puoi portarla di nuovo al Rifugio.»

Stava per rimettersi a piangere, ma riuscì a trattenersi. A malapena. «Grazie.»

Finn annuì e si voltò verso la porta. Per un attimo Henley fantasticò che le si sarebbe avvicinato, le avrebbe messo un dito sotto il mento per alzarle la testa e l'avrebbe baciata. Ma quella era la vita reale. E anche se da quando l'aveva "salvata" si era aperto rispetto al suo solito, era un po' presto per dichiararle amore eterno e baciarla con passione.

«Chiudi bene tutto» le disse con fermezza.

Henley avrebbe voluto alzare gli occhi al cielo e dirgli che ovviamente avrebbe chiuso la porta a chiave una volta che lui se ne fosse andato, ma si limitò ad annuire.

Finn rimase fermo a lungo sulla soglia, poi si girò e uscì.

Lei bloccò la serratura, mise la catena e si assicurò che l'aggeggio sul pomello fosse girato, prima di fare un profondo respiro e dirigersi verso il bagno del corridoio. Era stanca morta, ma allo stesso tempo elettrizzata.

Quel giorno le cose tra loro erano cambiate, ma non sapeva se ciò avrebbe portato a qualcosa di più di un'amicizia. In ogni caso, le sarebbe andato bene. Le piaceva Finn Matlick e lo rispettava. E il fatto che lui non si fosse limitato a tollerare sua figlia, ma che a quanto sembrava gli piaceva davvero e si preoccupava per lei, era stata una piacevolissima sorpresa.

———

Tonka fece un respiro profondo prima di mettere in moto il pick-up e dirigersi verso il negozio di autoricambi. Aveva dovuto usare tutta la sua forza di volontà per non prendere Henley tra le braccia prima di andarsene. Probabilmente l'avrebbe spaventata se ci avesse provato. Aveva tenuto nascosta la sua attrazione per lei per anni, ma dopo aver trascorso quasi un giorno in sua compagnia, vedere l'amore che lei e sua figlia provavano l'una per l'altra, gli aveva fatto capire che non avrebbe più potuto mantenere le distanze.

Nella sua mente cercavano di insinuarsi tutti i motivi per cui avrebbe dovuto starle lontano. Lei era una psicologa e alla fine avrebbe cercato di psicanalizzarlo. Avrebbe voluto "aggiustarlo", e lui non era sicuro di poter essere rimesso in sesto. Inoltre, era praticamente una sua impiegata. E aveva una figlia.

Ma per quanto cercasse di dirsi che le cose tra loro non avrebbero funzionato, non riusciva a smettere di pensare a lei.

Henley era un'ottima psicologa. L'aveva vista in azione con gli ospiti. Era in grado di far rilassare e aprire anche la persona più riluttante. Sembrava che le piacessero gli animali, e ciò era molto importante per lui. Era protettiva, cosa che approvava, e aveva fatto un ottimo lavoro nel crescere Jasna da sola. Era premurosa, lavorava duro e per di più... era sexy da morire.

I suoi lunghi capelli castani erano sempre un po' spettinati alla fine della giornata e Tonka desiderava costantemente scostarglieli dal viso. Era minuta, circa una trentina di centimetri più bassa di lui, ma con la sua personalità amichevole ed estroversa, spiccava ovunque. I suoi occhi nocciola brillavano di brio e di tenerezza, ma lui vi vedeva anche del dolore.

Il solo pensare a ciò che le era successo quando aveva circa l'età di Jasna lo faceva irrigidire.

Aveva sentito quella storia più di una volta mentre partecipava alle sue sessioni di gruppo al lodge. I suoi genitori erano nativi americani, e una sera, mentre lei era a casa nella riserva e il padre al lavoro, due uomini avevano fatto irruzione e aggredito la madre. Henley era riuscita a rifugiarsi sotto il letto prima che i due trascinassero la donna nella stanza gettandola sul materasso. L'avevano violentata e accoltellata, il tutto mentre lei era nascosta sotto, terrorizzata all'idea di essere la successiva. Se n'erano andati senza trovarla, ma Henley era rimasta così traumatizzata che non aveva parlato per cinque anni.

Suo padre non aveva mai superato l'accaduto e il giorno dopo il diciottesimo compleanno della figlia era morto accoltellato in una rissa – che aveva iniziato lui – nel casinò dove lavorava.

Henley aveva vissuto un grave trauma e Tonka sospettava che in gran parte fosse quello a renderla un'ottima psicologa. Riusciva a entrare in empatia con i suoi clienti a un livello che molti medici non erano in grado di raggiungere; probabilmente dava la sensazione di capire veramente ciò che stavano passando, soprattutto quando condivideva i suoi di traumi.

Non poteva negare che una parte di lui provasse lo stesso sentimento.

Aveva fatto delle ricerche sul suo caso, volendo trovare gli uomini che avevano ucciso sua madre e assicurarsi che pagassero per il loro crimine. Aveva scoperto che erano stati entrambi arrestati ed erano deceduti in prigione. Non sarebbero più stati un problema per Henley o Jasna, il che era un enorme sollievo per lui.

Non sapeva cosa gli avrebbe riservato il futuro, ma ormai era certo di non poter più stare lontano da lei. Non aveva idea se sarebbe stato in grado di risolvere i problemi che gli incasinavano la testa e avere una relazione normale... ma voleva provarci.

Sentendosi più leggero di quanto non fosse da anni, ora che aveva finalmente fatto quell'ammissione, Tonka si fermò nel parcheggio del negozio di autoricambi. Pipe gli aveva già detto che lo avrebbe aiutato a cambiare la batteria e poi che sarebbe andato con lui per riconsegnare la macchina.

Non c'era bisogno di portargliela quella sera, dato che per quell'ora Henley sarebbe già stata addormentata e lui non aveva intenzione di lasciare le chiavi dentro. Aveva la sensazione che non ci fossero molte persone, a parte la vicina, che si offrivano di aiutare una madre single, ma era una cosa che lui avrebbe potuto fare per dimostrarle che non gli dispiaceva farsi in quattro per lei.

Apprezzò ancora di più il fatto che il suo amico non avesse indagato su ciò che stava accadendo tra loro. Per quanto ne sapeva Pipe, stava semplicemente aiutando una dipendente. Ma non era stupido.

Tonka non si era mai dato da fare per aiutare *nessuno* dei loro dipendenti. Non sarebbe riuscito a mantenere segreto a lungo il suo interesse per Henley. In realtà non voleva farlo.

Come in tutte le cose della sua vita, una volta che si metteva in testa qualcosa si impegnava al cento per cento. Era stato così anche con la Guardia Costiera e per diventare un conduttore cinofilo... e per l'investimento nel Rifugio, portandolo a essere un luogo sicuro per gli animali maltrattati, trascurati e indesiderati, oltre che per le persone.

Sentendosi meglio di quanto non si sentisse da molto

tempo, Tonka entrò nel negozio e si diresse verso il reparto delle batterie. Henley era sembrata sorpresa che fosse così preoccupato per lei e Jasna, ma non aveva ancora visto nulla. Aveva avuto una vita difficile e lui voleva fare tutto ciò che era in suo potere per far sì che le difficoltà che aveva affrontato fossero solo un brutto ricordo.

———

Christian Dekker si accovacciò nel fortino del bosco dietro casa sua e osservò con freddo distacco uno scoiattolo che moriva dissanguato nella trappola che aveva preparato. Aveva trovato la creatura mentre si avvicinava al rozzo rifugio di legno che si era costruito a dodici anni, e l'aveva trascinata all'interno per poterla guardare morire.

Per tutta la vita era stato affascinato dalla morte. Non riusciva a ricordare quanti anni avesse la prima volta che aveva visto un animale morto sulla strada... forse sei o sette. In seguito era sgattaiolato fuori casa per esaminare la carcassa.

Sapeva di essere diverso, e lo sapevano anche i suoi genitori e sua sorella. Ma a Christian non importava. In realtà non gli importava di niente. Non gli importava della sua famiglia né di farsi degli amici. La scuola era stupida. I ragazzi della sua classe erano delle mammolette. Le ragazze erano troie. Agli insegnanti non interessava insegnare, ma solo avere uno stipendio e fare il meno possibile per ottenerlo.

Quando aveva solo otto anni, si era reso conto di provare piacere nello spaventare la gente. Soddisfaceva un bisogno profondo dentro di lui. Quella volta si era nascosto nella stanza della sua sorellina ed era saltato fuori dall'armadio. Il suo urlo gli aveva fatto venire i brividi lungo la schiena... in modo piacevole.

Bramava quell'eccitazione e da allora aveva fatto di tutto per provarla di continuo. Ogni volta i suoi scherzi diventavano sempre più malvagi.

Uccidere il gatto dei vicini e metterlo sulla loro soglia di casa.

Dare fuoco al campo dietro la scuola e guardare i bambini spaventarsi pensando che l'edificio stesse per finire in cenere.

Intrufolarsi nella stanza dei suoi genitori e rimanere nudo e immobile a fissarli accanto al loro letto, finché non si svegliavano e lo vedevano lì.

Prendere dei coltelli in cucina per spaventarli, lasciandoli a chiedersi cosa ne avrebbe fatto. Star seduto in modo precario sul tetto della casa... chiudere fuori la sorella di notte.

La paura degli altri riempiva un enorme vuoto dentro di lui.

A dodici anni lo avevano portato da una psicologa. All'inizio si era aperto volentieri con lei, condividendo i suoi pensieri più oscuri, ma ben presto aveva cominciato a percepire che era come tutti gli altri adulti che aveva incontrato nella sua vita... aveva finto di ascoltare. Era stata gentile per ottenere uno stipendio. Così aveva cambiato tattica e iniziato a provocarla raccontandole, per quanto sconvolgente, tutto ciò che voleva sapere in una seduta, per poi fingere di non averle detto nulla a quella successiva, come se non avesse avuto la minima idea di ciò che gli stava dicendo.

Era stato così che si era reso conto di essere riuscito a turbare profondamente la psicologa e ciò lo aveva aiutato a capire il potere che aveva sugli altri. Spaventarli era una cosa... ma fare in modo che modificassero il loro comportamento, le loro abitudini e la loro routine solo per evitare di stare vicino a lui era un'emozione unica.

Era rimasto deluso quando un giorno si era presentato a una seduta solo per scoprire di avere un nuovo psicologo. Un uomo. La donna aveva rinunciato a lui, proprio come avevano fatto i suoi genitori. La cosa lo aveva fatto arrabbiare allora e lo faceva ancora adesso.

Christian *odiava* non avere il controllo sulla propria vita e lei era stata solo un'altra persona di una lunga serie ad avergliene tolta una parte. E prima di scaricarlo, quella stronza aveva persino suggerito di rinchiuderlo "per la sicurezza del ragazzo"! Era un tradimento che non avrebbe mai dimenticato.

Viveva per manipolare le persone. Amava terrorizzarle a tal punto che avrebbero fatto il possibile per evitarlo. Ma una psicologa era diversa. Era *pagata* per sopportare le sue stronzate. Non avrebbe dovuto avere altra scelta che continuare le sedute. Proprio come i suoi genitori non avevano scelta...

Sapeva bene che anche loro avevano paura di lui. Di ciò che avrebbe potuto fare. Ora chiudevano a chiave la porta della camera da letto, e da tempo avevano spostato la sua stanza nel seminterrato in modo che non fosse vicino alla sorella. Il che gli andava benissimo. Poteva sgattaiolare fuori di nascosto ogni sera e fare ciò che voleva.

Con il passare degli anni aveva scoperto che il bisogno di spaventare le persone si era sempre più ampliato. Che la paura e l'impotenza negli occhi di un animale quando sapeva che stava per morire erano elettrizzanti, come una droga. Il potere che Christian sentiva in quei momenti era travolgente ed eccitante.

Anche se uccidere gli scoiattoli non era più molto divertente, non si sarebbe lasciato sfuggire l'occasione di vedere morire quello che aveva davanti. La creatura si dibatteva nella trappola, cercando disperatamente di scappare, di vivere. Ma nessuna delle due cose sarebbe accaduta. Era lui ad avere il controllo.

L'animale morì troppo in fretta per i suoi gusti, così gettò la carcassa fuori dal suo fortino con impazienza. Desiderava qualcosa di più. Di recente aveva trovato un cane randagio con cui aveva fatto amicizia e che aveva torturato per una settimana prima di sgozzarlo. Trovare nuovi modi per uccidere i gatti stava diventando noioso.

L'obiettivo successivo era l'asino che viveva in un campo vicino al liceo. Voleva sapere se uccidere un animale così grande sarebbe stato più soddisfacente rispetto a quelli che aveva torturato in passato.

Aveva la sensazione che lo sarebbe stato.

E non si sarebbe fermato lì.

Non poteva.

Da un paio d'anni stava elaborando un piano nella sua mente. Tutti quelli che conosceva a Los Alamos avevano paura di lui ed erano abbastanza intelligenti da stargli alla larga. Avrebbe lasciato quel paese di merda e sarebbe andato ad Albuquerque. Per ricominciare da capo.

Ma prima di partire voleva lanciare un messaggio.

Avrebbe potuto uccidere i genitori e la sorella, ma sarebbe stato troppo prevedibile e tutti avrebbero sospettato di lui. Voleva una sfida. Doveva colpire dove meno se lo aspettavano.

E Christian sapeva bene dove. Aveva un conto in sospeso.

Per assicurarsi che il suo piano si svolgesse senza intoppi, avrebbe dovuto studiare il suo obiettivo. Decidere esattamente dove e come colpire. Cosa avrebbe avuto il massimo impatto.

La dottoressa McClure era stata la prima persona che aveva voluto impressionare. Quando gli aveva chiesto di metterla a conoscenza dei suoi pensieri e delle sue azioni, scavando nella sua mente, aveva stupidamente pensato che le importasse di lui. Che lo capisse. Ma lei lo aveva tradito come tutti gli altri. Lo aveva scaricato a uno dei suoi colleghi, uno stronzo ipocrita che aveva sussultato ogni volta che Christian si era mosso sulla sedia.

Erano passati un paio d'anni da quando si era rifiutato di andare ad altre sedute, ma non aveva mai dimenticato la donna che aveva rinunciato a lui senza esitare. Gliel'avrebbe fatta pagare.

Era lei il suo obiettivo.

Poteva quasi assaporare la paura che le avrebbe fatto provare mentre si divertiva con lei. Ma doveva essere furbo. Non doveva farle capire che era seguita o osservata. Avrebbe scoperto le sue abitudini, aspettato il momento perfetto, e poi avrebbe colpito duramente.

Una risatina gli uscì dalle labbra e provò un'eccitazione che non sentiva da tempo. Prima l'asino. Poi la dottoressa. Poi si sarebbe trasferito, passando alla storia come il più temibile serial killer che il Paese avesse mai visto.

Non vedeva l'ora.

CAPITOLO QUATTRO

IL MATTINO seguente Tonka era più impaziente del solito di alzarsi e iniziare la giornata. Sapeva che il motivo era che presto avrebbe visto Henley e Jasna. Era un po' strano che in quella frenesia avesse incluso la ragazzina. Nella sua vita non aveva avuto intorno molti bambini, pensava che li avrebbe trovati irritanti e che stessero sempre tra i piedi.

Ma doveva ammettere che il rapporto instaurato con lei il giorno precedente probabilmente non era normale. Stava male e aveva dormito per la maggior parte del tempo in cui era rimasta nella stalla, ma anche da sveglia non gli erano dispiaciute le sue domande, e gli era piaciuto vedere l'eccitazione nei suoi occhi quando aveva incontrato Melba.

Era da vedere se lo avrebbe infastidito o meno una volta guarita e tornata la solita ragazzina, ma aveva la sensazione che non sarebbe successo. C'era qualcosa in lei che lo faceva sentire a suo agio. Protettivo.

Quando entrò nel parcheggio del condominio di Henley, si rese conto che stava sorridendo. Non ricordava l'ultima volta che aveva sorriso spontaneamente con tanta facilità.

Alla fine le aveva riportato l'auto la sera prima e la trovò parcheggiata nello stesso posto in cui l'aveva lasciata, non che pensasse potesse essere altrove visto che aveva lui le chiavi. Si era inventato la scusa di dover fare delle commissioni per il Rifugio quella mattina, e non se n'era pentito. Henley era sembrata esausta la sera precedente e non aveva voluto che rimanesse sveglia fino a chissà che ora per aspettarlo. Il che era stata una buona cosa, dato che quando lui e Pipe avevano finito di sostituire la batteria e riportato lì il veicolo era già passata la mezzanotte.

Tonka scese dal pick-up e si diresse verso l'appartamento di Henley. Era contento che non fosse al primo piano. Anche in un piccolo paese era più sicuro non essere troppo accessibile a chiunque volesse creare problemi.

Bussò alla porta e quando si aprì stava ancora sorridendo. Ma il suo sorriso si spense subito quando vide Henley. Aveva gli occhi e il viso arrossati.

«Cos'è successo? Jasna sta bene?»

«Sì. Oggi si sente molto meglio. È la signora Singleton.»

«La vostra vicina?»

Henley annuì. «Ho appena scoperto che ieri non sono riuscita a contattarla perché era all'ospedale. Ha avuto un ictus.»

Tonka la spinse delicatamente indietro ed entrò nell'appartamento. Chiuse la porta, poi la abbracciò senza pensarci.

Lei non oppose resistenza, anzi, sembrò rannicchiarsi contro di lui mentre la stringeva. Gli circondò la schiena con le braccia e poté sentire le sue dita penetrargli nella pelle. «Mi sento *così* in colpa! Credo non sia stata in grado di raggiungere il telefono e sia rimasta a terra per un po' prima di riuscire a strisciare fino in cucina, dove aveva lasciato il cellulare, e chiamare aiuto.»

Tonka appoggiò la guancia sulla sua testa e la strinse ancora di più. Ci vollero alcuni minuti, ma alla fine lei si ricompose e si scostò. Si vide costretto ad allentare un po' la presa, rendendosi conto che era un compito estremamente difficile. Henley si asciugò le guance con le mani, ma non si allontanò.

«Si riprenderà?» le chiese con dolcezza.

Lei scrollò le spalle. «Penso di sì, ma quando sarà dimessa dall'ospedale sua figlia la porterà ad Albuquerque per ristabilirsi. Credo che dovrà passare un po' di tempo in un centro di riabilitazione, poi si trasferirà da lei. Dubito che tornerà qui.»

Aveva un'aria così triste che Tonka non poté fare a meno di abbracciarla di nuovo. «Vuoi andare a trovarla oggi?»

Henley annuì. «Sì. Ho pensato di passare in ospedale dopo le mie sedute mattutine, prima di andare al Rifugio.»

Tonka annuì. «Vuoi che parli con Drake o Alaska per vedere di cancellare i tuoi appuntamenti?»

Gli rivolse un sorriso riconoscente. «No, penso che mi farà bene venire lì.»

«E Jasna? Torna a scuola oggi?»

Annuì di nuovo. «Stamattina le ho misurato la febbre ed è tornata normale. Dice di sentirsi bene. Però è molto triste per la signora Singleton.»

«Ovvio. Sembra che in questi anni quella donna sia stata di grande aiuto per entrambe.»

«È così» replicò, poi sospirò. «Presto finirà la scuola e

dovrò decidere cosa fare dato che non posso più contare sul suo aiuto. Non ci sono abbastanza campus per tenere Jasna occupata tutta l'estate, e non voglio lasciarla a casa da sola.»

«Non puoi trovare qualcun altro che si occupi di lei?» le chiese, aggrottando la fronte. A essere sincero non aveva considerato quanto fosse difficile per un genitore single occuparsi dei figli. Non era una cosa di cui si era mai dovuto preoccupare.

Henley scrollò le spalle e fece un respiro profondo. «Sono sicura che lo troverò» rispose, ma lui capì che stava cercando di minimizzare la sua preoccupazione per quella situazione.

«E se quando non è al campus venisse al Rifugio?» sbottò. Come sempre, con lei diceva le cose senza pensarci. Gli uscivano e basta.

Sembrò scioccata dalla proposta. «Cosa?»

«Potresti portarla al Rifugio. Sono sicuro che potrei trovare delle cose da farle fare nella stalla e scommetto che anche Alaska la aiuterebbe a tenersi occupata. C'è sempre molto da fare in quel posto. Potremmo anche pagarla. Potrebbe guadagnare qualche soldo tutto per sé.»

«Io... non so cosa dire. Pensavo non fossero ammessi bambini nei locali.»

Tonka scrollò le spalle. «Tecnicamente no. Il pianto o le urla che fanno mentre giocano potrebbero scatenare qualche reazione in alcuni dei nostri ospiti. Ma se dovessimo accogliere qualcuno con quel problema, ci assicureremmo semplicemente che Jasna si tenga a distanza.»

«Ne hai parlato con gli altri?» gli chiese, pur conoscendo già la risposta.

«No» le rispose con onestà. «Ma senza dubbio nessuno

avrà da ridire. *Soprattutto* se l'alternativa è che tu non lavori al Rifugio d'estate per occuparti di tua figlia.»

Con grande stupore di Tonka, le si riempirono di nuovo gli occhi di lacrime.

«Henley?»

Lei abbassò la testa e la appoggiò sul suo petto. «Non so cosa dire» borbottò.

«Di' di sì.» Era quasi spaventoso quanto fosse bello tenerla tra le braccia. Non riusciva a ricordare un momento della sua vita in cui si fosse sentito così contento mentre stringeva un altro essere umano. Era come se, con la sua dolcezza, lei riempisse tutti i buchi della sua anima.

Non aveva idea di come avesse fatto a lasciar passare così tanto tempo senza dirle quanto la ammirasse, quanto gli piacesse.

Henley sollevò la testa e lo fissò. «È solo che... la signora Singleton c'è sempre stata per me. Non ha mai avuto problemi a prendersi cura di Jasna, e ora che se n'è andata − non se n'è andata, ma non è più in grado di aiutarmi − mi sto rendendo conto di quanto mi sono approfittata di lei. Non voglio farlo con nessuno al Rifugio.»

«Non ti sei approfittata di lei» ribatté Tonka, scuotendo leggermente la testa. «Sono sicuro che adorava passare del tempo con tua figlia. Hai detto che era sola qui a Los Alamos, vero?»

Annuì.

«Scommetto che ha apprezzato ogni momento trascorso con la bambina.»

«Lo spero» disse Henley. Poi sospirò. «Che ne dici di parlare con i tuoi amici per vedere cosa ne pensano. Se qualcuno ha delle riserve, anche minime, troverò un'altra soluzione per l'estate. L'ultima cosa che voglio è creare turbamento a qualche ospite e far lavorare di più qualcuno. Jasna è una brava ragazza, ma è anche estremamente curiosa. E sta diventando un po' più lunatica, gli ormoni adolescenziali stanno cominciando a farsi sentire.»

«Andrà tutto bene» la rassicurò.

Stava per dire qualcosa, ma fu interrotta dalla figlia che correndo lungo il corridoio esclamò: «Finn!»

Dato che Tonka stava ancora stringendo Henley, fu sbalzato un po' indietro quando Jasna gli si buttò addosso abbracciandolo di lato, ma si riprese subito e avvolse un braccio intorno a lei.

«Ehi» disse, un po' sorpreso dal suo saluto esuberante.

Lo guardò con quegli incredibili occhi d'ambra e notò che anche lei aveva pianto. «La mamma ti ha detto della signora Singleton?»

«Sì. Mi dispiace.»

Jasna tirò su con il naso e annuì, ma non lo lasciò andare. Gli venne la pelle d'oca quando si rese conto che entrambe le donne McClure si stavano aggrappando a lui.

Un'improvvisa ondata di paura lo travolse. L'ultima volta che qualcuno si era affidato a lui, lo aveva deluso in modo clamoroso.

Si schiarì la gola. «Be'... sono venuto a portarvi le chiavi della macchina, così potrete andare dove vi serve.»

Quando entrambe si allontanarono, la sensazione di perdita fu quasi opprimente. Aveva fatto una cazzata e lo sapeva. Aveva lasciato che il suo passato influenzasse il presente, *di nuovo*.

Tonka si chiese per un attimo se sarebbe mai riuscito a superare i sensi di colpa e di inadeguatezza che lo tormentavano ogni momento di ogni giorno.

«Ti ringrazio per avermi sistemato la macchina. Quanto è costata la batteria?»

Lui scrollò le spalle. «Non molto. È il minimo che possa fare per qualcuno che è così prezioso per il Rifugio.»

Vide passare un'ombra nei suoi occhi e, per la seconda volta in pochi minuti, Tonka si sarebbe preso a calci per aver detto la cosa sbagliata. Avrebbe voluto rimangiarsi le parole, spiegare che non la stava aiutando perché era una dipendente e che aveva voluto assicurarsi personalmente che fosse al sicuro per strada... ma perse il momento quando lei si rivolse a Jasna.

«Vai a prendere le tue cose. Stamattina ti accompagno io a scuola, visto che ormai l'autobus è già passato.»

La ragazzina si girò senza discutere e percorse il corridoio verso la sua stanza.

«Ti offrirei la colazione, ma ci fermeremo a prendere qualcosa mentre andiamo a scuola» gli disse Henley.

«Non c'è problema. Fammi sapere se c'è qualcosa che non va nella macchina.»

«D'accordo. Grazie ancora per tutto, Finn.»

Si infilò le mani in tasca, sentendosi improvvisamente a disagio e rimproverandosi mentalmente per aver rovinato quel momento intimo. «Ci vediamo più tardi al Rifugio.»

Lei annuì e non gli rimase altro da fare che andarsene. Tonka la salutò e si avviò verso la porta.

«Finn?»

Si voltò, mentre il cuore perdeva un battito. «Sì?»

«Le chiavi?»

Merda. Aveva dimenticato di dargliele. Le lanciò un'occhiata impacciata e le tirò fuori dalla tasca. Le sue dita le sfiorarono il palmo mentre gliele porgeva, e dovette trattenersi con tutte le sue forze per non afferrarla e attirarla di nuovo a sé. Ma riuscì a non mettersi in imbarazzo e si voltò per andarsene. Questa volta non lo fermò.

Tonka non sapeva perché si era offerto di ospitare Jasna al Rifugio durante l'estate. Doveva assolutamente parlarne con i ragazzi, ma era sicuro che non avrebbero protestato, non dopo aver sentito che Henley avrebbe potuto non essere in grado di fare le sedute con i loro ospiti se non avesse trovato qualcuno di affidabile che si occupasse della figlia.

Mentre tornava a casa, era sicuro più che mai di volerle entrambe nella sua vita. Per qualche miracolo stare con loro aiutava a scacciare i demoni che aveva in testa. Era bello preoccuparsi di qualcosa di diverso dagli errori del passato, concentrarsi sulla soluzione dei problemi di Henley. Era una buona base per una relazione? Non ne era così sicuro.

Era solo certo di ciò che provava quando stava con loro. *Sorrideva* quella mattina... solo perché le aveva viste. Se quello non era un segno, non sapeva quale potesse esserlo.

Non sarebbe stato facile uscire dalla malinconia che si era impadronita della sua vita dopo essersene andato dalla Guardia Costiera, ma per la prima volta dalla morte di Steel, Tonka sentiva qualcosa di diverso dal rimorso e dal dolore che lo opprimevano. Un senso di trepidazione gli scorreva nelle vene. Un'eccitazione per il fatto che forse, alla fine, sarebbe riuscito a lasciarsi il passato alle spalle.

Non avrebbe mai dimenticato il suo compagno e come lo aveva sempre protetto, ma sapeva che il modo in cui stava vivendo la sua vita non era una testimonianza di quanto coraggioso e forte fosse stato Steel.

Voleva essere una persona migliore. Voleva uscire dalla

depressione in cui si trovava da anni. Forse Henley non era la donna con cui era destinato a stare. Magari era solo la spinta che gli serviva per smettere di rimuginare e continuare a vivere. In ogni caso, aveva la sensazione che le due McClure fossero state messe sulla sua strada per un motivo.

Aveva ignorato abbastanza a lungo l'attrazione che provava per lei. Un tempo non era un codardo e voleva tornare a essere quell'uomo. *Henley* gli faceva desiderare di esserlo.

———

Henley fece del suo meglio per concentrarsi sulle sedute di quella mattina. Aveva la sensazione che le stesse per esplodere il cervello con tutte le cose che le stavano capitando e le emozioni che provava; lo stress di non avere più qualcuno che si occupava di Jasna, la preoccupazione per la signora Singleton, la gratitudine verso il suo capo per aver compreso e perdonato il ritardo di quella mattina... e, naturalmente, la confusione per l'improvviso interesse di Finn per la sua vita.

Era davvero troppo. Henley non avrebbe desiderato altro che andare a casa e dormire. Ma non poteva. Aveva un sacco di cose da fare e non aveva tempo per fermarsi e prendersi un momento per sé.

Dopo l'ultima seduta entrò nell'ufficio del suo capo. Mike Mackey aveva circa cinquant'anni, aveva vissuto tutta la vita a Los Alamos e non si era mai sposato. Aveva aperto lo studio venticinque anni prima e Henley gli era molto grata per averla assunta quando era appena arrivata lì con una bambina di cinque anni al seguito e un disperato bisogno di un lavoro. Era stato stupido trasferirsi in quel paese di montagna senza prima essersi assicurata un impiego, ma aveva avuto bisogno di andarsene dalla città, non volendo che Jasna crescesse circondata da una giungla di cemento. Voleva che apprezzasse ciò che offriva madre natura.

«Henley!» disse Mike quando la vide. «Entra, entra.»

«È tutto a posto?» chiese subito. Il suo capo le aveva chiesto di passare a parlargli prima di andare al Rifugio. L'ultima cosa di cui aveva bisogno era un ulteriore carico di stress sulle spalle.

«Sì. Be', più o meno. Siediti che ne parliamo.»

Rafforzando mentalmente le sue barriere, Henley si sedette guardinga sul bordo della sedia di fronte alla scrivania.

«Stai bene?» le chiese.

Lei sorrise e scrollò le spalle. «Sì. Mi dispiace ancora per stamattina. La mia vicina ha avuto un ictus ed è andata in ospedale.»

«Cheri?»

Le sembrava strano sentire chiamare la signora Singleton per nome. Da quando la conosceva, l'aveva sempre chiamata per cognome. «Sì.»

«Accidenti. Si riprenderà?»

«Da quello che ho capito, sì. Ma si trasferirà ad Albuquerque per stare vicina a sua figlia.»

«Ah... e così non hai più qualcuno che si occupi di Jasna» disse Mike con comprensione.

«Già.»

«Be', sono sicuro che troverai una soluzione.»

Gli sorrise. Non biasimava il suo capo per essere un po' indifferente alla sua situazione. Non si era mai dovuto preoccupare della cura dei bambini, visto che non era sposato e non aveva figli.

«Comunque, volevo parlarti di Christian Dekker.»

Henley aggrottò la fronte. Non perché non sapesse chi fosse. Ovvio che lo sapeva. Era solo confusa sul motivo per cui doveva parlarle di lui. Sì, qualche anno prima era stata la psicologa del ragazzo, ma non era andata bene.

Be', non era esatto. All'inizio aveva pensato che le cose stessero andando bene, ma alla fine si era resa conto che lui la stava manipolando di proposito e che cercava di spaventarla.

Henley credeva fermamente nella bontà innata delle persone. Ma il ragazzino, che allora era un dodicenne, per un certo periodo aveva seriamente intaccato quella convinzione. I suoi genitori erano preoccupatissimi e non sapevano cosa fare con lui. Nulla di ciò che avevano provato era riuscito a frenare il suo comportamento distruttivo e pericoloso. Erano allo stremo e avevano persino ammesso di avere paura del loro stesso figlio.

Henley aveva pensato di essere in grado di aiutare. Che avrebbe potuto arrivare alla radice di ciò che spingeva il ragazzo a quel comportamento e dargli una mano a superarlo. Ma alla fine non era riuscita a scoprire nulla di traumatico nel suo passato. Non c'erano state difficoltà con nessuno a scuola, né con gli studenti o con il personale. Nemmeno particolari fattori scatenanti che lo portassero a sfogarsi. Aveva persino fatto una seduta con la sorella minore, che aveva giurato che i loro genitori erano sempre stati amorevoli e giusti.

Alla fine, dopo molti mesi, la sua opinione professionale era stata che Christian Dekker era un pericolo per la società, per la sua famiglia... in pratica per chiunque incontrasse.

Non era stata una decisione presa alla leggera. Nessuno voleva credere che un bambino fosse irrecuperabile. Ma dopo essere stata di fronte lui settimana dopo settimana, e aver visto ben poco nel suo sguardo se non freddezza, Henley era andata da Mike e aveva ammesso che non stava facendo progressi, spiegandogli che sarebbe valsa la pena provare a vedere se Christian sarebbe andato meglio con un terapeuta uomo.

Nonostante fosse stata la verità, l'altro motivo era che si era sentita molto a disagio per alcune delle cose che aveva detto il ragazzo. Tipo che fantasticava di fare del male e di violare la sua insegnante, sua sorella... persino sua madre. Le aveva detto, con calma e senza alcuna emozione, di aver cercato di bruciare il capanno dietro casa, di aver raccolto i resti di un coyote dalla strada per esaminarli e che una delle sue cose preferite era trovare i topi attaccati alle trappole di colla nel loro garage e spaccare loro la testa.

Quando si riscosse dai suoi pensieri, si accorse che Mike la stava fissando, aspettando pazientemente, così gli chiese: «Cosa devi dirmi?»

«Sai che non è più nostro cliente da un paio d'anni.» Aspettò che annuisse prima di continuare. «Be', ha chiamato sua madre, dicendo che ora sta ancora peggio di prima. Mi ha pregato di andare a casa sua per parlargli, ma le ho detto che onestamente non pensavo sarebbe servito a qualcosa.»

Henley strinse le labbra e annuì di nuovo. «Sono bloccati tra l'incudine e il martello. Dato che è minorenne non vogliono cacciarlo di casa, ma hanno anche paura di quello che potrebbe fare. Non ci sono scuole private in cui mandarlo, non con i suoi voti e i suoi precedenti e, per qualche motivo, quando lo seguivo erano già riluttanti a mandarlo in un istituto mentale. Inoltre, finora non è stato sorpreso a fare nulla di illegale che possa mandarlo in riformatorio» rifletté.

«Esatto. Non ho potuto fare altro che essere solidale con lei e augurarle il meglio. Ma … non è per questo che ho voluto parlarti.»

Guardò Mike dall'altra parte della scrivania, facendogli cenno di continuare.

«Volevo metterti in guardia.»

«Mettermi in guardia? Riguardo a cosa?»

L'uomo sospirò pesantemente. «Sua madre ha trovato un quaderno nella stanza di Christian. Mi ha detto che va lì quando è sicura che lui non è in casa. Non sa nemmeno cosa va a cercare o cosa farebbe se trovasse qualcosa di allarmante, come armi o altro, ma ha detto che non avrebbe potuto mai perdonarsi se non mi avesse avvisato dopo aver trovato quel quaderno.»

Henley si raddrizzò, preparandosi ad ascoltare.

«C'è una lista di nomi sotto il titolo "Persone che devono morire". Sono venti. C'è quello della madre, della sorella e del padre, degli insegnanti e dei vicini. Anche della ragazza che gli faceva da babysitter quando aveva cinque anni e che si è trasferita a New York una decina di anni fa.» Mike fece una pausa prima di aggiungere: «E ci sono anche i nostri nomi.»

Henley si irrigidì, ma se doveva essere sincera non era esattamente sorpresa. Il ragazzo che aveva assistito era stato un manipolatore, pieno di rabbia e decisamente cattivo. E quando era stato trasferito tra i casi di Mike, l'aveva guardata male ogni volta che si erano incontrati nel corridoio dello studio.

La pura... *malvagità* che aveva visto nel suo sguardo l'aveva inquietata. Non era rimasta turbata quando il suo capo le aveva detto che il ragazzino aveva smesso di andare alle sedute.

Era stato più di due anni prima. Era un po' difficile credere che le avesse portato rancore per così tanto tempo. Be', in realtà non lo era affatto. Quel giovane aveva un problema grave. La devastava il fatto che lei e Mike non fossero stati in grado di aiutarlo, ma in tutta onestà non era sicura che *qualcuno* potesse farlo.

Non aveva mai creduto che alcune persone fossero semplicemente nate malvagie, ma dopo aver conosciuto Christian aveva cambiato idea.

«Volevo solo assicurarmi che tu ne fossi al corrente» proseguì.

«Quando ha scritto quella lista?»

«Sua madre non lo sa, ma pensa che l'abbia stilata da un po'. Ha riempito anche tutte le pagine con farneticazioni, disegni e poesie sulla morte.»

«Cosa ne pensi?» gli chiese. Aveva sempre rispettato l'approccio pacato di Mike alla vita. Non si arrabbiava quasi mai. Tendeva a prendere un giorno alla volta. Diceva sempre che faceva del suo meglio per non stressarsi per le cose per cui non poteva fare niente. Sembrava un buon motto.

«Ho intenzione di essere un po' più consapevole di ciò che mi circonda, ma non sono troppo preoccupato. Gli adolescenti sono sempre un po' teste calde. Si infuriano facilmente, ma il più delle volte passa.»

Era "il più delle volte" che la preoccupava. Christian

Dekker non era come la maggior parte degli adolescenti e Mike lo sapeva. Ma annuì lo stesso.

«Fai attenzione. Se qualcosa ti sembra strano, prendine nota e fai ciò che devi per proteggere te e Jasna.»

«Aspetta... c'è il nome di mia figlia sulla lista?» chiese, irrigidendosi di nuovo.

«No.»

Sospirò di sollievo.

«Ma è bene che tu stia vigile, non si sa mai.»

Annuì. «Grazie per avermelo detto.»

«Figurati. Sei sempre stata come una figlia per me.»

Lei alzò gli occhi al cielo. «Sono un po' vecchia per esserlo» lo prese in giro.

«Non proprio. I sedicenni hanno figli in continuazione» le disse, strizzando l'occhio.

Henley ridacchiò.

«Vai al Rifugio questo pomeriggio?»

«Sì. Prima andrò a trovare la signora Singleton all'ospedale, poi andrò lassù e gestirò una sessione di gruppo prima di tornare e incontrarmi con Jasna a casa.»

«Bene, allora ti lascio andare. Abbi cura di te. Sei molto importante per me, come dipendente e come amica, non sopporterei che ti succedesse qualcosa.»

«Lo farò. E lo stesso vale per te.»

Mike si alzò e Henley lo seguì. Con sua grande sorpresa, lui girò intorno alla scrivania e le diede un rapido abbraccio. Da quando lo conosceva non lo aveva mai fatto spontaneamente. Era evidente che fosse più preoccupato per Christian di quanto avesse lasciato intendere, ma lei fece del suo meglio per mettere da parte l'ansia.

«Ci vediamo domani.»

Annuì e tornò in ufficio a prendere le sue cose. Mentre

si dirigeva verso la macchina, si prese il tempo per studiare l'ambiente circostante. Tutto era tranquillo. Nessuno sembrava essere in agguato nell'ombra, e dato che il parcheggio era proprio accanto all'edificio e a una delle strade principali che attraversavano Los Alamos, non c'erano alberi dietro cui qualcuno potesse nascondersi in attesa di saltare fuori e afferrare donne ignare.

Sentendosi meglio una volta in macchina e con le portiere chiuse, partì per andare all'ospedale. Aveva bisogno di vedere di persona la signora Singleton per assicurarsi che stesse davvero bene.

Fu attraversata da brividi piacevoli pensando di tornare al Rifugio. Erano anni che ci andava, ma per qualche motivo quel giorno si sentiva un po' più eccitata. Le cose tra lei e Finn stavano cambiando... in meglio sperava. Anche se lui era sembrato un po' distaccato quando aveva lasciato l'appartamento quella mattina, ripensò a come l'aveva stretta tra le braccia e al modo in cui l'aveva guardata.

Aveva visto qualcosa in quello sguardo. Qualcosa che una settimana prima non c'era. Una certa determinazione... e una chiara consapevolezza di lei come donna.

Sì, qualcosa era decisamente cambiato. Non era sicura di cosa, ma ne era entusiasta. Ora pregava solo di non fare nulla che potesse rovinare tutto.

CAPITOLO CINQUE

Tonka stava tenendo d'occhio l'arrivo di Henley da almeno un'ora. Avrebbe voluto mandarle un messaggio per chiederle se stava bene. Se la macchina le aveva dato qualche problema. Per scoprire quando sarebbe arrivata. Ma non voleva sembrare uno stalker. Doveva mantenere la calma. Non poteva passare dall'ignorarla a voler sapere dove fosse ogni minuto della giornata.

Dopo aver adempiuto ai compiti del mattino, si ritrovò a fare una cosa che faceva raramente... andare a pranzare al Rifugio.

«Tonka! Ciao» lo salutò Alaska non appena entrò.

Le sue labbra ebbero un guizzo vedendo che cercava di nascondere la sorpresa di vederlo lì. «Ciao.»

«C'è qualcosa che non va? È Melba? Le capre hanno di nuovo mangiato le scarpe che qualcuno ha lasciato fuori dallo chalet?»

«No, va tutto bene. Ho solo pensato di salire a pranzare, e magari di scambiare due parole con Brick e gli altri, se sono qui.»

Lei lo fissò stupita per un attimo, prima di riprendersi e fare un gesto verso l'altro lato dell'enorme salone. «Drake e Owl sono già a un tavolo a mangiare e a chiacchierare con alcuni ospiti. Credo che Stone e Tiny verranno più tardi, mentre Spike e Pipe stanno facendo un'escursione con altri clienti. Sono andati alla Table Rock e hanno intenzione di proseguire fino alla Sitting Rock, se tutti se la sentono.»

Dato che Henley non era ancora arrivata, era il momento perfetto per parlare con Brick del fatto che quell'estate sua figlia avrebbe trascorso un po' di tempo al Rifugio.

«Ottimo. Tu stai bene? Hai bisogno di qualcosa?» le chiese.

Ora lo stava fissando con un'espressione davvero incredula.

«Che c'è?»

«Oh... niente.»

Tonka sospirò. Sapeva di passare pochissimo tempo al lodge, ma odiava che la sua presenza lì fosse una tale anomalia da rendere Alaska quasi senza parole. Si ripromise di cercare di essere un po' più socievole. Le sorrise prima di dirigersi verso la zona pranzo.

C'erano quattro persone sedute a tavola che mangiavano con Brick e Owl.

Robert, il loro chef, era proprio dietro di lui con in mano un vassoio di bacon caramellato, una delle cose preferite dagli ospiti.

Ne rubò un pezzo mentre l'uomo passava e ridacchiò per l'occhiataccia che gli rivolse.

«Scusa» disse Tonka, per nulla dispiaciuto. «Una delle cose migliori che abbiamo fatto è stata assumere tua figlia come assistente. È lei che l'ha messo nel menu, vero?» chiese, sollevando il pezzo di bacon.

Alla menzione di Luna, Robert sorrise. «Se avessi saputo che era così facile rendere felici voi ragazzi e gli ospiti, lo avrei inserito molto prima.»

Luna non lavorava al Rifugio da molto, solo da un paio di settimane, ma si stava già dimostrando un'ottima aggiunta. Aiutava suo padre per lo più part-time, al mattino, prima di tornare in paese per frequentare le lezioni all'Università del New Mexico-Los Alamos. Stava per conseguire la laurea breve e aveva già deciso di continuare gli studi per ottenere quella quadriennale. Quando i suoi impegni lo permettevano, a volte tornava per dare una mano a preparare la cena.

Era una bella ragazza. In effetti, con i suoi lunghi capelli castani, gli zigomi prominenti e le lunghe ciglia naturali che incorniciavano gli occhi castano scuro, avrebbe potuto fare tranquillamente la modella. Ma non era interessata al suo aspetto né agli uomini, con grande sollievo di Robert. Era concentrata ad aiutare il padre e a continuare gli studi.

Tonka si diresse al buffet e si preparò un hamburger, poi mise nel piatto un'insalata di patate, della frutta e un altro po' di bacon caramellato, prima di accomodarsi sulla sedia vuota accanto a Brick.

«Ehi, tutto bene alla stalla?» gli chiese l'amico con un sopracciglio inarcato.

«Sì. Ho pensato di venire a mangiare qualcosa» replicò.

«E?» chiese l'altro dopo una lunga pausa.

«Non posso venire qui a pranzare?» domandò, infilandosi in bocca un altro pezzo di bacon. Non aveva idea di come Luna cucinasse quella roba, ma era davvero irresistibile.

«Certo. Ma visto che non mangi quasi mai con noi, mi chiedo quale altro motivo tu abbia per venire qui.»

«Potrei avere qualcosa da discutere con te e gli altri ragazzi» ammise dopo un attimo.

«Ok. Stone e Tiny dovrebbero arrivare presto. Stanno facendo fare un giro del posto alla nuova addetta alle pulizie prima di lasciare che Carly e Jess le insegnino i vari compiti.»

«Ne abbiamo una nuova?»

Brick sorrise. «Ecco perché dovresti venire più spesso al lodge. Comunque sì, Alexis si è licenziata perché un prozio, o qualcosa del genere, è morto e le ha lasciato dei soldi. È tornata a casa, in Georgia.»

Tonka annuì. «Ok.»

«Avevamo bisogno di sostituirla in fretta. Alaska ha messo un annuncio e ieri abbiamo fatto qualche colloquio. Ryan è stata chiaramente la scelta migliore. Oggi è il suo primo giorno. Comunque, quando arriveranno gli altri potremo parlare... a meno che tu non voglia aspettare che Spike e Pipe tornino dall'escursione.»

Lui scosse la testa. «Posso parlare con loro più tardi.»

«Va bene.» Poi Brick si rivolse agli ospiti e disse: «Forse ve lo ricordate, ma questo è Tonka, il responsabile di tutti gli animali del Rifugio.»

Per i dieci minuti successivi, mentre chiacchierava con gli ospiti, fece del suo meglio per non mostrarsi impaziente. Quando finì di mangiare, si alzò e Brick disse a tutti che lui, Tonka e Owl avevano del lavoro da terminare, augurando loro una buona giornata prima di far strada verso la sala conferenze.

Non gli sfuggì il modo in cui cercò subito Alaska mentre attraversavano il lodge, come se volesse assicurarsi che andava tutto bene. I due si sorrisero e anche se lui non si avvicinò al bancone, sembrò che avessero una conversazione segreta.

Era felice per il suo amico. Erano perfetti l'uno per l'altra. Per non parlare del fatto che Alaska era di grande aiuto anche al Rifugio, dato che si occupava dei compiti amministrativi.

I tre uomini entrarono in una piccola sala conferenze, dove Owl si appoggiò al tavolo. «È qualcosa che richiede di stare seduti?» chiese.

Tonka scosse la testa. «No, sarò veloce. Si tratta di Henley.»

L'altro si raddrizzò. «Sta bene?»

«Sì» lo rassicurò, combattuto tra il piacere di vederlo allarmato e la preoccupazione che potesse aver reagito in quel modo perché provava dei sentimenti profondi per lei.

«Si tratta di sua figlia. Cioè, più o meno. Sta bene. Jasna, voglio dire...» sospirò frustrato. Non riusciva a spiegarsi.

Con suo grande sollievo, Brick si limitò a sorridere. «Fai un bel respiro, Tonka.»

«Giusto. Allora, non sapevamo che Henley avesse una figlia, ci ha parlato di lei solo di recente. A quanto pare, la sua vicina di casa l'ha aiutata ad accudire la bambina, ma ieri la donna ha avuto un ictus e si trasferirà ad Albuquerque per stare vicina alla famiglia. Con l'estate alle porte, Henley si è ritrovata senza nessuno che si occupi di Jasna. Così... le ho detto che poteva portarla qui. Non dovete preoccuparvi per lei» continuò rapidamente. «Mi assicurerò che non si metta nei guai e quando avremo ospiti che nel modulo di ammissione hanno segnalato i bambini come fattore scatenante, la terrò lontana da loro. Temo che se Henley non troverà una soluzione sostenibile, la perderemo. Ed è troppo preziosa per il Rifugio e per i nostri ospiti.»

Sapeva che stava parlando troppo velocemente, ma non voleva dare a nessuno dei suoi amici la possibilità di protestare. Era una cosa importante.

«Ieri l'ho osservata – Jasna intendo – ed è stata bravissima. Be', stava male, quindi ha dormito per gran parte del pomeriggio, ma da sveglia è stata educata e affabile e molto interessata agli animali. Sono sicuro di poterla tenere occupata quando è qui. Henley dice che si intrattiene benissimo anche da sola. Le piace leggere e altro, quindi non credo che si metterebbe nei guai.»

Brick si mise a ridere e alzò una mano. «Calma, amico. Non ci sono problemi per noi.»

Tonka fissò i due uomini, trattenendo praticamente il respiro.

«Penso che sia un'ottima idea» disse Owl con un'alzata di spalle. «Ci sono un sacco di cose qui intorno per tenerla occupata. Potrebbe fare escursioni con gli ospiti o seguire i dipendenti se vuole imparare ciò che fanno, a patto che accettino. Potrebbe aiutare nelle pulizie, anche se immagino che non sarebbe il suo compito preferito. Potrebbe aiutarti nella stalla o stare con Robert e Luna in cucina. Scommetto che a Hudson non dispiacerebbe se si unisse a lui mentre si occupa del verde e, se fosse interessata, Jason potrebbe mostrarle alcuni dei lavori di manutenzione più semplici.»

«Di certo ad Alaska piacerebbe mostrarle alcune delle attività amministrative che svolge. E anche se il lavoro contabile di Savannah potrebbe non essere così eccitante per una bambina, sono sicuro che nemmeno a lei dispiacerebbe lasciarsi aiutare» disse Brick.

Tonka rilasciò il respiro che aveva trattenuto. «Grazie, ragazzi.»

«Non c'è bisogno di ringraziare» sostenne Brick scuotendo la testa. «Henley è una di noi e se ha bisogno di aiuto con sua figlia, siamo più che disposti a farci avanti. Sono ancora un po' contrariato perché non ci aveva nemmeno detto di *averla* una figlia. Avremmo potuto aiutarla molto prima.»

Era d'accordo con lui su quel punto. «Non so che programma seguirà in estate o quanto spesso sarà qui. Henley ha parlato di alcuni campus a cui potrebbe iscriverla, ma vedrò di saperlo con certezza. Manca ancora una settimana alla fine della scuola.»

Owl annuì. «Troveremo una soluzione.» Rivolse uno sguardo pensieroso a Brick. «Inoltre, credo che sarebbe bene avere dei bambini in giro... sai... in preparazione.»

L'altro alzò gli occhi al cielo. «Io e Alaska non abbiamo intenzione di sfornare bambini domani.»

«Lo so, ma prima o poi potreste farlo.»

Brick si limitò a sorridere.

«Detto questo, me ne vado» affermò Tonka. «Henley dovrebbe arrivare presto. So che prima voleva passare all'ospedale a trovare la sua vicina. Le dirò che mentre lei lavora, Jasna è la benvenuta a stare qui. E che la controlleremo.»

«Se può, sarebbe *davvero* utile che ci facesse sapere in anticipo quando starà qui» disse Brick. «Così, come hai detto tu, possiamo tenere d'occhio quelli a cui i bambini potrebbero innescare una reazione e fare dei piani sia per Jasna sia per gli ospiti.»

«Certo. Mi assicurerò che dia ad Alaska, e anche a me, i suoi programmi. Avremo tutto sotto controllo» confermò lui.

«Penso che sia una buona idea, Tonka» ammise Brick. «Personalmente mi piace il pensiero di avere dei bambini intorno. Non che urlino a squarciagola e facciano un putiferio, ma sai cosa intendo...»

Annuì. In realtà *non* lo sapeva, visto che non ne aveva frequentati molti, ma Jasna sembrava piuttosto tranquilla. Non pensava che fosse il tipo che correva in giro urlando. D'altra parte, le era stato vicino solo mentre era malata. Avrebbe potuto sbagliarsi.

«Sembra molto interessata a Melba e agli altri animali, quindi penso che almeno all'inizio starà spesso nella stalla» disse agli amici.

«Mi sembra un'ottima cosa. E... Tonka?» disse Brick.

«Sì?»

«È stato un piacere averti a pranzo. Sei una parte importante della nostra squadra e sarebbe bello passare più tempo con te.»

«Farò del mio meglio.»

«Non abbiamo mai fatto pressioni e non cominceremo adesso, ma se mai volessi parlare di qualcosa... noi siamo qui» aggiunse Owl.

Tonka era sempre stato riservato riguardo ai suoi demoni personali, ma forse era giunto il momento di allentare la stretta spietata che teneva sul suo passato. Se non poteva fidarsi di quegli uomini, non pensava ci fossero molte altre persone con cui avrebbe potuto farlo.

Però non era l'unico ad avere delle barriere piuttosto

alte intorno alle proprie emozioni. Owl era un Night Stalker, uno dei piloti di elicottero d'élite dell'esercito, quando il suo mezzo era stato abbattuto e lo avevano catturato. Stone era il suo copilota e i due uomini erano stati tenuti prigionieri per diverse settimane prima di essere salvati. L'esperienza li aveva danneggiati entrambi. Nessuno dei due era propenso a condividere i dettagli di ciò che avevano subito.

Il Rifugio aveva dato loro la possibilità di ricominciare. Di sconfiggere i loro demoni.... o almeno di rinchiuderli in un angolo della mente. Tonka sapeva meglio di chiunque altro che i brutti ricordi non se ne andavano mai veramente. Erano sempre lì, in attesa di venire alla luce e rovinare una giornata perfetta.

«Lo so... e non sono pronto» ammise. «Ma ci sto provando.»

Entrambi gli uomini annuirono e Brick gli batté la mano sulla spalla. «È già un progresso» gli disse con sincerità.

Ed era vero. Un anno prima non avrebbe minimamente pensato di raccontare a qualcuno quello che aveva passato. Prima di tutto, non voleva esprimerlo ad alta voce, riviverlo parlandone. Secondo, stava ancora metabolizzando tutto ciò che era successo, anche se erano passati parecchi anni.

Nessuno poteva capire l'agonia emotiva che quel giorno aveva impresso nella sua psiche. Non poteva farlo nemmeno il suo caro amico Raiden Walker, che era lì con lui ed era rimasto incosciente durante la maggior parte di quell'orrore. Sì, anche lui aveva perso il suo compagno canino, ma non aveva visto ciò a cui aveva assistito Tonka.

No. Credeva che nessuno avrebbe mai capito fino in

fondo... ma non significava che non fossero disposti ad ascoltare.

Rendendosi conto che stava per essere risucchiato nel passato, fece del suo meglio per pensare a qualcos'altro. Qualcosa di meglio. Henley sarebbe arrivata presto e lui avrebbe potuto dirle che Jasna poteva stare al resort quell'estate.

Certo, doveva ancora ottenere l'ok dagli altri, ma pensava che non avrebbero avuto problemi con la presenza della ragazzina.

Uscirono dalla sala conferenze e non si sorprese quando Brick andò subito da Alaska. Guardò il suo amico metterle la mano sulla guancia, chinarsi e darle un bacio. Poi si scostò un poco, ma non la lasciò andare. Non riusciva a sentire quello che si stavano dicendo, ma era più che evidente che i due fossero follemente innamorati.

Tonka non capiva molto quel tipo di legame. Certo, voleva bene ai suoi genitori, e teneva moltissimo ai suoi amici... ma l'amore profondamente emotivo, la necessità di stare costantemente vicino a qualcuno, l'innato bisogno di toccare quella persona praticamente in ogni momento solo per assicurarsi che stesse bene... era qualcosa che non aveva mai sperimentato.

Però capiva benissimo quel tipo di emozione quando si trattava degli animali. Avrebbe fatto qualsiasi cosa per Steel. Così come il cane avrebbe fatto qualsiasi cosa per lui. Ed era per quel motivo che ciò che era successo gli faceva così male ancora adesso.

Voleva davvero provare un sentimento così profondo per una donna? Perdere il suo cane era già stato abbastanza difficile...

Merda. Ecco che si faceva risucchiare nella disperazione che lo aveva tenuto in pugno per tanto tempo dopo quel terribile giorno.

Con suo grande sollievo, la porta d'ingresso del lodge si aprì ed entrarono una dozzina di persone. Spike e Pipe erano davanti con quelli che supponeva fossero gli ospiti che avevano fatto l'escursione, seguiti da Stone e Tiny.

«È rimasto del cibo?» chiese Spike a gran voce.

Il gruppo si diresse verso la zona pranzo, tranne Tiny e una donna con i capelli neri lunghi fino alle spalle. La sua testa girava a destra e sinistra mentre osservava il lodge. Era evidente che non avesse trascorso molto tempo all'interno, se la sua reazione e gli occhi spalancati erano un'indicazione.

«Ryan» la chiamò Alaska, uscendo da dietro il bancone e dirigendosi verso di lei. «Com'è andato il tour? Spero che Stone e Tiny si siano comportati bene. Non sei pronta a mollare, vero?» scherzò.

La donna ridacchiò. «Assolutamente no. Questo posto è fantastico! Gli chalet sono adorabili. Non abbiamo avuto il tempo di andare alla stalla, ma non vedo l'ora di conoscere Melba.»

Alaska rise. «Sì, di certo riscuote grande successo da queste parti. A proposito, questo è Tonka. Si occupa di tutti gli animali.»

Lui annuì in segno di saluto e Ryan gli fece un sorriso.

«Hai conosciuto Carly e Jess?» le chiese.

«Sì, brevemente. Sembrano molto simpatiche.»

«Lo sono.» Alaska guardò Tiny, come se si fosse appena accorta che era ancora lì. «Cosa stai facendo qui? Sciò. Vai a mangiare. O a flirtare con le signore. Lo sai che sei il più bello del gruppo.»

Lui alzò gli occhi al cielo, poi si rivolse a Ryan. «Come

ho già detto, se hai bisogno di qualcosa, uno di noi è sempre nei paraggi. Sono sicuro che Jess e Carly te lo diranno, ma una volta preparate le camere per gli ospiti in arrivo ogni giorno, puoi fare una pausa e mangiare. Se il buffet è stato ripulito, vai pure in cucina. Robert o Luna saranno felici di prepararti qualcosa, oppure puoi fare da sola. A differenza della maggior parte degli chef, Robert non è affatto territoriale. Assicurati solo di pulire se sporchi.»

Ryan annuì. «Grazie per il tour. Puoi ringraziare anche Stone da parte mia?»

«Certo. È stato un piacere conoscerti. Benvenuta nella famiglia del Rifugio.»

Tonka vide passare sul viso della nuova arrivata uno sguardo pensieroso, prima che lo mascherasse e annuisse. Ma si dimenticò della reazione di Ryan verso Tiny quando la porta dietro di lei si aprì ed entrò Henley.

«C'è una festa a cui non sono stata invitata?» scherzò lei quando vide tutta quella gente appena dentro la porta.

Alaska rise. «No. I ragazzi sono appena tornati da un'escursione con alcuni ospiti e Stone e Tiny hanno fatto fare a Ryan il tour della proprietà. Ryan, questa è Henley. Henley, Ryan. È la nostra nuova addetta alle pulizie.»

«Oh! È un piacere conoscerti» le disse con calore, porgendole la mano.

«Anche per me» replicò l'altra donna con un sorriso.

«Henley è la nostra psicologa. Lavora soprattutto di pomeriggio e incontra i nostri ospiti se e quando ne hanno bisogno.»

«Ottimo» ribatté Ryan, che non sembrava per nulla scioccata dal fatto di lavorare in un posto dove le persone avevano bisogno di psicoterapia mentre erano in vacanza.

Ma d'altra parte, doveva aver fatto qualche ricerca sul Rifugio prima di fare domanda per quell'impiego, quindi non poteva non essere a conoscenza di quale fosse la loro missione o perché la gente andasse lì.

«Vado a parlare con i ragazzi che sono appena tornati» disse Brick a Tonka. «Se vuoi fare una chiacchierata con Henley...»

Annuì, e dato che non aveva distolto lo sguardo da lei, la vide osservarli con le sopracciglia aggrottate.

«Una chiacchierata? Sono nei guai?» Sorrise, ma la sua preoccupazione era evidente, anche se cercò di nasconderla.

«No» disse Tonka. «È stato un piacere conoscerti, Ryan.» Poi tese la mano indicando a Henley la sala conferenze che aveva appena lasciato. Dovette trattenersi per non metterglieIa sulla schiena quando gli passò accanto, ma pensò che non sarebbe stato molto professionale, soprattutto di fronte agli altri.

La seguì nella stanza e non appena chiusa la porta Henley si voltò. Con la schiena dritta e l'espressione preoccupata, chiese: «Cosa c'è che non va, Finn?»

«Non c'è niente che non va» la rassicurò, e non volendo che si stressasse un momento di più, le spiegò tutto. «Ho parlato con i ragazzi e a loro va bene che Jasna stia qui quest'estate quando non hai nessuno che possa guardarla. Può stare con me nella stalla e magari anche seguire gli altri dipendenti. Ho dimenticato di parlarne con i ragazzi, ma se dovesse scoprire che le piace fare qualcosa in particolare, sono seriamente intenzionato a pagarla per il lavoro che svolgerà mentre è qui. Non molto, visto che non possiamo assumerla ufficialmente, ma abbastanza da farle sembrare bello stare con le addette alle pulizie e passare l'aspirapolvere sui pavimenti o altro.»

«Io... non pensavo che lo avresti fatto oggi.»

«Perché no?»

«Be', abbiamo avuto la conversazione sulla mia situazione appena questa mattina.»

«E?»

«Non lo so. È solo che non pensavo saresti tornato subito qui a chiederlo ai ragazzi.»

«Be'... il fatto è questo.» Tonka si passò una mano tra i capelli. «Presto finirà la scuola e tu... mi *piaci*, Henley.» Sembrò sorpresa dalle sue parole, ma lui continuò. «So di non averlo dimostrato molto bene, ma è così. E anche se ho conosciuto tua figlia solo ieri, mi piace anche lei. Tu sei una parte importante di ciò che rende speciale il Rifugio, e sai bene quanto me che l'estate è impegnativa per noi. Sarebbe brutto perderti per qualche mese. Quindi...» Scrollò le spalle. «Il fatto che io ti aiuti a risolvere questo problema è una soluzione vantaggiosa per tutti.»

Aveva mantenuto lo sguardo su di lei mentre parlava, e gli era piaciuto il piccolo sorriso che le era spuntato quando aveva iniziato... ma adesso era un po' accigliata.

«Sì, ha senso. Non vorrei che il Rifugio perdesse dei clienti a causa mia. Non che non possa essere sostituita. Voglio dire, probabilmente potrei chiedere a Mike, il mio capo, se può parlare con gli altri psicologi del nostro studio e vedere se vogliono lavorare qui quest'estate.»

Tonka si rese conto che aveva preso le sue parole nel modo sbagliato. Proprio come era successo la sera precedente.

Henley aveva abbassato la testa, sembrava persa nei

suoi pensieri, così fece un passo verso di lei, le mise un dito sotto il mento e la costrinse a incontrare il suo sguardo.

«Mi sono espresso male» disse con calma, quasi incredulo di toccare il suo bellissimo viso. La sua pelle era liscia e calda, e dovette farsi violenza per non prenderla per la nuca e attirarla a sé. Gli passò per la mente l'immagine di Brick che si avvicinava ad Alaska e la baciava, ma la scacciò. «Quello che *intendevo* è che... non credo che potrei passare tutta l'estate senza vederti.»

«Oh» sussurrò Henley, fissandolo a occhi spalancati.

«Già. Oh.» Si accigliò. «Un altro motivo per cui mi limito a stare con gli animali è che non sono molto bravo con le parole.» Non aveva lasciato cadere la mano, ma a lei non sembrava dispiacere, quindi mantenne il dito dov'era.

«Penso invece che tu sia piuttosto bravo» replicò.

Tonka la fissò per un lungo momento. Doveva baciarla? Lei voleva che lo facesse? Avrebbe desiderato chinarsi per vedere se le sue labbra avevano il sapore che pensava, ma non era sicuro che fosse il momento o il luogo adatto. «Non ti ho mai ringraziata.»

Lei aggrottò la fronte. «Per cosa?»

«Quando quel tizio è venuto qui a cercare Alaska, ho perso la testa davanti a te... e tu mi hai aiutato. Tantissimo. Non mi hai spinto a parlare, sei rimasta semplicemente lì. L'ho apprezzato molto.»

I suoi occhi si intenerirono. «Non c'è di che. Finn?»

«Sì?»

Henley si leccò le labbra e Tonka trattenne a stento il gemito che minacciò di sfuggirgli.

«Anche tu mi piaci.»

La sua voce era bassa e dolce, e quando gli avvolse le

dita intorno al polso, la sua determinazione a non baciarla fu messa seriamente alla prova.

«Stiamo davvero... facendo questo?» chiese, prima che lui potesse ribattere.

«Questo?»

Lei arrossì e Tonka pensò che fosse adorabile. Erano adulti, eppure in qualche modo gli sembrava di essere un adolescente impacciato alla sua prima relazione.

«Sì. Io ti piaccio, tu mi piaci...»

Le sorrise. Era ancora un po' arrugginito, ma era una bella sensazione. «Sì. Lo stiamo facendo.» Poi sbottò: «Ti va di venire a cena con me qualche volta?»

Lei ricambiò il sorriso. «Sì. Va bene se viene anche Jasna?»

«Certo. Voglio conoscere anche lei, ma credo che potrebbero esserci momenti in cui non mi dispiacerebbe se fossimo solo noi due.»

Henley annuì. «Devo ammettere che... cominciavo a pensare non sarebbe mai successo. Voglio dire, è da molto tempo che mi piaci, ma non ero sicura di ciò che provavi tu.»

«Anche tu mi piaci da tanto, ma non ero in uno stato mentale tale da poter fare qualcosa.»

«E ora lo sei?»

Era una domanda legittima, così annuì. «Dopo quello che è successo a Brick e ad Alaska, ho capito che stavo lasciando vincere gli stronzi del mio passato. Non sto dicendo che prima o poi tornerò normale. Sono distrutto, Henley. E lo so. Ma ora sono incazzato, perché anche se l'uomo che mi ha fatto soffrire sta marcendo dietro le sbarre, io sto marcendo insieme a lui.»

«Non so cosa sia successo e non sei obbligato a

dirmelo. Cioè, *vorrei* che lo facessi, ma capisco se non puoi. Però, Finn, non stai marcendo. Proprio per niente. Sei parte integrante del Rifugio. Stai facendo qualcosa che nessuno dei tuoi amici può fare. Prendersi cura degli animali è ciò per cui sei nato. Chiunque ti veda con Melba, le capre e *tutte* le altre creature che sono qui, lo sa. Il nostro passato ci rende ciò che siamo oggi, e anche se odio il fatto che tu abbia vissuto qualcosa di terribile, l'uomo che mi sta di fronte è tutt'altro che distrutto.»

Le sue parole furono come un balsamo per la sua anima. «Ecco che fai la psicologa con me» disse con un altro piccolo sorriso.

Henley alzò le spalle. «È il rischio che si corre frequentandone una. Ti dà fastidio?»

«Onestamente?»

«Sempre.»

«Un po'. È in parte il motivo per cui non ti ho detto quanto sono attratto da te. Ma quella notte nella stalla mi ha aiutato a capire che non mi costringeresti mai a condividere qualcosa che non voglio. E forse il fatto che tu sappia che c'è qualcosa di enorme nel mio passato di cui non riesco a parlare, alla fine mi farà *desiderare* di farlo.»

Henley gli lasciò il polso e gli posò il palmo sulla guancia, e Tonka inclinò subito la testa, dandole un po' del suo peso. Quel tocco era così bello. Gli diede equilibrio mentale. L'ultima volta che si era sentito così rilassato era stato quando Steel era ancora vivo e gli si accoccolava accanto a sonnecchiare sul divano, mentre lui guardava la televisione.

«Voglio che tu mi dica cosa ti è successo? Sì, non mentirò. Ma, ho *bisogno* che tu me lo dica per far sì che tu mi piaccia? Per voler uscire con te? Per volerti conoscere meglio? Assolutamente no. Non dobbiamo risolvere tutto in questo momento. Sapere che proviamo la stessa attrazione è sufficiente per oggi. Affronteremo il futuro un giorno alla volta. Va bene?»

Tonka annuì, amando il modo in cui il suo palmo gli accarezzava la barba corta.

«Grazie per aver parlato agli altri di Jasna. Prometto che non approfitterò della vostra generosità. E se le cose non dovessero funzionare, se mia figlia dovesse creare più problemi di quanti ce ne aspettiamo, potremo riconsiderare la situazione.»

«Henley, ha dodici anni. In quanti guai può cacciarsi?»

Lei rise e lasciò cadere la mano. Tonka pensò che quello fosse il segnale per allontanarsi da lei, ma non si aspettava che fosse così difficile.

«È quasi un'adolescente, Finn. Ha gli ormoni a mille e, anche se ora abbiamo un buon rapporto, mi aspetto che da un momento all'altro entri nella fase "mia madre è un'idiota".»

Lui scosse la testa. «Non succederà.»

Anche lei la scosse. «Promettimi solo che se le cose si faranno strane e se la sua presenza qui diventerà più faticosa del previsto, me lo farai sapere.»

«D'accordo» replicò, ma non aveva dubbi che sarebbe andato tutto bene.

«Ok. Probabilmente dovrei prepararmi per la seduta, in modo da poter andare a casa prima che Jasna torni da scuola.»

Il pensiero che se ne andasse lo fece accigliare, ma annuì lo stesso.

«Oggi parteciperai alla seduta di gruppo?» gli chiese.

Lui scosse la testa con riluttanza. «Ho delle cose da fare

giù alla stalla. Ma vorrei vederti prima che tu vada via... se per te va bene.»

«Mi va bene» lo rassicurò con un sorriso. «Scenderò a cercarti quando avrò finito.»

Tonka si sentì meglio. Sapere che l'avrebbe rivista fu sufficiente a risollevare il suo umore. «Va bene. Buona seduta. E se qualcuno si agita troppo, fai un fischio a uno di noi.»

Henley alzò gli occhi al cielo. «Conosco la procedura. E tutti staranno bene. Quante volte è successo che gli ospiti siano andati fuori controllo da quando lavoro qui?»

Lui scrollò le spalle. «Mai.»

«Esatto» ribatté ridendo.

«Ma credo sia dovuto in parte al fatto che mi sono imposto di partecipare alle sedute con alcuni degli ospiti più... *feriti*» le disse.

Lo fissò. «Vieni per quello?»

Annuì.

«Me lo sono sempre chiesta.»

«Tutti compilano un questionario prima di arrivare. Chiediamo loro di essere onesti sui fattori scatenanti e sul loro stato d'animo. Quando abbiamo ospiti che ammettono di essere in difficoltà e di avere problemi di rabbia, faccio in modo di essere presente durante le sessioni di gruppo.»

«Io... non lo sapevo.»

Tonka scrollò le spalle. «Forse mi ci è voluto molto tempo per trovare il coraggio di ammettere la mia attrazione, ma non significa che non abbia cercato di proteggerti. E ora che l'ho detto ad alta voce, sembra un po' inquietante.»

Gli sorrise. «Non è così. È una bella cosa.»

«Ok. Allora... ci vediamo più tardi» le disse, un po' a disagio per le emozioni che lo stavano travolgendo. Aveva vissuto avvolto nella nebbia per così tanto tempo che gli era difficile gestire tutti i sentimenti che provava in quel momento.

«Va bene» replicò Henley.

Tonka indietreggiò verso la porta, non volendo distogliere lo sguardo fino a che non fosse stato assolutamente necessario. Quando andò a sbatterci contro, lei ridacchiò e lui non poté fare a meno di sorridere.

Prese la maniglia e tornò nella grande sala del lodge. Fece un cenno con il mento ad Alaska e si diresse verso la porta sul retro, sentendo i suoi passi più leggeri di quanto non lo fossero da molto tempo.

CAPITOLO SEI

Due settimane più tardi, Henley era nella sua Honda CRV con Jasna sul sedile posteriore, sulla strada verso il Rifugio. Era il primo giorno della figlia al resort e le stava facendo un sacco di raccomandazioni.

«Non essere una peste. Se qualcuno è occupato o sembra che non abbia tempo per rispondere alle tue domande, lasciale per un altro giorno.»

«Lo farò, mamma.»

«E fai il possibile per non intralciare gli ospiti. Ne abbiamo parlato e, anche se non sei una ragazzina iperattiva, alcuni hanno passato delle cose che rendono loro difficile vedere i bambini.»

«Lo so.»

«E fai ciò che ti viene detto.»

«Basta, mamma. Non sarò una teppista che va in giro urlando a squarciagola con una bomboletta di vernice spray. Andrà tutto bene.»

Henley ridacchiò. Non aveva idea da dove le uscissero quelle cose.

Un altro anno scolastico era finito e sua figlia era ufficialmente una studentessa delle medie. Be', lo sarebbe stata in autunno. Sarebbe andata alla scuola media di Los Alamos e Henley non era preparata. Per niente.

Ricordava ancora che quando aveva la sua età le medie erano state un inferno. Ma d'altronde, all'epoca stava ancora affrontando il trauma per ciò che era successo a sua madre, non riusciva a parlare con nessuno *e* cercava di navigare nelle acque insidiose del periodo ormonale della preadolescenza.

Henley stava aspettando che Jasna entrasse nella fase emotiva di quell'età, ma finché non fosse successo era ancora la sua dolce bambina. Più interessata ai libri che ai ragazzi o al suo aspetto. Non sapeva se sarebbe durato, ma sperava di sì, almeno per un altro po'.

«Ci sarà anche Finn, vero?» chiese Jasna.

Sua figlia non lo aveva più visto dalla mattina in cui era andato a casa loro per restituirle le chiavi, ma aveva chiesto di lui ogni giorno. Aveva voluto sapere di Melba, degli altri animali e di quello che succedeva al Rifugio. Quando le aveva comunicato che avrebbe trascorso gran parte dell'estate lì, era stata felicissima.

Ora Henley non riusciva a smettere di sorridere. «Sì» le rispose.

Sorrideva *ogni* volta che pensava a Finn. Era passata dal non vederlo quasi mai ad averlo sempre intorno. Quando arrivava, lui immancabilmente saliva al lodge per darle il buongiorno. Andava alla maggior parte delle sessioni di gruppo. Non partecipava, ma era presente. Avere il suo sguardo fisso su di lei era un po' snervante, ma non poteva negare che le piaceva la sua attenzione.

L'aveva invitata a stare con lui nella stalla nei giorni in

cui non doveva tornare subito a Los Alamos per andare a prendere Jasna a scuola, e una volta avevano persino fatto una breve escursione insieme. Henley aveva desiderato vedere la Table Rock fin da quando aveva iniziato a lavorare al Rifugio, ma tra i suoi impegni e il desiderio di esserci quando Jasna tornava da scuola, non aveva mai trovato il tempo. Così, quando Finn le aveva chiesto un po' timidamente se le andava di fare una passeggiata, aveva accettato. E, con sua grande sorpresa, non avevano avuto problemi a trovare argomenti di cui parlare.

Se un mese prima qualcuno le avesse detto che non solo avrebbe fatto un'escursione nel bosco con Finn Matlick, ma che lui avrebbe chiacchierato come se non avesse alcuna preoccupazione al mondo, gli avrebbe detto che era pazzo.

E non poteva fare a meno di amare il fatto che Finn fosse entusiasta di iniziare quasi quanto Jasna. Il giorno precedente le aveva chiesto tre volte quali fossero le sue intenzioni, assicurandosi che volesse stare nella stalla con lui, invece che al lodge con Alaska.

Il suo nervosismo le aveva fatto tenerezza e l'aveva commossa che volesse fare una buona impressione su sua figlia.

In realtà, anche se non avevano fatto altro che tenersi per mano durante la passeggiata, Finn era un compagno migliore di tutti quelli con cui era uscita. Verificava costantemente se era a posto, chiedendole se aveva fame o troppo caldo o freddo. La chiamava brevemente ogni sera per accertarsi che fosse arrivata a casa sana e salva dopo il lavoro. Chiedeva di Jasna. Era protettivo e si assicurava che non accadesse nulla di spiacevole durante le sessioni di gruppo a cui partecipava. Le portava bottiglie d'acqua prima delle sedute, e nelle poche occasioni in cui mangiavano insieme si sincerava che lei avesse tutto il necessario prima di rilassarsi abbastanza da consumare il proprio pasto.

Per farla breve, fino a quel momento Henley non aveva notato nulla che le facesse passare la voglia di vedere dove li avrebbe portati la loro attrazione. Finn magari stava ancora lottando contro i suoi demoni, ma nonostante la tendenza ad allontanarsi dalle persone e l'inclinazione a perdersi nei suoi pensieri, era comunque uno degli uomini migliori che avesse mai incontrato.

«Non vedo l'ora di conoscere la nuova vitellina!» esclamò Jasna, praticamente saltellando sul sedile. «Sei sicura che Finn abbia detto che potevo darle un nome?»

Henley sorrise. «Ne sono sicura.»

«È fantastico! Non ho mai dato un nome a una mucca prima d'ora. Dovrò osservarla per un po' per essere sicura di scegliere quello adatto. E non vedo l'ora di vedere i gattini!»

Il sorriso di Henley si fece più ampio mentre si avvicinavano al Rifugio. Jasna aspettava quel giorno da quando le aveva spiegato che sarebbe andata a lavorare con lei ogni volta che non era al campus.

Con il permesso di Mike, avrebbe passato la mattina allo studio mentre Henley vedeva i pazienti, poi sarebbero andate al Rifugio. Jasna non era esattamente una persona mattiniera, quindi il piano avrebbe dovuto funzionare bene. Avrebbe potuto stare nella sala relax a leggere e a fare altre attività poco impegnative, chiacchierare di tanto in tanto con Mike e gli altri psicologi, e al pomeriggio sarebbe stata abbastanza sveglia da dedicarsi a occupazioni più fisiche.

«Mamma?»

«Sì, tesoro?»

«Voglio bene alla signora Singleton e mi dispiace che si sia ammalata e si trasferisca... ma questa sarà l'estate più bella *di sempre*!»

Henley ridacchiò. «Spero che lo penserai anche tra qualche settimana e che tu non finisca per annoiarti.»

«Annoiarmi?» chiese, inarcando in modo comico le sopracciglia. «Impossibile! Come potrei annoiarmi con tutti quegli animali e imparando come lavorano al Rifugio? Quando ho detto alle mie amiche cosa avrei fatto quest'estate, sono state tutte molto invidiose! La maggior parte di quelle popolari ha gli occhi a cuoricino per i proprietari sexy – parole loro, non mie – ma credo di essere più entusiasta di poter passare tanto tempo con Melba.»

Henley scoppiò a ridere. Tipico di sua figlia essere più eccitata di stare con una mucca che con le persone. A pensarci bene, lei e Finn avevano in comune più cose di quanto sapessero.

«Be', ricordati che Finn e gli altri uomini amano la loro privacy, così come gli ospiti. Quindi non fotografarli senza il loro permesso.»

Jasna alzò gli occhi al cielo. «Ovvio. Accidenti. Ma posso fotografare Melba e gli altri animali, giusto? E la vitellina a cui darò un nome?»

Il sorriso sul volto di Henley non era svanito. «Sì, non credo ci siano problemi, ma prima dovresti chiederlo a Finn.»

«Lo farò» replicò felice.

Mentre si immetteva sulla strada che portava al lodge, si rese conto che non era così rilassata da molto tempo. Crescere una figlia da sola non era facile. Era costantemente preoccupata per lei ed era grata a Finn e ai suoi amici per averle permesso di portarla con sé quell'estate. Sperava solo che il loro entusiasmo per la presenza di Jasna non diminuisse con il passare delle settimane. Anche se in genere era una bambina tranquilla, aveva la tendenza a fare un milione di domande. Per non parlare del fatto che era una preadolescente. Non era il momento più facile nella vita di una ragazza.

Mentre parcheggiava l'auto, Henley stava per raccomandarle di nuovo di essere educata e non intralciare, ma prima che potesse dire qualcosa, sua figlia aveva aperto la portiera e stava correndo verso la stalla più velocemente di quanto l'avesse mai vista fare.

Quando scese dal veicolo si accorse che Finn era davanti alle porte aperte. Lui notò che stava guardando nella sua direzione e la salutò con la mano, poi si girò e seguì all'interno la ragazzina eccitata.

Avrebbe voluto raggiungerli, ma doveva prepararsi per una seduta individuale, e poi avrebbe avuto una sessione di gruppo. Jasna stava diventando sempre più indipendente e sarebbe stata benissimo con lui. Così, fece un respiro profondo e si diresse verso il lodge.

Il suo cellulare emise il suono della notifica di un messaggio. Non sapeva chi fosse, dato che di solito era la figlia a scriverle e l'aveva appena lasciata andare. Si fermò e frugò nella borsa per prendere il telefono. Fu pervasa da una sensazione di calore quando vide chi l'aveva inviato.

Finn: *Ciao. Non preoccuparti per Jas, staremo bene. Se riesco a staccarla dalla vitella, la porterò su a pranzare dopo la tua prima sessione.*

Finn: *Scusa, ho premuto invio troppo presto. A proposito... sei molto bella oggi. Il momento migliore della mia giornata è vederti arrivare sana e salva.*

Oh. Che uomo. Sentendosi al settimo cielo, Henley proseguì verso il lodge.

———

Tonka era fuori dal box dove riposava la nuova vitellina e osservò sorridendo Jasna che blaterava alla cucciola senza sosta. Era stata piena di energia fin dal momento in cui era arrivata, ed era passato molto tempo dall'ultima volta che aveva visto qualcuno così entusiasta di lavorare. Faceva tutto ciò che le diceva, compreso raccogliere il letame dal box delle capre senza lamentarsi.

Non aveva dubbi che prima o poi quei compiti le sarebbero andati a noia e che avrebbe preferito fare solo le cose divertenti, come dare da mangiare ai gattini e stare con gli animali come stava facendo ora, ma in ogni caso a lui non sarebbe importato. E invece di sentirsi come se il suo dominio fosse stato invaso, gli piaceva avere lì qualcuno che sembrava amare quelle creature quanto lui.

Al momento, Jasna era seduta sul fieno con la testa della vitellina in grembo. Borbottava tra sé e sé, provando diversi nomi. Quando Tonka era stato in paese qualche giorno prima, un allevatore gli aveva chiesto se poteva essere interessato a prenderla perché la madre era morta e lui non aveva tempo di occuparsene. Se non l'avesse voluta, l'avrebbe venduta al macellaio.

Non appena glielo aveva detto, non era stato difficile

prendere una decisione. Il Rifugio non aveva bisogno di un'altra mucca, ma non poteva permettere che fosse venduta per farne carne. Non aveva chiesto ai suoi amici se sarebbe stato un problema avere un altro animale, ma con suo grande sollievo a loro non era importato. Sarebbe arrivato il momento in cui non avrebbero più potuto aiutare altre creature, soprattutto perché lui era l'unico che se ne prendeva cura, ma per il momento se la cavavano bene. C'erano altri allevatori nella zona che accoglievano animali feriti e trascurati e se fosse stato necessario, era abbastanza sicuro di poterli contattare e che avrebbero accettato di prenderne alcuni.

Ma per il momento, vedere Jasna legare con la vitellina gli fece gonfiare il cuore d'emozione. La ragazza era stata troppo eccitata per fermarsi per pranzare e Tonka non aveva insistito. Non aveva dubbi che quella sera avrebbe mangiato e poi dormito bene. Inoltre, non aveva voluto lasciarla da sola nella stalla, quindi, visto che si era rifiutata di fare una pausa, non l'aveva fatta nemmeno lui.

Il che significava anche che non aveva visto Henley. Le aveva mandato un messaggio per farle sapere che non sarebbero andati a pranzo e di non preoccuparsi, ma non era la stessa cosa che vederla di persona.

«Scarlet Pimpernickel!» esclamò Jasna dall'interno del box.

Confuso, abbassò lo sguardo su di lei. «Cosa?»

«Scarlet Pimpernickel» ripeté lei. «È il suo nome. Scarlet per abbreviare.»

Tonka ridacchiò. «Mi sembra carino.»

La ragazzina lo guardò raggiante.

«Puoi stare qui da sola per un po'?» le chiese. Il bisogno di vedere sua madre era quasi irrefrenabile. Dato che Jasna era lì da qualche ora e non era più tutto così nuovo per lei, si sentiva tranquillo a lasciarla da sola per un breve periodo.

«Certo.»

«Torno tra un attimo. Se le capre vengono a chiedere cibo, non cedere. Sanno quando è il momento di mangiare, ma faranno il possibile per convincerti a darglielo prima. Se ti annoi, puoi sempre andare a controllare Chuck e la sua signora. Assicurati che abbiano molte arachidi e noci.»

Chuck era lo scoiattolo che aveva salvato; a quel poveretto mancavano due zampe e stava per morire di fame. Ovviamente, Tonka lo aveva nutrito e ora il piccoletto era piuttosto addomesticato e viveva con la sua compagna in una casetta per scoiattoli che aveva costruito per loro dietro la stalla.

«Annoiarmi? Sei pazzo?» gli chiese, con un'espressione totalmente sconcertata.

Ridacchiò. «Giusto. Se hai bisogno di qualcosa, mi trovi su al lodge.»

Lei annuì, ma la sua attenzione era già tornata sulla vitella, che sembrava perfettamente soddisfatta di rimanere lì dov'era per il resto della vita.

Dando un'ultima occhiata a Jasna, si diresse verso l'uscita. A ogni passo che faceva si sentiva rimescolare la pancia, come se avesse avuto tredici anni e stesse per chiedere a una ragazza di uscire.

Salutò Carly, Jess e Ryan, che stavano piegando le lenzuola nell'edificio situato accanto a uno degli chalet. Era contento che avessero trovato una nuova aiutante, perché c'era davvero troppo lavoro per solo due persone. Ed era ancora più sollevato che le tre donne andassero d'accordo. Lavoravano sodo per prendersi cura del lodge e per pulire gli chalet e prepararli per i nuovi ospiti. Il Rifugio non offriva pulizie giornaliere durante il soggiorno. Se avevano bisogno di asciugamani nuovi o di un cambio di lenzuola o altro, potevano semplicemente richiederlo. Ma l'assenza di pulizie durante la permanenza a volte significava molto lavoro per le donne dopo la partenza degli ospiti.

Con l'abbandono di Alexis, quel compito al lodge era stato lasciato ai proprietari, e tutti si erano sentiti sollevati quando Ryan era stata assunta e se n'era occupata lei.

Osservando la loro vasta proprietà, Tonka fece un piccolo sorriso orgoglioso. Quando Brick lo aveva invitato a investire e a far parte del Rifugio, aveva accettato semplicemente perché sospettava che se non lo avesse fatto... non sarebbe rimasto in giro ancora per molto. Aveva faticato ogni giorno ad alzarsi dal letto, e la mole di lavoro necessaria per far funzionare quell'attività lo aveva aiutato a non pensare alla merda che gli era capitata.

Ma ora, mentre andava verso il lodge, la soddisfazione era più profonda. Non era stato facile rendere il Rifugio ciò che era diventato, ma lui e i suoi amici avevano lavorato senza sosta perché fosse uno dei luoghi migliori del Paese, dove chi soffriva di disturbo post-traumatico da stress poteva allontanarsi per un po' dalla vita reale. Grazie alla loro tenacia e al grande impegno delle persone che li affiancavano giorno dopo giorno, avevano prosperato.

Aprì la porta del lodge e inspirò profondamente. Il profumo dei deliziosi biscotti al cioccolato di Robert permeava l'intero edificio. Gli brontolò la pancia. Aveva mangiato in fretta una tazza di fiocchi d'avena nel suo chalet prima di andare alla stalla per le faccende del mattino, e dato che aveva saltato il pranzo, era decisamente pronto a rifocillarsi.

Ma aveva bisogno di vedere Henley più che del cibo. Voleva posare gli occhi su di lei e assicurarsi che stesse bene. Non capiva perché quel bisogno fosse sempre così forte, ma sapeva che non sarebbe stato in grado di calmarlo finché non avesse visto di persona che era al sicuro.

Sbirciò nella sala conferenze che usava per le sue sessioni e la vide seduta davanti a tre dei loro ospiti. Annuiva a qualcosa che uno di loro stava dicendo. Una delle tante cose che apprezzava di Henley era che quando qualcuno parlava, tutta la sua attenzione era su di lui. Non dava mai l'impressione di essere annoiata o di avere fretta. Faceva sentire i suoi pazienti come se fossero le persone più importanti del mondo e che quello che dicevano fosse significativo.

Tonka aveva visto alcuni psicologi subito dopo l'accaduto, ma non si era fidato di nessuno di loro. Una volta uno lo aveva interrotto a metà frase comunicandogli che il tempo a disposizione era scaduto e che avrebbe potuto riprendere alla seduta successiva. Non c'era stata un'altra seduta. Poi c'era stata una donna che si distraeva così spesso a guardare il cellulare posato sulla scrivania, che si era reso conto che non lo stava nemmeno ascoltando.

Un terzo psicologo gli aveva detto che non avrebbe dovuto prendersela così tanto per quello che era successo, visto che non erano morte delle *persone*.

Erano esempi estremi, lo sapeva. La maggior parte degli psicologi e dei terapeuti erano bravi e sinceramente interessati ad aiutare i loro clienti. Ma le esperienze vissute lo avevano inasprito verso la psicoterapia e, dopo quei tre, aveva deciso che non ci avrebbe più provato.

Poi Henley era arrivata al Rifugio.

Gli ci erano voluti mesi per partecipare a una delle sue sessioni di gruppo, e anche in quel caso era stato solo perché non gli era piaciuto il comportamento di uno degli ospiti, quindi aveva voluto assicurarsi che lei e gli altri fossero al sicuro durante la seduta.

Ma quando l'aveva ascoltata parlare e aveva visto quanto si preoccupava per i suoi pazienti, come si immedesimava con loro e li ascoltava veramente, Tonka aveva capito quanto fosse diversa dagli psicologi da cui era andato in passato.

Non offriva banali frasi fatte. Non diceva a nessuno che capiva come ci si sentiva a dover sparare in testa a un altro essere umano per sopravvivere. Era dura, ma allo stesso tempo rassicurante. Dava agli ospiti il permesso di essere tristi, arrabbiati e persino spaventati.

E si rendeva vulnerabile. Si apriva condividendo in continuazione le proprie esperienze traumatiche.

Insomma, se Tonka avesse avuto una psicologa come lei subito dopo che la sua vita gli era esplosa in faccia, forse ora non sarebbe così incasinato.

Si costrinse a tornare al presente e osservò Henley attraverso la finestra della porta per un'altra decina di secondi, il tempo sufficiente per assicurarsi che tutto fosse a posto, prima di voltarsi e andare in cucina.

Si preparò un panino al roastbeef, mangiò i fagiolini che erano avanzati dal pranzo, divorò tre biscotti e quando tornò nell'atrio del lodge, la seduta di Henley era già finita.

Lei lo vide mentre stava salutando uno degli ospiti e il

modo in cui i suoi occhi si illuminarono mentre gli sorrideva lo fece sentire in paradiso.

«Ehi» la salutò, andandole incontro.

«Ciao. Non sembri troppo malconcio e ammaccato dopo aver passato qualche ora con Jasna.»

Lui ridacchiò. «In realtà è stata di grande aiuto. Lei e Scarlet Pimpernickel hanno davvero legato.»

«Chi?» chiese Henley ridendo.

«È così che ha chiamato la vitella.»

«Oh, accidenti. Mi dispiace. Non sentirti obbligato a tenere quel nome» disse, arricciando il naso in modo adorabile.

«Non mi sognerei mai di cambiarlo. Ci ha pensato a lungo e intensamente per tutto il pomeriggio. La chiameremo Scarlet. Mi piace. E...» aggiunse, abbassando la voce, «devo ammettere che inventare nomi non è certo il mio forte, quindi mi ha fatto un favore. Non crederesti mai a quanto mi hanno tormentato per il nome di Melba.»

Henley rise. «L'hai pensato tu?»

«Mm-mm. Pensavo fosse fantastico finché gli altri ragazzi non hanno cercato di porre il veto. A me non importava davvero, ma ormai si trattava di principio. Dovevo rimanere fedele alle mie idee. E non ho dubbi che nessuno dirà niente a *tua figlia* per il nome che ha scelto. È una doppia vittoria per me.»

«Be', lo apprezzo molto. Erano due settimane che non vedeva l'ora che arrivasse oggi.»

«Hai pranzato?» le chiese, cambiando argomento.

«Sì. Non so cosa abbiano fatto Robert e Luna a quei fagiolini. Di solito non ne vado matta, invece ne ho mangiate due porzioni.»

Tonka si stupiva sempre della gioia che quella donna

trovava nelle cose più semplici. Lui aveva lottato per anni solo per alzarsi dal letto e lei esaltava le virtù dei fagiolini. Era il motivo per cui si era sentito attratto praticamente nel momento in cui l'aveva conosciuta e per cui ora non riusciva a starle lontano.

«Che c'è? Perché mi guardi così?» gli chiese, infilandosi a disagio una ciocca di capelli dietro l'orecchio.

«Sei straordinaria» sbottò.

Un rossore si diffuse sulle sue guance, rendendola ancora più bella ai suoi occhi.

«Lo sei» insistette. «Hai cresciuto da sola una figlia meravigliosa. Sei una psicologa incredibile. E quando sono vicino a te mi ricordo cosa vuol dire ridere ed essere felici.»

Henley gli si avvicinò mettendogli una mano sul petto. «C'è un tizio che scrive libri per genitori che mi piacciono molto. Non credo che riuscirò a dire esattamente questa citazione, ma spero di andarci abbastanza vicina. Dice che la vita è meravigliosa. Poi orribile. Poi di nuovo meravigliosa. In mezzo al meraviglioso e all'orribile c'è l'ordinario e la noia. Dovremmo goderci i momenti meravigliosi, tenere duro durante quelli orribili, rilassarci e respirare durante gli ordinari e gioire quando tornano meravigliosi.

Ho vissuto i momenti meravigliosi, orribili e ordinari. Quello che so è che non rinuncerei a quelli meravigliosi per cancellare gli orribili. Siamo plasmati dalle cose che viviamo... e io affronterei di nuovo *tutto* quello che ho vissuto se ciò significasse arrivare dove sono oggi. Con una figlia che mi dà uno scopo, un lavoro che amo e gli amici che mi sono fatta qui al Rifugio.»

Tonka non riuscì a trattenersi dal circondarle la vita con un braccio e attirarla contro di sé. «Sto per baciarti» la informò in tono roco.

«Era ora» ribatté lei con un sorriso, agganciando le dita dietro la sua schiena.

Si era aspettato che gli dicesse che era troppo presto, o che non si sentiva ancora a suo agio a portare la loro relazione a quel livello, ma alle sue parole il peso nel petto che non sapeva nemmeno di avere si sciolse.

Muovendosi lentamente, deciso a prolungare quel momento, abbassò la testa. Le premette piano le dita sulla schiena mentre la stringeva. Lei si alzò in punta di piedi e sollevò il mento.

Le sfiorò le labbra con le sue una volta. Due. Al terzo passaggio le mordicchiò il labbro inferiore. Henley fece un piccolo gemito e si abbandonò completamente a lui, facendogli sentire il peso del suo corpo e aprendosi.

Tonka non esitò e infilò la lingua nella sua bocca desiderosa. Aveva il sapore delle mentine che le piaceva succhiare. Aveva baciato la sua buona dose di donne nella vita, ma niente lo aveva emozionato quanto baciare Henley. Se glielo avessero chiesto, non sarebbe stato in grado di spiegare cosa ci fosse di così diverso in quel bacio, in *lei*. Era così e basta.

Non rimase passiva. Offrì tanto quanto stava ricevendo. Le loro teste si muovevano lentamente, mentre imparavano a conoscere il sapore dell'altro, ciò che li faceva gemere.

Quando alla fine Tonka si tirò indietro, ebbe la sensazione che la sua vita fosse cambiata in quei pochi minuti, e rimase a fissarla sconvolto.

«Wow» disse lei dopo un attimo, leccandosi le labbra.

«Già, wow» ripeté lui in uno stato di intorpidimento.

Qualcuno si schiarì la gola dietro di loro e Tonka si

mosse senza pensarci, girandosi e spingendo Henley dietro di sé.

Vedendo Brick e la sua donna, si rilassò.

Alaska ridacchiò. «Scusate, non volevamo... interrompervi, ma volevo sapere se Henley fosse interessata a passare la notte qui sabato. Abbiamo avuto una disdetta e ho pensato che sarebbe divertente se lei e Jasna potessero partecipare al falò che stiamo organizzando.»

Tonka si voltò a guardare Henley che aveva gli occhi spalancati.

«Non è un problema?» chiese lei. «Voglio dire, non sarebbe un'imposizione? Non vorrei far lavorare di più Carly, Jess o Ryan.»

«Assolutamente no» rispose Brick, prima che potesse farlo lui. «È da un po' che penso di permettere ai nostri dipendenti di alloggiare negli chalet vuoti quando sono disponibili. Sia per ringraziarli, sia per cercare di infondere più orgoglio per quello che facciamo quassù. Sappiamo tutti quanto questo posto ci guarisca, e credo che potrebbe essere così per chiunque. Siete più che benvenute a rimanere. Devo però avvertirti. Anche se Al ha detto che faremo un falò, in realtà si tratta solo di un fuocherello di dimensioni normali. Non vogliamo accendere qualcosa di troppo grande e rischiare che vada fuori controllo» concluse con un sorriso.

«Non ricordo l'ultima volta che mi sono seduta a rilassarmi intorno a un fuoco» rifletté Henley.

«Ci saranno anche i marshmallow. Non si può fare un falò senza s'more!» esclamò Alaska. «Ti prego, di' di sì. Per quanto adori Drake e i suoi amici, mi piacerebbe avere la compagnia di una donna.»

«Anche a me piacerebbe» ammise Henley con un timido sorriso.

«Evviva! Ora... tornate pure a fare quello che stavate facendo quando vi abbiamo interrotti» disse l'altra con un sorriso sornione. «Fate finta che non siamo mai stati qui. Anche se dovete sapere che ho visto un gruppo di ospiti dirigersi da questa parte. Credo che abbiano appena finito di fare un'escursione e probabilmente stanno cercando di trovare qualche snack.»

Brick li salutò con un cenno del mento mentre riconduceva Alaska verso la porta d'ingresso.

Tonka si voltò verso Henley, sperando che non fosse imbarazzata per essere stata sorpresa a baciarlo. Non vide disagio sul suo viso. Al contrario, stava sorridendo. Le sue labbra erano un po' più gonfie di prima e non poté fare a meno di sentirsi possessivo verso il modo per cui erano diventate così.

«Stai bene?»

«Perché non dovrei?» gli chiese, inclinando un po' la testa.

«Non volevo davvero farlo qui, dove qualcuno poteva vederci.»

«Non mi vergogno di stare con te, Finn. Probabilmente non è uno shock per Alaska o per gli altri ragazzi che io sia attratta da te. Siete tutti estremamente attenti. E devo dire che... quel bacio...»

Quando non continuò, le chiese: «Sì?»

«*Ogni volta* che vorrai baciarmi così, non importa dove siamo o chi c'è in giro, sentiti libero di farlo. Ok, magari non ancora davanti a Jasna. Probabilmente deve abituarsi un po' al fatto che sua madre frequenti qualcuno.»

Tonka non aveva idea di come fosse stato così fortunato. Quella donna era fatta per lui. Lo sapeva fin nel midollo. Sperava solo di essere abbastanza degno da meritarla.

«A proposito, forse dovrei andare a controllarla» disse dopo un attimo, facendo del suo meglio per tenere a freno l'impulso di prenderla di nuovo tra le braccia e continuare a baciarla. «Non che io pensi ci sia qualcosa che non va, ma sai, è il suo primo giorno.»

«Ti va un po' di compagnia?»

«La *tua*, sì» la rassicurò.

Ma prima che potessero sgattaiolare da una porta laterale, il lodge si riempì improvvisamente di una mezza dozzina di ospiti che, quando videro Tonka, decisero che conoscere la nuova vitellina era più importante che fare uno spuntino.

Lui fece il possibile per non risentirsi della loro intrusione, rassicurandosi invece sul fatto che in futuro avrebbe potuto trascorrere un sacco di tempo con Henley. Ci sarebbe stata per tutta l'estate. E quel fine settimana avrebbe avuto la possibilità di stare con lei tutta la sera, non solo nei momenti rubati tra un lavoro e l'altro.

CAPITOLO SETTE

IL RESTO della settimana passò senza intoppi e prima che Henley se ne rendesse conto era già sabato. Lei e Jasna avevano preparato una borsa ed erano entusiaste di passare la notte al Rifugio. Sua figlia era stata in fibrillazione, più iperattiva che mai, così dopo una rapida sosta nello studio, erano arrivate al Rifugio prima del previsto.

Henley aveva fatto una breve chiacchierata con Mike riguardo ad alcuni dei loro clienti. Il sabato mattina lui passava spesso qualche ora in studio, quindi ne aveva approfittato per scambiare qualche idea e ricevere dei consigli su come aiutare al meglio quelli che erano più in difficoltà. Gli era anche grata perché supportava il suo impegno al Rifugio. Era davvero fortunata ad avere un lavoro che amava così tanto.

Mike le aveva parlato ancora di Christian Dekker, avvertendola di nuovo di stare sempre attenta a ciò che la circondava. Aveva ammesso di non avere idea di quanto fosse concreta la minaccia contro di loro, ma sarebbe stato imprudente ignorare le preoccupazioni della madre del ragazzo.

Henley non riusciva a immaginare quanto dovesse sentirsi a pezzi la signora Dekker. Quanto dovesse essere orribile avere un figlio di cui si aveva paura. Christian aveva sedici anni, pesava più della maggior parte dei ragazzi della sua età ed era alto quasi un metro e ottanta. A quanto pareva, andava e veniva da casa sua come voleva e ignorava tutte le regole che i suoi genitori avevano cercato di mettere in atto nel tentativo di controllarlo. Aveva anche abbandonato la scuola a metà anno e in pratica se ne andava in giro tutto il giorno, rendendo nervosi quelli con cui entrava in contatto. Sua madre aveva parlato di una specie di fortino nel bosco dietro casa in cui passava molto tempo, ma non aveva idea di cosa facesse lì.

Henley aveva cercato di aiutare il ragazzo, ma non era riuscita a stabilire un legame che le permettesse di scoprire perché fosse così arrabbiato con il mondo. Aveva smesso di confidarsi dopo pochissime sedute, passando la maggior parte del tempo a cercare di confonderle le idee.

Secondo Mike, la signora Dekker aveva portato le sue preoccupazioni anche alla polizia locale, quindi erano consapevoli che Christian poteva essere pericoloso, ma non si era ancora mostrato aggressivo nei confronti di nessuno né aveva fatto minacce verbali... che loro sapessero. Per il momento, si limitavano a osservare e ad aspettare.

«Ehi» la salutò Finn, avvicinandosi a lei accanto alla buca del falò ancora spento e cingendole la vita con un braccio. Si chinò e la sfiorò con un bacio.

Henley era entusiasta della rapidità con cui erano

passati dall'essere amici, a frequentarsi, al potersi toccare con tanta disinvoltura. Si appoggiò a lui e replicò: «Ehi.»

«Sembravi persa nei tuoi pensieri. Va tutto bene?»

«Sì. Stavo solo riflettendo.»

Finn annuì. Quella era un'altra cosa che le piaceva di lui. Non la spingeva mai a parlare. Se gli diceva di stare bene, la prendeva in parola.

«Jasna è nella stalla a "rimboccare le coperte a tutti"» le disse con una piccola risatina.

«Quindi potremmo riuscire ad accendere il fuoco tra circa due ore?» scherzò Henley. Sua figlia ci aveva messo un attimo ad abituarsi alla vita del Rifugio. Non si lamentava mai del duro lavoro che serviva per nutrire tutti gli animali e mantenere i loro box puliti. Non era disgustata da tutto il letame che doveva spalare fuori dalla stalla o dall'odore. Sembrava amare ogni secondo che riusciva a trascorrere con Finn e con gli animali, e per quanto riguardava lui... Henley doveva ammettere di essere un po' gelosa di sua figlia.

Finn ridacchiò. «Non ci metterà molto. È troppo ansiosa di fare gli s'more e di passare del tempo con gli adulti.»

Henley annuì. L'aveva descritta perfettamente. Le piaceva stare con le persone più vecchie di lei. In passato quella particolarità l'aveva fatta preoccupare più di una volta. L'ultima cosa che voleva era che Jasna entrasse a far parte di un gruppo di ragazzi più grandi e maturi, e che magari venisse spinta a fare cose per cui non era pronta.

«Porca puttana, Tonka starà davvero con noi intorno al fuoco stasera?» lo stuzzicò Spike.

«Vero?» Pipe si unì alla provocazione scherzosa. «Credo

che l'ultima volta che abbiamo avuto il privilegio della sua presenza sia stata... oh, giusto, mai!»

«Zitto» disse Finn scuotendo la testa. «Sto sempre con voi.»

«No, non proprio» ribatté Stone. «Quando ci sono riunioni che trattano del Rifugio o vuoi il nostro contributo su qualcosa che riguarda gli animali, sì. Ma solo per rilassarti, no.»

Henley gli lanciò un'occhiata e vide che era molto a disagio. Non gli piaceva. «Be', ora è qui» si intromise con tono deciso. «Chi accende il fuoco? È tutto il giorno che Jasna parla di fare gli s'mores e se non c'è un falò acceso quando torna quassù, credo che potrebbe provare a farne uno da sola.»

La sua dichiarazione spostò l'attenzione di tutti da Finn all'accensione del fuoco e alla preparazione degli ingredienti per gli s'more su un tavolo vicino.

Lui si chinò e le sussurrò all'orecchio con dolcezza: «Grazie.»

Si girò tra le sue braccia e lo guardò. «Figurati.»

«Hanno ragione, sai» le disse con un'alzata di spalle. «In passato queste cose non facevano per me.»

«Se non vuoi restare, non sei obbligato a farlo» si sentì in dovere di dirgli.

«Tu rimani?» le chiese.

Lei annuì. «Sì. Jasna è tutto il giorno che aspetta questo momento.»

«Allora rimango anch'io» disse con fermezza.

Gli sorrise.

«Non è che non mi piacciano gli altri ragazzi» continuò, anche se Henley non lo aveva obbligato a spiegare perché quello fosse il primo falò a cui partecipava. «È solo che...

mi trovo a mio agio con gli animali. Non fanno domande. A loro non importa se sono di cattivo umore. Con loro non devo fingere di essere... *normale*.»

«Finn, nessuno dei tuoi amici vuole che tu sia qualcuno che non sei. E se pensi che non si sentano esattamente come te, ti sbagli. Non conosco le loro storie, ma il motivo per cui siete *tutti* qui è dovuto a qualsiasi cosa sia accaduta nel vostro passato. All'apparenza potrebbero sembrare tutti perfettamente felici e ben adattati, ma ti assicuro che la maggior parte delle volte le persone fanno di tutto per nascondere il proprio dolore a coloro che amano di più.»

Lui rimase in silenzio per un attimo prima di annuire. «Già.»

Non disse altro, solo quell'unica sillaba, ma Henley capì che stava davvero pensando alle sue parole.

«Andiamo» lo esortò. «Prendiamo un buon posto prima che vengano occupati tutti.» Lo tirò verso uno degli enormi tronchi d'albero disposti intorno al falò per essere usati come sedili.

Henley osservò l'area e vide che c'erano sei ospiti, alcuni erano seduti, altri in piedi. Li aveva incontrati tutti e sapeva che per nessuno di loro il fuoco era un fattore scatenante, probabilmente uno dei motivi per cui i ragazzi avevano deciso che era il momento giusto per un falò. Due di loro erano stati dei militari, un altro era sopravvissuto a una sparatoria sul posto di lavoro, una donna aveva subito un'aggressione con conseguente furto d'auto, l'altra era stata violentata e l'ultimo aveva perso un braccio in uno dei macchinari della catena di montaggio dove lavorava.

Tutti e sei stavano parlando e ridendo come se non avessero alcuna preoccupazione al mondo. A pensarci bene, *tutti* sorridevano. Quell'incontro era un ottimo promemoria di quanto fosse resiliente lo spirito umano.

Anche lei e Tonka ne erano un buon esempio. Da adolescente c'erano stati momenti in cui aveva pensato di non farcela. Si era sentita molto vulnerabile e sempre terrorizzata. Ma era sopravvissuta. Poteva solo sperare che lo facessero anche tutti gli uomini e le donne che aveva incontrato al Rifugio.

«In arrivo» sussurrò Finn accanto a lei, mentre Jasna usciva dalla stalla e correva verso di loro.

«Me lo sono perso?» chiese la ragazzina con voce eccitata mentre si avvicinava.

Henley rise. «Ti sei persa cosa?» chiese. «L'accensione del fuoco? Sì. Ma non gli s'more.»

«Fiù» disse, asciugandosi la fronte in modo esagerato.

Alcune persone intorno a loro ridacchiarono.

«Sono tutti sistemati?» le chiese Finn.

«Sì. Le capre stanno morendo di fame, ma ho detto loro che oggi non possono mangiare altro e che staranno bene fino a domani mattina. Melba e Scarlet Pimpernickel si sono sistemate e ho cambiato loro l'acqua. I cavalli stanno bene. I gattini sono stati allattati e dormono. I cani russano così forte che pensavo li avreste sentiti fin quassù. Ho anche dato la buonanotte a Chuck e gli ho lasciato un paio di noccioline in più, così, senza una ragione.»

«Fantastico, grazie» le disse Finn.

«Jasna, vuoi fare il primo s'more?» chiese Alaska dall'altro lato del falò.

La ragazzina andò da lei veloce come un lampo, ovviamente desiderosa di partecipare all'esperienza.

«Stanotte sarà super eccitata» brontolò Henley, ma aveva un sorriso stampato in faccia mentre guardava la figlia infilare faticosamente un enorme marshmallow su uno spiedino di ferro prima di andare verso il fuoco.

«E ne sei felice» sostenne Finn.

Lei sorrise. «Sì. È una bambina così seria. Non devo mai dirle di fare i compiti. Può intrattenersi per ore leggendo o inventando storie nella sua testa. Vederla qui fuori, spensierata, a divertirsi e a socializzare... è qualcosa che non ho mai potuto sperimentare. Farò tutto il necessario per farle vivere esperienze come questa finché lo vorrà.»

«Come i vari campus a cui l'hai iscritta per quest'estate.»

«Già. Sono quattro. Due sono giornalieri e gli altri hanno il pernottamento. Uno di quelli diurni tratta di arte, potrà provare più di dieci tecniche diverse: pittura, disegno, sculture con il filo di ferro... cose del genere. L'altro giornaliero riguarda il teatro. Non era molto sicura di volerlo frequentare, ma l'ho convinta a provare. Gli altri sono i tipici campus estivi, dove fanno nuoto, escursioni e falò. Le piace molto la parte che coinvolge le attività in acqua, ma non altrettanto gli insetti e le passeggiate.»

Finn ridacchiò e adorò sentirlo. «Sembra che quest'estate sarà molto impegnata, tra la permanenza qui e i campus.»

Henley annuì. «È che sono preoccupata per lei» ammise.

«Perché?»

«Non ha molti amici e preferisce stare da sola. Voglio che impari a essere socievole, a relazionarsi con i suoi coetanei. Anche se mi piace stare con lei e fare cose tra madre e figlia, penso che abbia bisogno di passare più tempo con quelli della sua età.»

«Sei una mamma straordinaria» le disse.

Henley non poté fare a meno di sorridere.

«Che c'è?» le chiese.

«Non che tu sia il giudice migliore in questo ambito.»

Ma lui non ricambiò il sorriso. «Quello che so è che Jasna è una ragazza gentile. È compassionevole, è educata, e non ha paura di mostrare i suoi sentimenti. Con te si sente al sicuro, ed è chiaro che le hai parlato di alcuni dei pericoli del mondo, perché non è sconsiderata. Non sta incollata al telefono, non si lamenta di non poter guardare la TV o di scorrere i social media per ore guardando video di trenta secondi che friggono il cervello. Non sono un genitore, ma so che oggi non è facile crescere un figlio. Ed è ancora più difficile se si è una madre single. Hai fatto un lavoro straordinario. Dovresti essere orgogliosa di te stessa *e* di Jasna.»

Henley sentì le lacrime inumidirle gli occhi e si voltò a fissare la luce tremolante del fuoco. In genere non era una persona emotiva... tranne quando si trattava di sua figlia. Finn non aveva torto. Crescere Jasna era stata una delle cose più difficili che avesse mai fatto, seconda solo al dover superare ciò che era accaduto a sua madre. Che lui elogiasse sua figlia le sembrò il più bel complimento che avrebbe potuto mai ricevere.

Finn si alzò e Henley si voltò per vedere dove stesse andando, ma lui si limitò a girare intorno al grande tronco d'albero e a posizionarsi dietro di lei. La prese per le spalle fino a farla appoggiare contro di sé, facendosi usare essenzialmente come schienale.

Le piaceva molto la sensazione del suo corpo, così robusto e confortante, e si rilassò abbandonandosi a lui.

Alaska si avvicinò e le si sedette accanto, mentre Tiny

si unì a Finn e iniziò una conversazione sul sorprendente numero di donazioni che il Rifugio aveva ricevuto ultimamente.

«Si sta divertendo molto» disse Alaska con un sorriso, indicando Jasna. Spike e Pipe erano con lei vicino al fuoco e stavano discutendo sul modo migliore di arrostire i marshmallow. Se fosse meglio incendiarli e poi spegnere il fuoco in modo che si formasse una crosta nera intorno a tutto il dolcetto, o se dovessero essere solo leggermente dorati prima di metterli sul cioccolato.

Gli altri proprietari erano in piedi o seduti lì intorno insieme agli ospiti e chiacchieravano amabilmente.

«È vero» concordò Henley.

«Non ho avuto molte occasioni di parlare con te ultimamente» continuò.

«Siamo state entrambe impegnate. So che i ragazzi sono tutti entusiasti da quando ti occupi delle questioni amministrative.»

L'altra donna ridacchiò, poi si chinò e sussurrò: «Detto tra me e te, era un disastro.»

Si scambiarono un sorriso. Per qualche ragione, Henley si sentì quasi sopraffare dall'emozione, e sbottò: «Sono così felice che tu stia bene.»

L'espressione di Alaska si addolcì. Aveva capito che si riferiva all'uomo che era andato a cercarla al Rifugio per rapirla per i suoi scopi nefasti. «A essere sincera, credo che per voi che eravate al lodge sia stato peggio.»

Henley sbuffò. «Non ne sono poi così sicura. Tu eri nascosta nel bosco spaventata a morte, mentre Brick andava a cercare l'uomo. Non so sei avrei voluto stare in quel posto da sola, chiedendomi se mi avrebbe trovata.»

Sul viso di Alaska passò un'espressione che non riuscì a

interpretare, poi scrollò le spalle. «Sì, ma voi avete avuto a che fare con l'incendio e i fuochi d'artificio, cercando inoltre di tenere calmi gli ospiti. E ho sentito che anche Tonka ha avuto il suo bel da fare con gli animali. Penso che non sia stato divertente per nessuno di noi.»

Non si sbagliava, e non era sorpresa che stesse sminuendo le sue paure. Da quello che aveva visto era una persona molto equilibrata. E perché non avrebbe dovuto? Aveva al suo fianco un uomo che amava.

«Allora, cambiando argomento... non so molto di *te*. So per sentito dire che sei cresciuta in una riserva, ma non quale o dove... scusa» disse infine con aria mortificata.

«Sono una Zuni. Sono cresciuta in una riserva nel New Mexico occidentale. Eravamo poveri, ma onestamente non ci facevo caso. Non ho fratelli o sorelle, eravamo solo io e i miei genitori. Eravamo felici. Ma dopo che mia madre è stata uccisa, mio padre non è più stato lo stesso. Aveva perso l'amore della sua vita in modo orribilmente traumatico e pur facendo del suo meglio per prendersi cura di me, non si è mai ripreso del tutto.»

«Mi dispiace tanto» le disse, mettendole una mano sul ginocchio. «Non volevo far riaffiorare questi brutti ricordi.»

«Non preoccuparti. Voglio dire, fa parte di ciò che sono. Comunque, in seguito non ho più parlato per molti anni, mentre cercavo di affrontare tutto. Mio padre ha deciso di trasferirci ad Albuquerque perché riteneva che lì avrei potuto ricevere cure mediche migliori. E aveva ragione. Alla fine ho ricominciato a parlare, e grazie a una psicologa estremamente straordinaria ho voluto aiutare gli altri come lei aveva fatto con me.»

«E tuo padre?»

Henley le rivolse un sorriso triste. «È riuscito a vedermi finire il liceo, ma ha ceduto ai suoi demoni non molto tempo dopo.»

Alaska sembrò preoccupata. «Accidenti, faccio *schifo* nelle situazioni sociali! Siamo qui a cercare di divertirci e io ti ho fatto ricordare quei brutti momenti.»

«Pensare a mio padre mi rende felice» la rassicurò. «Voglio dire, non sono entusiasta che non ci sia più, avrebbe decisamente amato Jasna, ma non sta più soffrendo. E so che veglia su di me. Lo rivedrò, e questo mi aiuta.»

«Non ho mai conosciuto mio padre» disse Alaska. «E mia madre non vincerà mai il titolo di genitore dell'anno. Ti ammiro molto, Henley.»

Lei inclinò la testa perplessa. «Perché?»

«Perché sei come il coniglietto Duracell. Continui ad andare avanti, qualunque cosa accada. Hai una carriera di successo, una figlia fantastica e sei incredibilmente... *buona*.»

Henley non poté fare a meno di ridere. «Credimi, ci sono giorni in cui non lo sono affatto. Avresti dovuto vedermi l'altra mattina quando un tizio mi ha tagliato la strada mentre andavo al lavoro. Devo dire che non sono orgogliosa di come l'ho apostrofato, ma di sicuro mi sono sentita bene.»

Alaska ridacchiò.

«È strano vivere qui ed essere l'unica donna?» le chiese Henley.

«Sinceramente, no. Con Drake accanto vivrei ovunque.»

«Ooh, che bello.»

«L'ho amato per tutta la vita. Se mi dicesse che vuole

vivere in una casetta a Timbuktu, non mi importerebbe. In ogni caso, mi *piacerebbe* avere una compagnia femminile. Le ragazze delle pulizie sono simpatiche, ma troppo impegnate a lavorare per socializzare. Comunque stare qui non è un sacrificio. Non lo è affatto. Cioè, guardati intorno. È bellissimo. Ma, soprattutto, se non ho voglia di cucinare c'è uno chef professionista. Non devo guidare per andare al lavoro e quindi non ho a che fare con persone che mi tagliano la strada. E questo è letteralmente il posto più sicuro in cui vivere... sono circondata da sette ex militari spietati. Per non parlare di Mutt, che mi sorveglia ovunque vada. E anche se molte persone potrebbero pensare che gli ospiti siano danneggiati e che sarebbero inutili in uno scenario pericoloso, credo che la mia situazione abbia dimostrato che non è così.»

«Tutte ottime osservazioni» rifletté annuendo.

«Perché?» le chiese Alaska, sporgendosi in modo che Finn non potesse sentirla. «Hai intenzione di trasferirti anche tu qui? Ti prego, ti prego, ti prego, dimmi di sì!»

Henley rise. «Sembri proprio Jasna quando implori così. E no, ero solo curiosa.»

«Accidenti» borbottò raddrizzandosi. «Ma forse è ancora presto» continuò in tono più allegro. «Se Tonka è come Drake, non perderà tempo. Quando capirà quanto sei *davvero* straordinaria, non lascerà passare troppo prima di metterti un anello al dito e farvi trasferire nel suo chalet.»

Henley arrossì, pregando che Finn non avesse sentito.

«Mamma!» la chiamò Jasna dall'altro lato. «Guarda qui!»

Quando vide il gigantesco s'more che aveva preparato spalancò gli occhi. Gemette, ma le rispose con il pollice in su.

Sentì Finn spostarsi dietro di lei e poi chinarsi. «Quella cosa è più grande della sua testa» scherzò.

Inclinandosi all'indietro, Henley lo guardò. Era particolarmente bello quella sera. Indossava la camicia di jeans che sembrava portare sempre, ma la maglietta sotto era viola scuro e dava un tocco di colore all'abbigliamento solitamente neutro. La barba era ben curata, come sempre, e i suoi occhi castani erano concentrati esclusivamente su di lei.

«Mia figlia riesce a mangiare la sua buona dose di cibo.»

«È piuttosto alta, ma magra» osservò Alaska.

Henley staccò lo sguardo da Finn e si rivolse all'altra donna. «Ma mangia» replicò, un po' sulla difensiva.

«Non voleva essere assolutamente una critica» disse subito l'altra.

«Scusa. Tendo a essere un po' protettiva nei suoi confronti. Ha un metabolismo esagerato. È una specie di pozzo senza fondo. La sto tenendo d'occhio ora che è quasi un'adolescente e si sta avvicinando alla pubertà. Non voglio che diventi troppo pesante.»

«Possiamo evitare di parlare di adolescenti e pubertà?» implorò Tiny dietro di loro.

Henley e Alaska sorrisero.

«Cosa c'è di così divertente?» chiese Brick, avvicinandosi e sedendosi accanto alla sua fidanzata. Le mise subito un braccio intorno alle spalle e la attirò a sé. Mutt sollevò la testa da dove si era piazzato ai piedi di Alaska, e dopo aver visto che il nuovo arrivato era il suo padrone, perse interesse e chiuse di nuovo gli occhi.

«Le ragazze che entrano nella pubertà» lo informò lei con un sorriso.

Brick spalancò gli occhi. «No. No. Cambiamo argomento.»

«Non puoi venire qui a intrometterti nella nostra conversazione e pretendere che si parli d'altro» brontolò.

«Posso e lo farò. Le cose stanno andando bene stasera, vero? Si stanno divertendo tutti.»

Alaska scrollò le spalle e lanciò a Henley un'occhiata come per dire: "Che ci vuoi fare?", prima di dare ragione a Brick.

«Smaltirà le calorie domani» le disse Finn all'orecchio.

«Lo so.»

«Ne vuoi uno?» le chiese.

«Uno cosa?»

«Uno s'more.»

«Tra un po' mi alzo e vado a farmelo» lo informò.

«Te lo preparo io. Marshmallow bruciato o leggermente dorato?»

Henley non era ancora abituata al fatto che qualcuno facesse così tante cose per lei. Quando si era rotto il bagno nell'appartamento, lo aveva riparato da sola invece di aspettare quelli della manutenzione. Se bucava una ruota dell'auto se ne occupava lei. Suo padre le aveva insegnato a essere autosufficiente e anche vivere nella riserva le aveva inculcato quel concetto. Lì non esisteva un centro commerciale a dieci minuti di distanza dove poter correre a prendere ciò che serviva per riparare una finestra, comprare una scopa nuova o qualsiasi altra cosa. Si arrangiavano con quello che avevano e improvvisavano quando era necessario.

«Hen?»

«Scusa. Grazie, mi piacerebbe averne uno. Leggermente dorato, per favore.»

«Arriva subito.»

Rabbrividì quando le passò le dita sulla spalla e lungo il braccio prima di andare verso Jasna, che era vicino al tavolo pieghevole e si stava preparando un altro s'more.

Nel corso della serata, Henley riuscì a chiacchierare con tutti. Con alcuni perché andarono a sedersi dove c'erano lei e Finn, con altri perché ogni tanto si sgranchiva le gambe e camminava intorno al fuoco fermandosi a passare un po' di tempo con loro.

A un certo punto, Jasna, che a quanto pareva aveva esaurito le energie, era andata a sedersi sull'erba davanti a un altro tronco d'albero, e ora sembrava persa nei suoi pensieri.

Alla fine Henley si alzò e si girò verso Finn. «Si sta facendo tardi e Jasna sembra distrutta. Meglio se andiamo a letto.»

«Vi accompagno» si offrì subito.

«Non hai intenzione di convincerci a restare di più?» lo stuzzicò.

Lui scrollò le spalle. «Anch'io ho raggiunto il mio limite di socializzazione per stasera.»

«Sei durato più di quanto pensassi» disse Stone, dandogli una pacca sulla spalla. Vedendola in piedi, anche gli altri uomini si avvicinarono per augurarle la buonanotte.

«Penso che dovremmo farlo più spesso» sostenne Alaska. «Magari invitando tutti i dipendenti. Scommetto che anche a loro piacerebbe stare insieme e rilassarsi.»

«Sono d'accordo» dichiarò Tiny.

«Controllerò il calendario e vedrò quando potremo rifarlo» aggiunse Pipe.

«Grazie per aver invitato me e Jasna» disse Henley al gruppo.

«Avremmo dovuto farlo prima» ammise Owl. «Sei parte integrante del Rifugio, e non sono sicuro se senza di te avremmo raggiunto il successo che abbiamo ottenuto.»

Lei arrossì e sorrise. «Grazie. Voi tutti rendete questo posto un luogo perfetto in cui lavorare.»

«Non so cosa sia la perfezione» disse Spike con una risatina. «Ma abbiamo sicuramente i nostri momenti.»

Finn oltrepassò il tronco e la prese delicatamente per il gomito. Fece un cenno con il mento ai suoi amici e la condusse verso Jasna.

«Hai fretta?» gli chiese a bassa voce, lasciandosi accompagnare.

«Li conosco. Ti avrebbero risucchiata in una conversazione a caso e sarebbero passati altri trenta minuti prima che tu riuscissi a trovare un modo per uscirne educatamente. Io non devo essere educato, visto che sono miei amici e conoscono i miei modi scostanti.»

Henley ridacchiò. «È utile, eh?»

«Sì» concordò, accennando un piccolo sorriso.

«Oh... è ora di andare?» chiese Jasna quando si avvicinarono.

«Sì. Il mattino arriverà presto» le rispose Finn. «E spero che vorrai aiutarmi con il recinto.»

«Cosa bisogna fare?» gli chiese, con gli occhi che brillavano di interesse.

«Devo controllarlo, assicurarmi che non ci siano punti deboli o posti da cui Scarlet possa scappare. Sarà un lavoro duro, quindi potresti non essere interessata.»

«Sì che mi interessa!» esclamò la ragazzina. «A che ora?»

«Alle sette e mezza.»

«Ci sarò!» E a quello lo abbracciò forte prima di voltarsi e correre verso lo chalet dove avrebbero alloggiato per la notte.

Henley lo guardò mentre la seguivano camminando con calma. «Hai davvero bisogno di aiuto? O ti sei inventato quel lavoro?»

Scrollò le spalle. «Non è urgente, ma ho pensato che visto che lei è qui ed è disponibile, tanto valeva farlo adesso.»

Arrivati alla porta, Henley poté sentire sua figlia muoversi all'interno e si girò verso di lui.

«Grazie per questa serata. Mi è piaciuto conoscere un po' meglio Alaska e stare con te e i tuoi amici.»

«Anche per me è stato bello.»

«Sembri sorpreso» osservò.

«In effetti un po' lo sono» disse con onestà. «È diventata una sorta di abitudine nascondermi nel mio chalet ogni sera. È più facile. Ma tu e Jasna mi avete fatto venire voglia di provare a uscire dall'isolamento che mi sono autoimposto per tanto tempo.»

Il cuore di Henley si gonfiò di emozione. «Mi fa piacere» sussurrò.

«Non solo... ma credo sia arrivato il momento di chiamare un mio vecchio amico, per vedere come se la sta passando.»

«Ah sì?»

«Sì. Eravamo compagni nella Guardia Costiera, e quando ci siamo congedati io sono venuto qui e lui è andato in una piccola città della Virginia. Che tu ci creda o no, è diventato un bibliotecario.»

Henley spalancò gli occhi. «Davvero?»

«Mm-mm. Non ho idea di come andrà la telefonata,

probabilmente è un'idea stupida. Non so nemmeno cosa dirgli.»

«Che ne dici di iniziare con "Ciao"?»

«Simpaticona» disse Finn scuotendo la testa. Poi si fece serio. «Non so se posso essere l'uomo che ti meriti, Henley. Ma voglio esserlo.»

«Non devi essere nessuno se non te stesso. Perché mi piaci, Finn. Sempre di più ogni giorno che passa.»

«È così anche per me.»

Il desiderio tra loro divampò e Henley strinse le cosce, cercando di controllare il proprio. Sua figlia stava aspettando che entrasse e quelli intorno al fuoco avrebbero potuto vederli se avessero guardato in quella direzione, ma non c'era dubbio che desiderasse Finn. Quell'attrazione era palpabile già da un po' e ora che avevano iniziato ad avvicinarsi era sempre più difficile tenere le mani lontane.

«Voglio baciarti» mormorò lui.

«Allora fallo» gli disse con impazienza.

«Non posso baciarti come vorrei» continuò, con un tono così contrariato che Henley non riuscì a non ridere.

Ma tornò subito seria e lo guardò. «È da un po' che non ho una relazione, non so quali siano le regole al giorno d'oggi.»

«Regole in una relazione?»

«Quanto tempo dovrebbe aspettare una donna prima di coprire tutte le basi?» Incredibilmente si ritrovò ad arrossire. Sperò che Finn non potesse vederlo.

Le sorrise. «Da anni l'unica cosa che mi interessa è occuparmi degli animali qui al Rifugio... finché una certa psicologa non ha attirato la mia attenzione. Penso che possiamo stabilire noi le regole. Faremo quello che ci sembra giusto.»

«Be', questo mi sembra giusto» disse Henley, avvicinandosi di più e strusciandosi contro di lui.

«Sì» concordò Finn, mentre indietreggiava nell'ombra a un lato della porta. Poi abbassò la testa e la baciò. Quel bacio le risvegliò tutte le terminazioni nervose del corpo, e si sentì fremere dappertutto. Le fece anche dimenticare dove si trovavano. Che sua figlia era a pochi passi da loro. Che gli ospiti erano ancora al falò. Non riusciva a pensare ad altro che al sapore di Finn e alla sensazione che le dava. Quando pochi minuti dopo lui sollevò la testa, respiravano entrambi a fatica.

Le sfiorò la guancia con le dita. «Non hai idea di cosa vorrei farti in questo momento» praticamente ringhiò.

«Se richiede di spogliarsi e di leccarmi dalla testa ai piedi, *lo so*» sbottò Henley.

Provò un attimo di imbarazzo prima che lui facesse un verso strozzato, dicendo: «Non ci sei andata molto lontana.»

Si sorrisero.

«Lo faremo» le sussurrò.

«Sì. Spero presto.»

«Quand'è il primo campus in cui Jasna si fermerà anche di notte?» le chiese.

Era una follia? Non era passato molto da quando avevano ammesso entrambi di piacersi, iniziato a mandarsi messaggi e a parlare di più. E a baciarsi. Quello non poteva dimenticarlo. Ma le emozioni che si scatenavano tra loro non le *sentiva* come se fossero una follia. Le sentiva giuste. Henley sospirò. «Tra quattro settimane.»

«Un mese» commentò Finn annuendo. «Ok. Probabilmente è un bene. Ci lascia più tempo per conoscerci.»

Stava parlando più a se stesso che a lei, e Henley pensò

che fosse adorabile. Non aveva torto, era una buona idea frenare un po' le cose.

«Ti va di venire a casa mia a trovarci qualche volta?» gli chiese un po' timidamente. «Voglio dire, non è un posto di lusso, ma noi...»

«Sì» rispose, interrompendola.

Lei sorrise. «Grande.»

«Comunque possiamo guardare un film o qualcosa del genere anche qui al Rifugio, nel mio chalet.»

Henley annuì. «Quattro settimane» sussurrò dopo aver fatto un respiro profondo. Anche se quello non calmò minimamente la sua libido. Sentiva solo il profumo di Finn. Il suo odore di terra e di bosco. Era un misto di fieno, del fumo del falò e qualcosa di più profondo che era unicamente suo.

«Quattro settimane» ripeté lui. Poi spostò la mano sulla sua nuca e le inclinò la testa. «Questa non è un'avventura» disse serio. «Non ho mai voluto legarmi a nessuno, *mai*, come voglio fare con te.»

«E così anche per me.»

«L'ho detto prima e lo ripeto: non ti merito. Ma cercherò di fare del mio meglio per non rovinare tutto.»

«Non lo farai.»

Le lanciò un'occhiata che diceva chiaramente che pensava si sbagliasse, ma Henley non insistette. Gli avrebbe dimostrato con le azioni che era degno di essere amato.

«Non ha importanza a che ora Jasna verrà alla stalla domani. Non c'è bisogno che si alzi alle prime luci dell'alba.»

«Sarà lì in orario.»

«Assicurati che prima di venire mangi qualcosa. Se il recinto deve essere riparato, sarà un lavoro duro.»

«Va bene. Vale anche per te.»

«Cosa?»

«Assicurati di fare una buona colazione.»

La fissò per un lungo momento con uno sguardo che non riuscì a interpretare.

«Che c'è?»

«È da parecchio che nessuno si preoccupa del mio benessere.»

«Be', abituati. Perché a me interessa.»

Finn annuì. «Se per te va bene, magari potrei venire a prendere Jasna verso le sette e un quarto o giù di lì? Potremmo salire al lodge e mangiare qualcosa prima di andare alla stalla per i compiti mattutini e per controllare il recinto.»

«Perché non dovrebbe andarmi bene?» chiese confusa.

Scrollò le spalle. «Non vorrei essere invadente.»

«Non lo sei. E so che a lei piacerebbe molto.»

«Ok. Vuoi che quando abbiamo finito ti porti qualcosa qui? Così potrai dormire un altro po'.»

Il cuore di Henley si sciolse ancora di più. «Sì, grazie.»

«Va bene. Allora ci vediamo domani mattina. Henley?»

«Sì?»

«Sono stato bene stasera.»

«Anch'io.»

«E per la cronaca... sarei il figlio di puttana più fortunato del mondo se tu fossi mia e venissi a vivere qui con me.»

E dopo quell'incredibile affermazione, si chinò, la baciò di nuovo, poi si voltò e si diresse verso la stalla.

Non era sorpresa che andasse a controllare ancora una

volta gli animali prima di andare a letto, ma lo *era* per le sue parole. Era ovvio che avesse sentito il commento di Alaska. Pensò che avrebbe dovuto provare imbarazzo, ma come poteva quando aveva percepito nel suo tono serietà e una certa malinconia?

Sentendosi al settimo cielo, Henley entrò nello chalet per comunicare a Jasna i piani per la mattina seguente.

———

Christian Dekker era disteso immobile tra gli alberi, non troppo lontano dal falò del Rifugio. Era diventato bravo a sgattaiolare nei boschi. Aveva imparato a rimanere fermo per ore mentre osservava la sua preda... esattamente come stava facendo ora.

Era facile non farsi notare dalle persone riunite intorno al fuoco, dato che i fotorecettori retinici nei loro occhi erano abbagliati dalla luce intensa. Anche se si fossero voltati a guardare tra gli alberi, non lo avrebbero mai visto.

Il suo obiettivo era la donna, ma non era ancora il momento di fare la sua mossa; prima doveva fare altre ricognizioni. Doveva imparare tutto quello che c'era da sapere su di lei. La stava osservando già da qualche settimana.

E quella sera aveva deciso che il modo migliore per tormentarla e farla soffrire era toglierle la cosa più importante della sua vita.

Nell'oscura quiete del bosco, la sua mente tornò a quando aveva tredici anni, poco prima che lei lo scaricasse a un altro. Al giorno in cui aveva sentito la psicologa parlare di lui ai suoi genitori, raccomandando un trattamento terapeutico intensivo in ospedale. Aveva cercato di togliergli ogni controllo, allontanarlo dalla sua famiglia. Non che gli piacessero i suoi genitori o sua sorella. Assolutamente no. Ma nessuno poteva prendere decisioni sulla sua vita, se non lui. Soprattutto non una psicologa stronza che pensava di sapere cosa fosse meglio per tutti.

Gli occhi di Christian seguirono la ragazza che si muoveva intorno al fuoco. Rideva, senza rendersi conto che un predatore la stava osservando. Si sentì riempire da un senso di eccitazione mentre faceva piani nella sua testa. La ragazzina sarebbe stata la prima.

La sua prima uccisione di un essere *umano*.

Avrebbe dovuto eseguirla alla perfezione. Assicurarsi che nessuno scoprisse o interrompesse i suoi piani. Per prima cosa avrebbe raccolto gli oggetti necessari per sottometterla, per torturarla.

Una volta finito con lei lo avrebbe implorato di ucciderla.

Christian osservò la sua preda finché non entrò in uno chalet. Sapeva già che la psicologa e sua figlia non si fermavano spesso a dormire lì nel mezzo del nulla, il che era una buona cosa. Doveva individuare la loro routine. Assicurarsi di colpire al momento giusto.

Quando la stronza e il suo uomo si baciarono sulla veranda, non gli fece alcun effetto. L'unica voglia che aveva era di sangue, non di sesso.

Si allontanò in silenzio così come era arrivato, senza che nessuno se ne accorgesse, e tornò alla sua auto... quella che i suoi genitori non volevano avesse. Ma lui, tormentandoli, li aveva fatti cedere nonostante le loro riserve. Probabilmente pensavano che se avesse avuto un veicolo sarebbe tornato a casa meno spesso. Ci mise un po' a raggiungere il punto in cui l'aveva lasciata, lungo una strada isolata, ma non importava. Nessuno lo stava aspettando alzato. Non aveva il coprifuoco. Faceva ciò che voleva, quando voleva.

I suoi genitori avevano il terrore di lui, proprio come gli piaceva. Era padrone del suo destino, e dopo aver assaporato per la prima volta la gioia di uccidere una persona, si sarebbe messo quel cazzo di paesino alle spalle. Avrebbe trovato facilmente delle vittime nella grande città. Gente inutile. A cominciare dai senzatetto e dalle prostitute. Non sarebbero mancati a nessuno. Avrebbe perfezionato le sue tecniche, poi forse si sarebbe diretto a Los Angeles. Forse a Chicago o a New York. Il mondo era nelle sue mani. Avrebbe potuto andare ovunque volesse.

Christian sorrise mentre tornava a casa. Aveva tutta la vita davanti ed era più che pronto a cominciare. Ma prima si sarebbe occupato della faccenda lì a Los Alamos. Avrebbe dimostrato alla stronza quanto lo aveva sottovalutato.

CAPITOLO OTTO

Quattro settimane. Buon Dio, a cosa stava pensando? Tonka non era sicuro di riuscire a resistere nemmeno quattro *giorni* senza poter stare con Henley. Il sesso non era mai stato una cosa importante nella sua vita. Sì, ne aveva fatto e gli era piaciuto, però non ne aveva mai avvertito la *necessità*. Ma fin da quel primo bacio, voleva esserle sempre vicino. Si sentiva sulle spine, e non si era mai masturbato così tanto in tutta la sua vita come nelle ultime due settimane, dalla notte del falò.

Stare con lei era il paradiso e l'inferno. Lo faceva sentire l'uomo che era stato in *passato*, prima che scoprisse cosa fosse la vera malvagità. Sorrideva di più. Era più socievole. Nell'ultimo mese aveva riso più di quanto avesse fatto anche *prima* di lasciare la Guardia Costiera.

Henley era divertente, positiva e incredibilmente altruista. Metteva gli altri prima di se stessa: gli ospiti, assicurandosi sempre che stessero bene dal punto di vista emotivo, Jasna, ovviamente, i suoi amici e anche gli altri dipendenti del Rifugio. Aveva sempre una parola gentile verso i colleghi... si complimentava per la pulizia delle stanze o del lodge, per quanto fosse bello e curato il prato, per il cibo delizioso. Persino per quanto fossero ben sistemati i sassi del vialetto.

Per quanto lo riguardava, si era reso conto di essere in sintonia con lei come non era mai successo con nessun altro. Tonka aveva giornate buone e giornate brutte. La presenza di Jasna nella stalla la maggior parte delle volte che la madre lavorava lì era una buona distrazione; gli permetteva di gestire più facilmente il casino nella sua testa. Ma Henley sembrava sempre percepire quando aveva una giornata difficile. Mandava la figlia a fare da assistente a uno degli altri dipendenti, dandogli il tempo e lo spazio che gli serviva per cercare di affrontare i suoi demoni.

Aveva evitato di parlare di ciò che gli era successo per così tanto tempo che ormai era un'abitudine rifuggire da qualsiasi situazione potesse portarlo a pensarci.

Un giorno, mentre assisteva a una seduta di gruppo, gli era passato per la mente che forse lei avrebbe potuto aiutarlo. Il pensiero di rivivere l'accaduto raccontando la sua storia era fisicamente doloroso, ma non aveva dubbi che se avesse deciso di parlarne con *qualcuno*, sarebbe stata Henley.

«Ehi» lo salutò lei, appoggiandosi alla porta della stalla.

Tonka sussultò per la sorpresa e si voltò.

«Scusa, non volevo spaventarti. Pensavo mi avessi sentito.»

Mise da parte la pala che stava usando per pulire un box e si diresse verso di lei, che si raddrizzò. Non le disse nulla, né "buongiorno" né "va tutto bene" o altro. Si limitò a prenderle il viso tra le mani e a sollevarle la testa quando fu abbastanza vicino. Poi la baciò, a lungo e profondamente, dicendole senza parlare quanto fosse felice di vederla.

Quando si costrinse a staccarsi, Henley aveva le mani appiattite sul suo petto, con le unghie piantate sulla pelle e le guance arrossate. Dalla maglia scollata a V che indossava si intravedeva un po' di décolleté, e dovette trattenersi per non affondare il naso in quello stuzzicante scorcio di pelle.

«Finn» sussurrò lei.

Tonka amava il suono del suo nome sulle sue labbra. Fino a poco tempo prima non aveva capito perché Alaska chiamasse Brick solo con il nome di battesimo. C'era qualcosa di personale e confortante nel fatto che Henley e Jasna fossero le uniche a chiamarlo Finn.

«Mi sei mancata» si lasciò sfuggire.

«Hai passato qualche ora con noi a casa mia proprio ieri sera» gli ricordò sorridendo.

Scrollò le spalle. «Sono trascorse circa dodici ore.» Era un po' sdolcinato, ma non poteva farci niente. «Tutto a posto con Jasna e il campus d'arte?» Non le lasciò andare il viso. Non poteva. «Sembrava eccitata per il progetto di oggi.»

«Sì. Devono fare delle sculture con gli oggetti che si trovano in natura, e ha parlato ininterrottamente del fatto che avrebbe provato a fare un ritratto di Scarlet con bastoni, rocce e muschio» disse con un sorriso. «So che molte dodicenni storcerebbero il naso per questo genere di cose, probabilmente penserebbero che sono troppo infantili, ma sono felice che riesca ancora a trovare piacere in cose così semplici. E che non vada pazza per i ragazzi.»

Tonka si acciglò al pensiero che Jasna potesse uscire con un ragazzo.

Come se riuscisse a leggergli nel pensiero, lei ridacchiò.

«Non preoccuparti, non credo che pensi ancora ai fidanzatini.»

«Quando succederà, dovrai portare qui ogni ragazzo che le interessa, così potremo assicurarci che capisca che se non tratterà Jas come una regina dovrà risponderne a noi.»

Si allarmò quando vide gli occhi di Henley riempirsi di lacrime.

«Che c'è?» le chiese. «Cosa c'è che non va? Mi sono spinto troppo? Mi dispiace, io...»

Ma lei scosse la testa e lo interruppe. «No! È solo che... siamo state solo noi due per così tanto tempo. Il pensiero che Jasna abbia uomini come te e i tuoi amici che si prendono cura di lei mi spiazza. In modo positivo.»

Tonka lasciò cadere le mani dal suo viso, la cinse con un braccio e la accompagnò nell'ufficio. Di solito si sarebbe infastidito per essere stato interrotto nel bel mezzo di un lavoro, ma Henley poteva farlo in qualsiasi momento e lui avrebbe abbandonato qualunque cosa stesse facendo per parlarle. Per assicurarsi che stesse bene.

La fece sedere sul divano, lo stesso su cui aveva dormito Jasna la prima volta che era stata lì quando stava male, e dove Tonka stesso aveva dormito in più di un'occasione semplicemente perché non voleva tornare nel suo chalet vuoto. Si inginocchiò davanti a lei e le mise le mani sulle ginocchia. Lei le coprì subito con le sue.

«Il padre di Jas non è presente?» chiese. Da tempo sospettava che non lo fosse, ma voleva saperne di più sul passato di Henley e non era mai stato sicuro di come chiederlo.

Lei scosse la testa. «Quando mio padre è morto, stavo lottando per trovare il mio posto nel mondo ed ero ancora un po' arrabbiata per tutto quello che mi era successo. Volevo disperatamente essere amata, sentirmi al sicuro, e stavo cercando di alleviare lo stress del college. Mi infilavo in una relazione tossica dopo l'altra. Io e il padre di Jasna uscivamo insieme da circa due mesi e praticamente l'unica cosa che sapeva fare bene era il sesso. Ehm... scusa, forse questa parte non volevi sentirla. Comunque, gli avevo detto che non prendevo nessun anticoncezionale. Le pillole mi alteravano troppo gli ormoni e non mi piaceva l'idea di avere la spirale. Lui si lamentava sempre di dover mettere il preservativo. E una sera... credo fossimo entrambi troppo ubriachi per pensarci. La colpa è stata mia quanto sua.» Scrollò le spalle.

«In seguito, quando ci siamo resi conto di ciò che avevamo fatto, lui non si è allarmato. Ha continuato a insistere che ero paranoica. Che era più bello farlo senza preservativo. Sì, mi preoccupava un'eventuale gravidanza, ma il problema era soprattutto che non avevamo un rapporto esclusivo. Non avevo idea con quante altre donne facesse sesso non protetto. Quando mi sono accorta di essere rimasta incinta, mi ha detto senza mezzi termini che non voleva essere padre e che non potevo provare che fosse suo figlio.»

«Certo che potevi» disse Tonka disgustato. «Un test di paternità avrebbe potuto dimostrarlo in un batter d'occhio.»

«Lo so, ma onestamente ero un po' sollevata. *Avevo* dormito con la mia buona parte di uomini prima di lui» disse un po' imbarazzata.

«È comunque uno stronzo» dichiarò con fermezza.

«Avrei potuto insistere, costringerlo a pagare il mantenimento, ma sapevo che avere a che fare con lui per i successivi diciotto anni avrebbe portato solo altro stress nella mia vita, così ho deciso di crescere Jasna da sola. Inoltre, non volevo che un uomo come quello stesse vicino a mia figlia. Probabilmente non è stato corretto negarle una figura maschile, per quanto carente, ma penso comunque di aver fatto la cosa giusta. Sapevo che non sarebbe stato facile essere una madre single, ma ho amato la mia bambina con tutta me stessa dal momento in cui ho capito di essere incinta.

Ho anche smesso di usare il sesso per affrontare lo stress e il dolore. Jasna è stata tutta la mia vita dall'istante in cui ho saputo della sua esistenza. Farò di tutto per proteggerla. Ho persino accettato l'impiego a Los Alamos perché mi sembrava più sicuro che vivere in una grande città.»

«Hai fatto un ottimo lavoro. Jas è bella, premurosa, intelligente, altruista, e tu dovresti essere orgogliosa, *molto* orgogliosa della donna che sta diventando.»

«Finn» sussurrò Henley.

Tonka si alzò e si sedette accanto a lei sul divano. Le prese le mani e le disse con un'espressione seria: «Probabilmente non è il momento o il luogo adatto per avere questa conversazione, ma fanculo. Sono totalmente impressionato da te. Ti sei fatta in quattro per anni per dare a Jas un ambiente sicuro e felice in cui crescere. E per quanto riguarda ciò che ha detto quello stronzo, che il sesso è più bello senza preservativo, si sbaglia. Non ho dubbi che essere dentro di te sarà la cosa più straordinaria che abbia mai provato in vita mia, ma non avrò problemi a essere quello che si occuperà della contraccezione. Non dimenticherò mai di metterne uno quando starò con te. Sarà un onore per me proteggerti.»

Lei sbatté le palpebre un paio di volte mentre lo fissava. Poi sbottò: «Come fai a essere ancora single?»

«Sono lunatico. Ci sono giorni in cui non ho voglia di parlare con nessuno. Mi piacciono di più gli animali che le persone. Vivo come un eremita. Sono...»

Ma Henley lo interruppe prima che potesse continuare. «Sei leale, premuroso, protettivo, gentile, bellissimo e mi rendi felice semplicemente standomi accanto. Non mi aspetto che tu sia perfetto, così come spero tu non te lo aspetti da me.»

«Sai che non è così.»

«Bene. Allora, abbiamo avuto qualche anno per conoscerci e in questo lasso di tempo non ho mai avuto paura di te né evitato di stare in tua compagnia. Anzi, *volevo* disperatamente passare qualche momento con te, ma non sapevo come fare. Ora che finalmente abbiamo dato seguito all'attrazione che proviamo l'uno per l'altra... sono più felice di quanto non lo sia stata da molto tempo.»

«Non sono più sicuro di sapere cosa sia la felicità. So solo che mi sento inquieto finché non arrivi, e nel momento in cui te ne vai quella sensazione ritorna fino a quando non ti rivedo e so per certo che tu e Jasna siete al sicuro e contente.»

Lei inclinò la testa e lo studiò in silenzio.

«Che c'è?» le chiese.

«Avrei qualcosa da dire, ma non voglio che pensi lo faccia in qualità di psicologa e che ti stia analizzando.»

Le labbra di Tonka ebbero un guizzo. «Fai pure. Dillo. Ti prometto che non lo penserò.»

«Credo che tu ti senta così a causa di qualcosa che ti è successo in passato.»

Lui annuì piano.

«Non sei obbligato a parlarmene, ma lo capisco, Finn. Lo capisco davvero. Dopo che mia madre è stata uccisa, avevo paura di perdere di vista mio padre. Ogni volta che doveva andare al lavoro, anche anni dopo l'omicidio, mi sentivo fisicamente male finché non lo rivedevo. Vorrei poterti dire che non mi succederà nulla, ma non posso» disse con tristezza. «Però sono prudente. Sono una donna single con una figlia piccola, quindi ho sempre dovuto stare molto attenta a ciò che mi circonda a causa di come va il mondo.»

Tonka fece un respiro profondo e annuì. «Lo so. Il mio cervello sa che sei una donna adulta che vive per conto suo da molto tempo. È solo che... non potrei sopportarlo se ti succedesse qualcosa. Ho dovuto stare a guardare qualcuno che amavo soffrire atrocemente, e non posso farlo di nuovo.»

Era più di quanto Tonka fosse mai riuscito a condividere su ciò che era accaduto in quell'orribile giorno di tanto tempo prima, e sorprendentemente non gli riportò alla mente altri terribili ricordi oltre a quelli che già erano impressi nella sua testa e nel cuore.

Henley non parlò per un po', ma gli strinse di più la mano. Alla fine disse: «Spero che un giorno tu possa condividere ciò che è accaduto. Se non con me, con qualcuno di cui ti fidi.»

«Mi fido di te» ammise subito, non volendo che lo fraintendesse.

Gli sorrise, e fortunatamente cambiò argomento. «Apprezzo che per te non sia un problema l'uso del preservativo.»

«Certo che no. Non sarebbe intelligente per nessuno dei due impegnarsi in una relazione sessuale senza usarli.

Ma, ripeto, anche quando ci sentiremo tranquilli e la nostra storia progredirà come spero, continuerò a usare una protezione finché non decideremo di trovare un metodo anticoncezionale alternativo, ci lasceremo o decideremo di volere dei figli.»

A quello, lei inspirò bruscamente. «Vuoi dei figli?»

Tonka scrollò le spalle. «Se devo essere sincero, prima di incontrarti avrei detto assolutamente di no. Non volevo più essere responsabile di un altro essere indifeso. Ma ora che ho conosciuto meglio te e Jasna, penso che... potrei.»

Era consapevole di essersi appena lasciato sfuggire un grosso indizio riguardo ai suoi demoni, ma all'improvviso non gli sembrava più così importante tenere per sé i ricordi di Steel.

«Mi sconvolge un po' pensare di dover crescere di nuovo un bambino dopo tutti questi anni, ma come hai detto tu, con la persona giusta al mio fianco non credo sarebbe altrettanto difficile. Quindi, anch'io penso che potrei.»

Tonka si portò la sua mano alla bocca e le baciò le dita. «Credo sia meglio smettere di parlare di sesso e bambini. Non ho intenzione di fare l'amore con te per la prima volta nella stalla. Inoltre, tu hai del lavoro da fare e io ho della merda da spalare.»

«Oh sì, questo sì che uccide l'atmosfera» disse Henley alzando gli occhi al cielo.

Lui ridacchiò. Come sempre, era un suono un po' arrugginito, ma la sensazione era bellissima. Si alzò in piedi, tirandola su con sé. Poi la baciò di nuovo. Le loro mani vagarono liberamente e il solo sentire le sue curve sotto i palmi fu eccitante e spinse il suo autocontrollo al limite.

Lei gli aveva infilato una mano sotto la maglietta e gli stava accarezzando i capezzoli, mentre con l'altra gli stringeva la natica in una presa ferrea. A onor del vero, lui le aveva scostato la scollatura della maglia e stava tracciando il bordo del reggiseno con il pollice, mentre con l'altra mano sulla nuca la teneva contro di sé.

Quando alla fine si scostarono e si fissarono, nessuno dei due spostò le mani. Tonka non riusciva a trovare la forza per fermare il movimento del pollice contro la sua pelle morbida. Abbassò lo sguardo, desiderando di mettervi la bocca più di quanto avesse mai desiderato qualcosa.

«Due settimane» disse lei senza fiato, come per ricordarlo a se stessa oltre che a lui.

Gli piaceva sapere che lo desiderava allo stesso modo. L'attesa era una sorta di afrodisiaco per entrambi. Se lei gli avesse messo la mano sul cazzo proprio in quel momento, era sicuro che sarebbe esploso in pochi secondi. Una cosa era masturbarsi, ma farsi toccare da lei sarebbe stata un'esperienza completamente diversa. Qualcosa che non vedeva l'ora di sperimentare.

«Non sto con te per fare sesso» le disse, continuando a muovere il pollice lentamente avanti e indietro. «Se mi dicessi che è fuori questione per sempre, vorrei comunque stare con te.»

Il timido sorriso che gli rivolse gli sciolse un po' il cuore.

«Vale anche per me. Anche se, per la cronaca, *non* è assolutamente fuori questione. Ti desidero, Finn. E devi sapere che... mi piace fare sesso. Molto.»

Tonka gemette. «Ok. E ora dobbiamo proprio smettere.»

Lei ridacchiò e gli strinse ancora una volta il sedere prima di togliere anche la mano da sotto la maglietta, assicurandosi di sfiorare ogni centimetro del suo addome. «Che programmi abbiamo per dopo il lavoro?» gli chiese.

Per un attimo ebbe l'impulso di chiederle se voleva andare nel suo chalet, ma decise che forse non era il caso. Gli piaceva stare da solo con lei, ma pensava che nessuno dei due sarebbe stato in grado di tenere le mani a posto. E anche se Jasna cenava al campus, bisognava andare a prenderla alle sei e mezza. Non c'era abbastanza tempo per fare a Henley tutto ciò che avrebbe voluto. Soprattutto non la prima volta che sarebbero stati insieme.

«Robert e Luna preparano una cena messicana stasera. Enchiladas impilate con peperoncino rosso, stufato al peperoncino verde, chiles rellenos, chicos, carne adovada, sopaipillas e pane horno per dessert.»

«Oh mio Dio, credo di aver preso tre chili solo a sentirtelo dire» gemette Henley.

«Allora, vuoi restare qui a mangiare con me e gli altri prima di andare a prendere Jas?»

«Volentieri. Vuoi accompagnarmi? Poi puoi venire a casa nostra per un po'.»

Tonka aveva programmato di iniziare i lavori per la nuova tettoia che voleva mettere nel recinto, in modo che gli animali potessero avere un po' d'ombra in estate e una protezione dalla neve in inverno, ma passare del tempo con Henley e sua figlia sembrava molto più divertente. «Certo.»

«Finn?»

«Sì?»

«A molte persone piace dire che il nostro passato non ci definisce, ma si sbagliano. Decisamente. Ciò che accade nella nostra vita ci forma e ci rende ciò che siamo. E tu, Finn, sei un uomo straordinario.»

Le sue parole gli penetrarono nell'anima, facendolo sentire dieci volte più leggero. «Vai» le disse un po' bruscamente. «O la prima volta che faremo l'amore *sarà* proprio qui in questa stalla, dove chiunque potrebbe entrare e disturbarci.»

Lei sorrise e, prima di indietreggiare, finse di valutare se accettare o meno la sua minaccia. «Ci vediamo dopo» replicò invece, continuando a sorridere.

Tonka aveva un nodo in gola che gli impedì di rispondere. Così le fece un cenno con il mento e rimase lì immobile anche dopo che sparì dalla sua vista. Quando finalmente riuscì a controllare le proprie emozioni e il proprio corpo, fece un respiro profondo e tornò al box che stava pulendo quando lei era arrivata.

Odiava aver aspettato così tanto per far sapere a Henley che era interessato, ma d'altra parte non era più lo stesso uomo di quando era stata assunta. Allora non avrebbe mai pensato di aprirsi abbastanza da lasciarla entrare nella sua vita.

Ora invece pensava potessero avere una buona possibilità di creare un futuro insieme.

Che cos'era cambiato? Era passato ancora altro tempo dalla perdita di Steel, e probabilmente quello era il fattore più importante. E aveva visto quanto Brick era felice con Alaska. Se il suo amico era riuscito a superare la perdita dell'intera squadra SEAL e il senso di colpa per non essere riuscito a salvarli, tanto da avere una relazione normale con la donna che era stata sua amica per la maggior parte della vita, Tonka poteva sperare di riuscire anche lui un giorno ad averne una.

Poi c'era Jasna. Come poteva continuare a trattenersi emotivamente quando la ragazza gli diceva di continuo quanto fosse felice e gli mostrava quanto le piacesse passare del tempo con lui e con gli animali che amava?

Quelle due ragazze gli avevano aperto il cuore... e non era stato doloroso come aveva temuto. In ogni caso, stare vicino a loro non significava che le sue preoccupazioni fossero scomparse. C'erano sempre tante persone malvagie nel mondo, e avrebbero potuto portargli via Henley e Jasna con altrettanta facilità com'era successo con Steel.

Ma c'era una differenza: avrebbe combattuto fino alla morte, la *sua* morte, per assicurarsi che fossero al sicuro... diversamente dal passato, quando aveva potuto solo essere testimone delle torture e dell'uccisione di Steel. Tonka giurò di combattere contro chiunque avesse osato posare anche solo un dito su qualcuno che amava. E ogni singolo animale del Rifugio era incluso in quel sentimento. Anche le capre irascibili che il più delle volte lo irritavano.

E se uno dei suoi amici fosse stato minacciato, avrebbe attraversato l'inferno per essere al suo fianco.

Scosse la testa come per allontanare quei pensieri cupi dalla mente, raccolse la pala che aveva appoggiato al muro e fece il possibile per concentrarsi sul suo compito.

CAPITOLO NOVE

Una settimana.

Henley si disse che avrebbe potuto resistere per un'altra settimana. Sette giorni. Diecimila minuti. Seicentoquattromila secondi.

Sospirò. Era sempre più difficile non cedere e informare Finn che non voleva aspettare che Jasna fosse al campus per fare l'amore.

Quello diurno della settimana precedente era stato un successo. Sua figlia si era davvero divertita. Aveva fatto amicizia con una certa Sharyn, con la quale era entrata in sintonia. Una sera si erano anche trovate per andare al cinema... con lei e Finn seduti nell'ultima fila a tenere gli occhi puntati su di loro. La cosa positiva era che anche Sharyn avrebbe partecipato al campus con il pernottamento verso la fine dell'estate. Henley sperava che il loro rapporto potesse continuare a crescere, visto che avevano la stessa età e in autunno avrebbero frequentato la prima media insieme.

Per quanto riguardava il lavoro, quel giorno Spike e

Pipe avevano organizzato una sorta di "giornata di ringraziamento ai dipendenti", per fare qualcosa di diverso. Il lodge era stato precluso agli ospiti per due ore, in modo che tutti potessero rilassarsi per un po' senza preoccuparsi di essere "in servizio".

A dire il vero, il Rifugio non aveva un gran numero di dipendenti, ma ciò rendeva l'atmosfera ancora più familiare. Erano presenti tutti e nove gli impiegati: Henley, Carly, Jess, Ryan, Savannah, Luna, Robert, Hudson e Jason, oltre ai sette proprietari. Anche Alaska aveva partecipato come dipendente, anche se nel suo futuro era sicuramente previsto il matrimonio con Brick.

Ognuno aveva ricevuto un enorme cesto pieno di leccornie, buoni regalo e persino denaro. Spike aveva ordinato una torta da una pasticceria locale e organizzato un pranzo, con grande disappunto di Robert.

Anche Jasna era stata inclusa nei festeggiamenti ed era elettrizzata. Aveva ricevuto il suo cesto regalo e andava in giro per la stanza a parlare con gli uomini e le donne che aveva conosciuto nelle ultime settimane.

Lo sguardo di Henley incrociò quello di Finn dall'altra parte del lodge e lui le sorrise. Ogni volta che sollevava gli occhi la stava osservando. Se qualcun altro fosse stato così attento a ogni sua mossa probabilmente gli avrebbe dato dello stalker e si sarebbe spaventata, ma non poteva turbarsi per il fatto che controllasse dove si trovava, perché lei faceva la stessa cosa con lui. Erano come due calamite, costantemente attratte l'una verso l'altro.

E con il passare dei giorni l'intesa tra loro diventava sempre più intensa. Stava imparando a conoscerlo meglio ogni volta che parlavano e non aveva ancora trovato una sola cosa che potesse farle perdere interesse. Sì, si trascinava i demoni del suo passato, ma ce li aveva anche lei.

Forse era una pia illusione, ma non poteva fare a meno di notare che più tempo passavano insieme, più lui si apriva. Non sapeva ancora esattamente cosa gli fosse successo, ma aveva raccolto informazioni sufficienti a farle capire che aveva perso Steel, il suo compagno canino, in un orribile episodio. Provava un forte senso di colpa per l'accaduto e di conseguenza evitava di interagire con... praticamente tutti. Preferiva la compagnia degli animali a quella delle persone.

Ma stava lentamente e inesorabilmente cambiando sotto i suoi occhi. Si sforzava di stare di più con i suoi amici al lodge e non sembrava più molto a disagio con gli ospiti o in occasione di eventi sociali come quello di quel giorno.

«Allora... tu e Tonka, eh?» le chiese Ryan.

Henley non pensò nemmeno di negare. Perché avrebbe dovuto? Non si vergognava di frequentare Finn e nessuno dei due aveva motivo di tenere nascosta la loro relazione. Soprattutto alle persone con cui lavoravano. «Sì» rispose con orgoglio.

«Siete adorabili insieme. E lui è così bravo con Jasna.»

«È vero. È una brava bambina ma a volte anch'io mi sento assillata dalle sue domande, invece lui risponde a tutte senza mostrarsi minimamente irritato.»

«In effetti *fa* un sacco di domande» concordò Ryan con una risatina.

«Mi dispiace che ti abbia infastidita» si scusò arricciando il naso.

«Oh, no, niente affatto. Adoro quando mi aiuta. Fa passare la giornata molto più velocemente.»

«Be', se mai ti dovesse rallentare o non dovessi essere dell'umore giusto, non aver paura di dirglielo.»

«Non è un problema, te lo assicuro. Voglio dire, non ci vuole una laurea per fare le pulizie.»

Henley lanciò un'occhiata alla donna, valutandola con occhi diversi. Quando Ryan era stata assunta qualche settimana prima, aveva subito pensato che non corrispondesse al tipo di persona che avrebbe potuto candidarsi come addetta alle pulizie.

Era uno stereotipo e lo sapeva, ma da quando faceva le sedute lì, praticamente tutti gli uomini e le donne che erano stati assunti per quel lavoro erano rimasti al Rifugio mentre cercavano qualcosa di maggiormente retribuito. In genere si trattava di un impiego di breve durata. Anche Carly e Jess avevano ammesso che non sarebbero rimaste lì a lungo; la prima lavorava per arrotondare mentre frequentava la scuola e l'altra aveva accettato quel posto per tenere a galla la famiglia finché il marito non avesse trovato un altro lavoro, dato che era stato licenziato.

Ryan non aveva raccontato molto del suo passato o del motivo per cui si trovava lì. Aveva detto di essere grata per quell'impiego, ribadendo spesso quanto le piacesse l'atmosfera. In realtà era un po' misteriosa, il che rendeva Henley ancora più curiosa di conoscerla.

«Allora... che mi dici di te? Hai messo gli occhi su qualcuno? Hai già un fidanzato?»

Lei rise. «Oh, no. Sono felicemente single.» Ma qualcosa nei suoi occhi smentì quelle parole allegre.

«Oh, andiamo, siamo circondate da bellissimi scapoli. Vuoi dirmi che nessuno di loro ha attirato la tua attenzione? Pipe, per esempio, con quell'aria da motociclista... chi non ha mai fantasticato di cavalcare una moto con un motociclista sexy? Per non parlare del suo accento britannico. Oppure c'è Stone, con quegli occhiali e l'aspetto da accademico. Oh, aspetta! Ti stai conservando per Tiny. È un ragazzo così carino e con quei muscoli enormi...» la stuzzicò.

Con sua sorpresa, Ryan arrossì e fece guizzare lo sguardo verso destra, proprio dove si trovava Tiny che stava parlando con Luna.

«Aaah, allora è *lui* quello che hai adocchiato» le disse con un sorriso.

La donna abbassò un attimo gli occhi, poi tornò a guardarla. «No. Non ho messo gli occhi su nessuno. Mi piace essere single. Posso fare quello che voglio, andare dove voglio...»

C'era quasi una sfumatura disperata nel suo tono e Henley capì di essersi spinta troppo. Non voleva metterla a disagio. Nei suoi anni da psicologa aveva imparato quando era il caso di fermarsi. «Buon per te» commentò, poi cambiò argomento. «So che Alaska era entusiasta della tua disponibilità a iniziare con così poco preavviso. Dopo che Alexis se n'è andata di fretta, Jess e Carly hanno fatto gli straordinari per tenere il passo.»

«Adoro questo posto. È meraviglioso.»

Henley annuì. «Assolutamente.»

Le due donne si sorrisero.

«Ryan, posso disturbarti un attimo?» chiese Alaska avvicinandosi.

«Certo, cosa c'è?»

«Sei stata davvero brava ad aiutarmi la settimana scorsa quando il computer della reception ha dato problemi. Sembra che tu ci sappia fare con l'elettronica. Ieri il mio cellulare ha smesso di squillare... di fare qualsiasi suono, in realtà. Non ricevo nemmeno le notifiche, anche se le impostazioni sembrano corrette. Ho già controllato per assicurarmi di non aver premuto per sbaglio il pulsante della modalità silenziosa. Ora mi sento frustrata perché non voglio perdere nessun messaggio o chiamata da parte degli ospiti mentre sto lavorando.»

«Sono sicura che si tratti di qualcosa di semplice» disse Ryan, tendendo la mano.

Alaska le diede il telefono con un sospiro di sollievo. «Volevo chiedere a Jasna, perché sai, i ragazzini di questi tempi sembrano essere esperti in tutto ciò che ha a che fare con la tecnologia, ma non ne ho avuta l'occasione.»

«Non direi di essere un'esperta» replicò dopo un attimo Ryan, «ma... ecco qua. Tutto a posto.»

«*Davvero?*» chiese Alaska stupita, riprendendo il telefono. «Ci hai smanettato per due secondi! Cosa c'era che non andava?»

Ryan rise. «In qualche modo hai attivato la funzione "non disturbare". Quando è attiva, c'è una piccola icona a forma di luna sulla schermata iniziale.»

«Oh! L'avevo vista, ma pensavo fosse quella che indicava che la sveglia era impostata.»

Anche Henley rise dicendo: «No.»

«Giuro, non ho idea di come io possa essere così brava nei compiti amministrativi e anche con il sito web, ma così sprovveduta con cose come questa. Comunque, grazie mille!»

«Non c'è di che» ribatté Ryan con un gran sorriso.

Alaska si voltò per tornare da Brick, e Henley non poté fare a meno di guardare ancora una volta Finn. Come sempre accadeva, lui sembrò percepire il suo sguardo perché girò la testa e le sorrise.

«Siete troppo carini» disse Ryan con un'altra risatina. «Be', è ora di mangiare. A dopo» aggiunse, prima di dirigersi verso il tavolo del cibo.

«Ehi, mamma!» esclamò Jasna, apparendo dal nulla accanto a lei e cingendole la vita.

Henley avvolse un braccio intorno alle spalle della figlia e le chiese: «Come va?»

«Alla grande!» rispose felice. «Mi piace tanto questo posto.»

«Mi fa piacere.»

«Mi avevi parlato degli animali, ma non posso credere che tu non mi abbia mai detto quanto fosse bello tutto il resto. Avrei potuto passare qui ogni estate!»

Henley ridacchiò. «Ti ho detto che era stupendo, ma non eri interessata a sentirlo perché era il luogo di lavoro della mamma.»

Jasna rise. «Ok, hai ragione. Ma sul serio, come potevo sapere che il Rifugio non era come il tuo lavoro allo studio?»

Avrebbe voluto alzare gli occhi al cielo e ricordare alla figlia quante volte le aveva parlato di quel ritiro per le persone che avevano bisogno di una pausa dal mondo, ma non lo fece. Era contenta che stesse passando una bella estate. Aver perso la signora Singleton, e quindi il suo aiuto, era stata una grande preoccupazione, ma fino a quel momento stava andando tutto bene.

«Posso avere la vostra attenzione?» chiese Spike dall'altra parte della stanza.

Tutti si voltarono verso di lui così continuò.

«Volevamo solo dirvi quanto apprezziamo il lavoro che fate qui. Senza di voi il Rifugio non potrebbe funzionare così bene. Ne abbiamo parlato l'altra sera e vogliamo che sappiate che siete i benvenuti a soggiornare negli chalet ogni volta che ce n'è uno disponibile. Cercheremo di organizzare una serata falò uno o due sabati al mese alla quale potrete sempre partecipare, e ovviamente potete tranquillamente sfruttare i sentieri escursionistici. Vogliamo che siate orgogliosi di ciò che fate qui quanto lo siamo noi. Se volete alloggiare in uno chalet, contattate Alaska che vi farà sapere se ce n'è uno libero o se c'è una cancellazione. Purtroppo si tratterà di un avviso dell'ultimo minuto, ma speriamo possa essere una gratifica gradita per tutti.»

I presenti esultarono e Henley sorrise. A lei e a Jasna era piaciuto molto soggiornare al Rifugio e sapeva che sarebbe stato così anche per gli altri.

«Ora che abbiamo chiarito questa cosa... sentitevi liberi di restare per tutto il tempo che desiderate. Apriremo il lodge agli ospiti tra circa mezz'ora, ma non significa che dovete andarvene. Oh, e portate a casa tutto il cibo avanzato che volete. Robert non si arrabbierà se non ci sarà più niente quando stasera servirà quella che lui chiama una "vera cena".»

Tutti risero e Robert scrollò le spalle come per dire che Spike non aveva torto.

«Come sempre, se avete bisogno di qualcosa − qualsiasi cosa − non abbiate paura di chiedere a uno di noi» proseguì. «Io, Brick, Tonka, Pipe, Owl, Stone e Tiny vogliamo che siate felici durante la vostra permanenza. State davvero cambiando delle vite, anche se pensate che quello che fate non sia importante. Gli uomini e le donne che vengono al Rifugio hanno bisogno di un posto dove rilassarsi mentre cercano di guarire da qualsiasi cosa stiano passando. Vogliono una vacanza senza stress, e ognuno di voi contribuisce a garantirla. E ora ho finito di essere sdolcinato. Grazie ancora a tutti!»

Partirono gli applausi e Jasna guardò la madre con un'espressione seria. «Mamma?»

«Sì, tesoro?»

«Non mi piace pensare che possa accadere qualcosa di brutto a Spike. O a Finn. O a qualsiasi altro dei ragazzi.»

«Lo so. Neanche a me» ribatté Henley con dolcezza.

«Erano tutti nell'esercito, giusto?»

«Sì.»

«Quindi probabilmente dovevano uccidere delle persone? E c'era gente che cercava di uccidere loro?»

«Questo non lo so. Non tutti i militari devono sparare a qualcuno» spiegò con prudenza. La verità era che non conosceva la storia di quegli uomini. Anche se era la psicologa del Rifugio, i proprietari non andavano da lei per raccontarle i loro segreti. Finn ne era la prova. Usciva con lui e ancora non sapeva cosa fosse successo esattamente per fargli desiderare di investire in quel posto.

«So che uccidere le persone è brutto, ma non credo che qui qualcuno lo farebbe di proposito. E se in passato lo hanno fatto... probabilmente quella persona se lo meritava.»

Era affascinante vedere sua figlia crescere davanti ai suoi occhi. Vederla maturare intellettualmente. «Sono d'accordo» disse dopo un attimo.

«Se qualcuno cercasse di fare del male a me o a te, credo che farebbero di tutto per aiutarci.»

Henley si accigliò. «Qualcuno ha detto o fatto qualcosa che ti preoccupa, Jasna?»

«No» rispose, scrollando le spalle. «Mi sento al sicuro qui. E prima che tu lo dica, so che le cose brutte succedono ovunque, ma quando sono vicina a Finn e agli altri so che nessuno può farmi del male.»

E dopo quella frase sconvolgente, abbracciò la madre e si allontanò per andare da Savannah, la donna che si occupava delle tasse e della contabilità del Rifugio.

«Stai bene?» le chiese Finn mentre prendeva il posto di Jasna tra le sue braccia.

Si abbandonò a lui mantenendo lo sguardo sulla figlia. «Non lo so» rispose con sincerità.

«Cosa c'è che non va? Dimmelo, Hen.»

Fece un respiro profondo e sollevò lo sguardo verso l'uomo al suo fianco. «È solo che Jasna ha detto delle cose che mi preoccupano.»

«Tipo?»

«Sul fatto che sa di essere al sicuro qui al Rifugio. Che anche se tu e i tuoi amici potreste avere ucciso delle persone, a lei va bene perché probabilmente erano cattive.»

Lui non disse nulla per un momento, poi alla fine annuì. «Ha ragione. Su entrambi i fronti.»

«Secondo te dovrei preoccuparmi del fatto che abbia tirato fuori l'argomento? Voglio dire, forse non si sente al sicuro nel nostro appartamento?»

Finn la girò e le mise un dito sotto il mento, inclinandole il viso verso l'alto. «Penso che sia una ragazzina di dodici anni che quest'estate sta vivendo il suo primo periodo di libertà. Ha la gestione di questo posto e ne ama ogni secondo. Credo che stia solo cercando di esprimere la sua felicità e di farti sapere che si fida di noi.»

Henley annuì. «Certo che si fida di te e dei tuoi amici. Perché non dovrebbe?»

La studiò per un momento. «Sei davvero straordinaria.»

Lei aggrottò la fronte. «Finn, stiamo parlando di Jasna e

della sua fiducia in voi» protestò, anche se amava ricevere i suoi complimenti.

«E tu hai detto che si fida di noi senza un attimo di esitazione, e sei consapevole che la maggior parte delle persone ci penserebbe due volte prima di far frequentare alla propria figlia un gruppo di ex militari che soffrono di disturbo post-traumatico da stress. Per non parlare di tutti gli ospiti che hanno gli stessi problemi.»

«Non ho paura di te o dei tuoi amici. Nemmeno degli ospiti. Il fatto che vengano qui significa che stanno cercando di capire come convivere con ciò che è successo loro. Mi preoccupano di più le persone che guidano ubriache. O quelle che pensano di avere il diritto di rimproverare i dipendenti che lavorano duramente. O quelle che vanno al lavoro o a scuola quando sono malate, senza alcun riguardo per gli altri. Preferisco che Jasna stia qui con voi piuttosto che farla inebetire con i cosiddetti reality o frequentando le cattive ragazze della scuola.» Lo fissò intensamente, sperando che capisse cosa stava cercando di dire.

«Una settimana» le disse, guardandola allo stesso modo.

Le labbra di Henley si contrassero. «Una settimana» ripeté.

Si scambiarono uno sguardo intimo e avrebbe potuto giurare di sentire il cuore di Finn battere forte contro la mano appoggiata sul suo petto.

«Mamma!» gridò Jasna dall'altra parte della stanza.

Quel momento fu interrotto, ma mentre si girava le dita di Finn contro la sua schiena le fecero comunque venire i brividi sulle braccia.

«Costruiranno una biblioteca qui al lodge! E Spike ha

detto che posso aiutare a scegliere i libri!» esclamò eccitata.

«È fantastico. Ma siamo tutti qui. Non devi urlare come se io fossi dall'altra parte della proprietà.»

«Scusa» disse la ragazzina con un piccolo sorriso. «Sono solo elettrizzata.»

Il resto del pomeriggio trascorse in fretta e più Henley pensava alle parole della figlia sulla sicurezza, meglio si sentiva. Era stato solo un modo per cercare di dirle di non preoccuparsi. Che era felice.

Tutto ciò che Henley aveva fatto negli ultimi dodici anni lo aveva fatto pensando a Jasna. I lavori che aveva accettato, il cibo che aveva comprato, i film che avevano guardato in televisione. Era la persona più importante della sua vita e sapere che amava il Rifugio quanto lei le dava una bella sensazione. E non si sbagliava, gli uomini che possedevano quel posto *erano* speciali. Sì, probabilmente avevano ucciso in passato, ma ciò non li rendeva affatto indegni o inaffidabili. Avrebbe affidato loro la sua vita. Soprattutto, avrebbe affidato loro la vita di Jasna, se fosse stato necessario.

Quella sera Finn le aveva invitate ad andare alla Table Rock prima che facesse buio, per vedere il tramonto. Lei c'era già stata altre volte e la camminata per raggiungere quel luogo pittoresco non era troppo difficile. Non aveva molta importanza ciò che facevano insieme, avrebbe potuto chiederle di sedersi insieme a lui in una stanza vuota a fissare il muro e sarebbe stata più che felice di accettare. La sola presenza di quell'uomo la rendeva felice.

Una settimana, ricordò tra sé e sé. Un gioco da ragazzi.

CAPITOLO DIECI

Tonka non riusciva a smettere di guardare l'orologio. Quella mattina aveva ricevuto un messaggio da Henley in cui diceva che aveva lasciato Jasna al campus e stava andando allo studio per una seduta con un cliente. Poi sarebbe andata da lui.

Pregò di riuscire a controllarsi quando fosse arrivata. Per quanto ne sapeva, quel giorno non aveva in programma sessioni con gli ospiti del Rifugio, e nemmeno l'indomani. Il che significava che avrebbero avuto molto tempo per loro. Non vedeva l'ora.

Voleva bene a Jasna e stava imparando ad apprezzare il tempo che trascorreva con i suoi amici, ma ne voleva di più a tu per tu con Henley. Non potevano avere conversazioni profonde con la figlia che ascoltava o con i ragazzi intorno.

Essersi concessi quelle quattro settimane per conoscersi meglio era stata la decisione giusta. Aveva scoperto che senza il sesso di mezzo poteva rilassarsi e non preoccuparsi di nulla, se non di godersi i momenti con Henley e Jasna.

Avevano guardato la televisione, una sera erano andati al bowling e un paio di volte al cinema. Avevano semplicemente goduto della reciproca compagnia. Aveva riso come non faceva da anni. Era sorprendente che in poche settimane avesse imparato a divertirsi di nuovo con gli esseri umani.

C'era stato un periodo, subito dopo quel terribile incidente, in cui Tonka aveva avuto il desiderio di trasferirsi nel bel mezzo del nulla e di non parlare mai più con nessuno. Il Rifugio era quanto di più vicino a quel luogo, anche se Brick e gli altri non gli avevano mai permesso di fare *completamente* l'eremita.

Ma nell'ultimo mese, frequentando sempre più spesso i suoi amici, aveva riscoperto la gioia di avere qualcuno che lo sosteneva. Gli era mancato il cameratismo che c'era tra compagni militari. Loro lo comprendevano come pochi. *Quel* gruppo di uomini capiva quando aveva una brutta giornata, quando i suoi ricordi erano opprimenti, e gli davano lo spazio che gli serviva.

Brick gli aveva letteralmente salvato la vita quando lo aveva invitato a partecipare al progetto di aprire un ritiro per chi soffriva di disturbo post-traumatico da stress. Ci erano voluti molti anni, ma Tonka si sentiva finalmente come se stesse strisciando fuori dall'abisso in cui era stato per troppo tempo.

Henley e sua figlia erano una parte importante del motivo per cui aveva trovato la forza di farlo. Voleva essere il tipo d'uomo su cui avrebbero potuto contare. Voleva renderle felici, e non ci sarebbe riuscito se fosse stato lunatico e scostante. Gli animali del Rifugio erano stati d'aiuto per la sua sanità mentale, ma Henley era il suo spirito guida. La ragione per continuare a combattere i suoi demoni.

Guardò di nuovo l'orologio. Erano passati due minuti dall'ultima volta che lo aveva controllato.

Stringendo le labbra scosse la testa e si rimise al lavoro. Se voleva prendersi un po' di tempo libero da trascorrere con lei senza preoccuparsi degli animali, doveva darsi da fare.

Il resto della mattinata passò con una lentezza straziante. Proprio quando Tonka pensava che avrebbe perso la testa per l'impazienza, sentì il rumore delle ruote di un'auto sulla ghiaia fuori dalla stalla. Si rese conto di sorridere mentre si avvicinava rapidamente al muro per chiudere l'acqua che stava usando per riempire gli abbeveratoi. Uscì in tempo per vedere Henley scendere dalla sua Honda CRV.

Appena lo vide, gli corse incontro. Non rallentò avvicinandosi e per poco non lo fece cadere quando si lanciò contro di lui. Tonka indietreggiò di un passo, continuando a sorridere.

Lo strinse forte, poi si tirò indietro quel tanto che bastò per poterlo guardare. «Ciao!» lo salutò felice.

«Ciao. Hai passato una bella mattinata?»

Lei arricciò il naso in modo adorabile. «È durata un'eternità. Ora sono ufficialmente in vacanza. Almeno per il prossimo giorno e mezzo. Sai da quant'era che non mi capitava di non avere responsabilità o di non dover andare da nessuna parte?»

«Da un bel po', immagino.»

«Immagini giusto» ribatté. Poi lo abbracciò di nuovo, appoggiando la guancia sul suo petto, e Tonka dovette trattenersi per non trascinarla subito nel suo chalet. Per settimane avevano girato intorno alla loro attrazione. Sì, si erano baciati un sacco di volte, ma sapevano di non poter andare oltre perché non avevano il tempo o la privacy che volevano.

Ma ora, sapere che quella donna sarebbe stata tutta sua per due notti, che non avrebbe dovuto fermarsi proprio quando le cose si facevano interessanti... non vedeva l'ora. Ma supponeva che trascinarla nel suo letto appena arrivata non sarebbe stata una cosa piacevole. «Hai fame?» le chiese dopo un lungo momento.

«Molta» rispose, guardandolo con un'espressione che probabilmente rispecchiava la sua.

«Devo nutrirti» disse Tonka in tono roco. «Perché una volta che ti avrò portata nel mio letto, passerà un bel po' prima che ti lasci andare via... e non ho idea di che cosa c'è da mangiare nel mio chalet.»

Henley sorrise, appoggiò la fronte contro di lui e ribatté con voce soffocata: «Oggi sono riuscita a pensare solo a te. Probabilmente dovrei essere un po' più cauta, ma non voglio.» Sollevò la testa e lo guardò di nuovo. «Sei un brav'uomo. Il migliore che abbia mai incontrato. Mi hai dato tempo e spazio per conoscerti. Sei stato paziente e gentile con mia figlia, che sa essere un po' travolgente a volte. Sei così dannatamente bello che ci sono state volte in cui ho dovuto darmi un pizzicotto per essere sicura di non sognare, e per il fatto che sembra che tu *mi desideri*.»

«Ti desidero» confermò.

«Ciò che faremo più tardi sarà una cosa epica, oppure la più grande delusione nella storia dei rapporti sessuali» scherzò.

«Io voto per l'epico» disse lui con una piccola risata.

«Anch'io. Forza, andiamo a mangiare, salutiamo tutti e

poi possiamo sparire senza sensi di colpa fino a domani pomeriggio.»

Poteva essere più perfetta di così? Tonka pensava di no. Le prese la mano e si precipitò verso il lodge. La sua risatina fu la cosa più dolce che avesse mai sentito.

Il pranzo fu una lunga lezione di autocontrollo. Henley non riusciva a tenere le mani a posto... cosa che a lui andava decisamente bene. Quando stava per mettersi in bocca un po' di insalata di pasta, la sentì posargli la mano sulla gamba e farla scivolare per accarezzargli l'interno della coscia con le dita. Un centimetro più in alto e gli avrebbe toccato il cazzo.

Nel frattempo era intenta a parlare con Owl, che era seduto accanto a lei, della biblioteca che volevano costruire lungo tutta una parete del salone. La sua piccola provocatrice lo stava facendo impazzire e lo sapeva.

Così lui si vendicò mentre stavano mangiando i brownie con il gelato, infilando la mano sotto la gamba dei suoi pantaloncini e facendo scorrere un dito sull'orlo delle mutandine.

Henley non riuscì a trattenersi e sussultò. Gli lanciò una finta occhiataccia e gli afferrò il polso per cercare di impedirgli di muoversi, ma la sua presa non fu un deterrente. Stone le fece una domanda riguardo a una sessione di gruppo dell'ultimo minuto che aveva accettato di fare il pomeriggio seguente e, mentre lei faceva il possibile per esprimersi in modo coerente, Tonka continuò a farla impazzire come aveva fatto lei.

Non poteva essere più felice quando il pranzo finì, ma aveva la sensazione che Henley stesse tirando per le lunghe di proposito i saluti agli amici e agli ospiti che avevano mangiato con loro, solo per torturarlo. Quando le avvolse il braccio intorno alla vita per condurla fuori dal lodge, Tonka era ormai al limite.

Henley ridacchiò mentre lui la trascinava praticamente a forza verso il suo chalet. Quel suono spensierato e felice si insinuò tra le sue barriere, mandandole definitivamente in frantumi. Quella donna aveva attraversato l'inferno e ora era lì, a ridere e quasi a saltellare accanto a lui. Tonka voleva essere come lei. Voleva trovare la gioia in un mondo che lo aveva completamente deluso. Lei era la chiave della sua felicità, non aveva dubbi.

«Hai fretta?» lo stuzzicò, infilandogli una mano sotto la cintura dei pantaloni cargo. La sensazione delle sue dita che gli sfioravano il sedere gli fece diventare il cazzo ancora più duro di quanto già non fosse. Aveva bisogno di lei. Proprio in quel momento. Pensò che sarebbe morto se non fosse entrato nel suo corpo.

Tonka armeggiò con le chiavi mentre si avvicinava alla porta. Lassù non c'erano molte ragioni per chiudere a chiave, ma aveva visto troppi documentari polizieschi che iniziavano con qualcosa del tipo: "Era una comunità sicura e nessuno chiudeva a chiave la porta", prima che proseguissero con un'ora di omicidi e mutilazioni.

Mentre cercava di centrare il buco della serratura, Henley gli sollevò la camicia da dietro e infilò la mano sotto per andare a strizzargli un capezzolo. Con forza.

Quando riuscì ad aprire, Tonka la afferrò per la vita e la trascinò dentro. Chiuse la porta con il piede, non volendo lasciarla andare nemmeno per un secondo, e allo stesso tempo ve la spinse contro abbassando la testa.

Ormai non poteva fermarsi o rallentare, e fortunatamente sembrava che lei fosse della stessa idea, perché andò subito ad armeggiare con la cerniera dei suoi pantaloni.

Lui invece le afferrò l'orlo della maglia e la sollevò, e Henley dovette lasciarlo andare per alzare le braccia in modo che potesse togliergliela. Non appena gliela sfilò, andò al reggiseno, tirò giù una delle coppe e attaccò le labbra al capezzolo turgido che implorava la sua attenzione.

Henley fece un gemito e sollevò una gamba, così le afferrò la coscia tirandola di più contro di sé, mentre succhiava con forza. Lei inarcò la schiena e fece di nuovo quel piccolo gemito sexy.

«Finn» disse in un lamento strozzato. «Ho bisogno di te.»

«E mi avrai» le assicurò in tono roco, mentre abbassava la coppa sull'altro seno.

Lei si dimenò e si contorse nella sua presa e Tonka non si era mai sentito così disperato in vita sua. Voleva baciarla. Mettere la bocca tra le sue gambe. Scoparla. Voleva fare tutto contemporaneamente, ma voleva anche andarci piano. Dimostrarle quanto fosse importante per lui adorandola in modo appropriato.

Ma ormai non poteva più prendersi il suo tempo, nessuno dei due lo voleva in quel momento.

Henley riportò le mani sui suoi pantaloni e tentò freneticamente di slacciarli e abbassarli. Tonka respirava a fatica mentre prendeva il portafoglio; riuscì a malapena a tirarlo fuori dalla tasca prima che l'indumento gli finisse sulle caviglie.

Sentire la mano di Henley sul suo cazzo lo fece quasi venire, così la spinse via un po' bruscamente e le ordinò: «Togliti i pantaloncini. Subito.»

Gli sorrise e andò alla cerniera. Nel frattempo lui aprì il preservativo che aveva preso dal portafoglio e strinse i denti quando abbassò i boxer a sufficienza per infilarlo sul suo cazzo pulsante.

Non appena Henley si tolse i pantaloncini e le mutandine, la mano di Tonka fu tra le sue gambe. Per fortuna era bagnata fradicia. L'ultima cosa che voleva era farle male, soprattutto la loro prima volta. La spinse di nuovo contro la porta finché non ci fu più spazio tra loro, l'erezione intrappolata contro la sua pancia.

«Salta su» ringhiò, mettendole una mano sul sedere.

Henley non esitò e senza smettere di sorridere fece un piccolo salto. Tonka la sollevò sostenendola contro la porta, si tirò un po' indietro e si prese il cazzo in mano. Ci vollero un po' di manovre da parte di entrambi, ma alla fine, dopo quella che sembrò un'eternità, la punta penetrò la sua fica.

A quel punto si fermò e deglutì con forza. Non desiderava altro che spingersi dentro fino in fondo, ma non poteva. Doveva assicurarsi che lei lo volesse disperatamente quanto lui.

Abbassò lo sguardo e fu quasi sopraffatto alla vista di quanto fosse sexy quella donna. Aveva ancora il reggiseno, i suoi seni generosi spinti sopra le coppe, i capezzoli erano turgidi mentre il petto si alzava e si abbassava con i suoi respiri veloci. Le gambe erano spalancate e intorno ai suoi fianchi, e poteva vedere la punta del cazzo appena dentro al suo corpo.

«Finn?» gli chiese. «Cosa stai aspettando?»

«Devo essere sicuro che sia ciò che vuoi.»

Lei ridacchiò e Tonka ne sentì il riverbero lungo l'erezione.

«Lo voglio» lo rassicurò. «Ne ho *bisogno*. Ho bisogno di te. Scopami. Ti prego!»

Bastò quello, e si mosse prima ancora che il suo cervello potesse inviare i segnali appropriati al resto del corpo. Un attimo prima stava ammirando quanto era sexy la sua donna e quello dopo era sprofondato in lei. Lo shock della bellissima sensazione di averla intorno al suo cazzo gli fece quasi cedere le ginocchia, ma se fosse caduto Henley avrebbe potuto farsi male, così riuscì in qualche modo a rimanere in piedi.

«Oh, mio Dio!» esclamò lei.

«Ti ho fatto male?» le chiese preoccupato.

«No! Accidenti, no. Ti prego, di più. Ne ho bisogno!»

«Tieniti a me» le ordinò.

Gli afferrò i bicipiti piantando le dita e strinse ancora di più le gambe intorno ai suoi fianchi.

Tonka non avrebbe potuto trattenersi neanche se la sua vita fosse dipesa da quello. La scopò con forza. Contro la porta. Non era così che aveva immaginato la loro prima volta. Avrebbe voluto prendersela con calma, dimostrarle quanto fosse importante per lui, ma era da un po' che tenevano a freno il loro desiderio e quello era il risultato.

Ogni spinta gli dava sempre di più la sensazione che stesse tornando l'uomo di un tempo. Sicuro di sé. Contento. Persino un po' arrogante.

Come poteva non sentirsi così in quel momento? La donna più bella che avesse mai visto si stava dimenando tra le sue braccia implorando di avere di più. E se la sua Henley voleva di più, lo avrebbe ottenuto.

Tonka si spostò, tenendola in equilibrio con l'avambraccio sotto il sedere e portò la mano libera tra di loro. La prima volta che le sfiorò il clitoride mentre la penetrava sentì i suoi muscoli stringersi intorno al cazzo.

Lei sussultò nella sua presa, muovendo i fianchi in avanti alla spinta successiva.

«Ti piace.»

Non era una domanda.

Henley annuì e si leccò le labbra mentre si concentrava sul suo viso. «Mi piace tutto, Finn.»

Avrebbe voluto fissarla negli occhi, per vederli offuscarsi durante l'orgasmo, ma non riuscì a trattenersi dal guardare in basso mentre la scopava. La vista del suo cazzo che luccicava dei suoi copiosi umori mentre entrava e usciva dal profondo di lei era la cosa più carnale a cui avesse mai assistito.

Non sarebbe durato. La desiderava da troppo tempo. Molto più a lungo delle cinque settimane scarse da quando si frequentavano ufficialmente. Era attratto da lei fin dalla prima volta in cui si erano incontrati, ma a quel tempo non era pronto.

Aumentò la pressione e la velocità del pollice sul suo clitoride, e non poté fare a meno di sentirsi immensamente soddisfatto della sua reazione quando lei gemette, strinse di più le mani sulle sue braccia e piegò indietro la testa andando a sbattere contro la porta. Ma era sicuro che non avesse sentito alcun dolore.

Dondolava ritmicamente e lui smise di spingere per potersi concentrare sul farla venire, così avrebbe potuto sentire ogni muscolo stringersi intorno a lui.

Non ci volle molto. Henley contrasse la pancia e inarcò la schiena appena prima di iniziare a tremare in modo incontrollato. Tonka la tenne più saldamente e la guardò ammirato perdersi nell'estasi tra le sue braccia. E non si era sbagliato, gli strinse l'uccello così forte che pensò si sarebbe spezzato dentro di lei.

Anche le sue palle si contrassero e, incredibilmente, il solo sentirla in quel modo intorno a lui lo fece crollare. Gemette e venne con così tanta intensità che pensò non avrebbe mai smesso. In vita sua non aveva mai avuto un amplesso migliore. E masturbarsi non era *certo* così appagante. Stavano ansimando entrambi forte e poteva vedere il battito del cuore di Henley nel suo collo.

Avrebbe voluto non muoversi più. Rimanere dentro di lei per sempre. Ma gli tremavano le cosce, sia per l'intenso orgasmo che aveva appena avuto, sia per averla tenuta contro la porta. Inoltre, sentiva lo sperma fuoriuscire dal preservativo e finire sulle palle. Non era mai venuto così tanto da riempirne uno completamente.

Ricordando che Henley non era protetta da un'eventuale gravidanza, dovette metterci tutta l'energia possibile per uscire dal suo corpo. Ma non la lasciò andare, si limitò a girarsi e a camminare in modo goffo verso il comodo letto della sua camera all'altro lato dello chalet.

I vestiti di Henley erano sparsi sul pavimento, le chiavi e il portafoglio di Tonka erano dimenticati in quel caos, ma riusciva a pensare solo a portarla nel suo letto e a continuare da dove avevano interrotto. Di solito non era impaziente di farlo due volte in così breve tempo, ma aveva la sensazione che Henley stesse riscrivendo tutto ciò che lui aveva conosciuto e sperimentato in materia di sesso.

———

Henley faceva fatica a respirare. O a pensare. O a fare qualsiasi cosa. Per fortuna Finn sembrava funzionare un po' meglio. Odiava che si fosse tirato fuori così in fretta, ma non riusciva a trovare l'energia per chiedergliene il motivo.

Avevano quasi raggiunto la camera da letto quando lei si riscosse abbastanza da aprire gli occhi. E ridacchiò davanti a ciò che vide. Finn trascinava i piedi più che camminare, perché aveva ancora i pantaloni intorno alle caviglie. Indossava la maglia, i calzini e le scarpe, e i boxer erano intorno alle cosce. Lei era nuda, tranne per il reggiseno, che a pensarci bene le stava incidendo la pelle.

Ma in un certo senso quel momento le sembrò perfetto. Nessuno dei due era riuscito ad aspettare un secondo di più. La trepidazione si era intensificata nelle ultime settimane, fino a quella conclusione esplosiva.

Se aveva creduto che si sarebbe sentita meno desiderosa, meno disperata dopo che avevano finalmente fatto sesso, si sbagliava. Anzi, lo bramava ancora di più ora che aveva sperimentato tutto ciò che era Finn Matlick. Quando era più giovane Henley aveva amato il sesso, ma non ricordava che fosse mai stato così intenso.

Raggiunsero il letto, e lui si chinò lentamente per sistemarla sul materasso. Lei si inclinò indietro tenendosi su con i gomiti, mentre faceva scorrere lo sguardo lungo il corpo di Finn, che cominciò a spogliarsi. Si sfilò la maglia dalla testa e le venne letteralmente l'acquolina in bocca. Lo aveva già visto a torso nudo, ma c'era qualcosa di veramente sexy nel guardarlo spogliarsi per lei mentre era quasi nuda dopo averlo appena avuto dentro di sé.

Si tolse gli stivali, i pantaloni e i boxer, poi si sfilò il preservativo dall'uccello ancora mezzo duro. Gocce di sperma gli colarono dalla punta mentre si chinava per prendere un fazzoletto dal comodino.

Henley si mosse senza pensarci. Si mise in ginocchio

davanti a lui e gli afferrò la base del cazzo con una mano prendendone in bocca il più possibile.

«Merda!» esclamò Finn mentre lei gemeva. Fare un pompino non era mai stata una delle sue attività preferite, ma con lui si sentiva insaziabile. Le infilò una mano tra i capelli, ma non la spinse contro di sé né cercò di controllare il ritmo. Si limitò a stare fermo, mentre lei succhiava e leccava ogni traccia dell'orgasmo rimasto sulla sua pelle.

Sapeva di lattice ed era un po' amaro, ma Henley era più concentrata sul modo in cui gli tremavano le cosce mentre separava le gambe per tenersi in equilibrio e a quanto fosse buono il suo odore quando seppellì il naso tra i peli del suo pube prendendolo in gola. Mentre gli dava piacere, i gemiti e i sospiri che uscivano dalla bocca di Finn sembravano disperati.

Continuando a leccare e succhiare, usò una mano per tenere la base del suo uccello e portò l'altra tra le sue gambe per accarezzargli le palle. Erano grandi e oscillavano mentre muoveva i fianchi a ritmo con i suoi movimenti. Gli accarezzò quella sacca sensibile e lo sentì diventare ancora più duro in bocca.

Non riuscì a trattenere un piccolo sorriso. Avere quell'uomo alla sua mercé, qualcuno di così imponente, che poteva controllare un cavallo o una mucca da cinquecento chili solo con una parola detta in modo deciso, la fece sentire potente, e ne amò ogni secondo.

Proprio sul più bello, quando pensava di poter provare l'esperienza di farlo venire nella sua bocca, Finn si mosse. La allontanò, la tirò in piedi come se non pesasse nulla e praticamente la gettò sul letto. Henley rimbalzò un po' e non ebbe il tempo di fare altro che leccarsi le labbra prima che lui le spalancasse le gambe e le si buttasse addosso.

Si inarcò a quell'assalto. Finn la leccò e la succhiò come se fosse un uomo affamato. Non le era mai capitato che qualcuno si avventasse su di lei con tanta voracità. Cercò di allontanarsi dalla sua bocca bramosa, era ancora sensibile dopo l'ultimo orgasmo, ma lui strinse la presa sui suoi fianchi, tenendola proprio dove la voleva.

«Finn!» gridò, stringendogli i capelli. All'inizio cercò di staccarlo, ma quando cominciò a succhiarle il clitoride, attirò di più il suo viso contro di sé A quanto pareva, il suo cervello era scombussolato quanto il suo corpo.

Non passò molto prima che sentisse montare un altro orgasmo. Il cuore le batteva così forte che se avesse potuto pensare con chiarezza, avrebbe avuto paura di avere un infarto.

Mentre la divorava, Finn emetteva dei versi smaniosi e dei gemiti gutturali, e Henley non poté fare altro che aggrapparsi a lui. Anche se la sua lingua e le sue labbra la facevano sentire bene, era ancora vuota. Aveva *amato* avere un orgasmo mentre la scopava. Per quanto le fosse sempre piaciuto fare sesso, non ricordava di essere mai venuta con la penetrazione. I suoi orgasmi erano sempre stati clitoridei, e li aveva raggiunti prima o dopo che lo avevano fatto i suoi partner. E il vibratore non era un buon sostituto di quello vero.

Di Finn.

Ma non ebbe la possibilità di pregarlo di entrare in lei perché fu travolta da un altro orgasmo. Si sollevò un po' con il busto aggrappandosi alla sua testa, e tremò di piacere. Quando Finn spinse due dita dentro il suo corpo, l'estasi fu totale.

«Così. Cazzo, sei stupenda. Vieni sulle mie dita. Così, piccola. Bellissima e sexy. Sei mia, Henley. Tutta mia.»

Lo sentì a malapena attraverso il ronzio nelle orecchie. Il sesso era mai stato così bello? No, assolutamente no. Una sottile patina di sudore le ricopriva il corpo e le sembrò di aver corso una maratona. Non che sapesse cosa si provava a correre una maratona, ma immaginava che le conseguenze fossero come quelle che stava sperimentando lei in quel momento. Era senza forze, esausta e molto soddisfatta.

E Finn non aveva finito. Henley non si era nemmeno accorta che si era mosso finché non l'aveva fatta rotolare spronandola a mettersi carponi.

«Alza il culo, Hen» le ordinò, tirandola su con una mano sulla pancia.

Guardò dietro la spalla e notò che mentre si stava riprendendo dall'ultimo orgasmo, lui si era messo un altro preservativo ed era di nuovo completamente eretto.

Fece un verso a metà tra un gemito e un mugolio, inarcandosi e sollevando il sedere. Sentì le sue mani sulla schiena e poi finalmente il reggiseno allentarsi intorno al busto. Non ebbe nemmeno il tempo di sollevare le mani per gettarlo di lato, che sentì il suo cazzo contro le pieghe bagnate.

Finn non esitò, la penetrò a fondo con una spinta lenta e decisa.

Gemettero all'unisono.

«Non hai idea di quanto sia incredibile questa sensazione» le disse in tono strozzato, mentre le accarezzava il sedere e la schiena.

«Oh, credo proprio di sì.»

Poi cominciò a spingere, ma invece di entrare e uscire da lei con forza come aveva fatto prima, mantenne i movimenti lenti e delicati. Era bellissimo, ma Henley aveva bisogno di qualcosa di più.

Alla spinta successiva, gli andò incontro premendosi contro di lui, facendogli sbattere le palle contro il suo sesso quando arrivò in fondo.

Finn grugnì, poi si tirò fuori e tornò a penetrarla, e lei ripeté il movimento. Continuò a farlo finché lui le afferrò i fianchi e la scopò con forza. Quasi con disperazione.

Henley si abbassò sui gomiti, cambiando l'angolazione in modo che colpisse il suo punto G a ogni spinta.

Non riusciva a pensare. Non riusciva a fare altro che gemere contro le lenzuola mentre le faceva sperimentare il piacere più grande della sua vita. E quando lui si rannicchiò sulla sua schiena, appoggiando una mano sul materasso accanto al suo viso e mettendo l'altra tra le sue gambe per stuzzicarle e strofinarle il clitoride, perse completamente la testa. Sussultò con tanta forza da farlo scivolare fuori quando, nello stesso momento, lui si tirò indietro.

Il suo cazzo le finì sul sedere, ma Finn non smise di stuzzicarle il clitoride e si raddrizzò. Henley sentì la mancanza del suo calore contro la schiena e per un attimo si rattristò, ma quando lui fece un lungo gemito e un liquido caldo si riversò sulla sua pelle, capì perché si era sollevato.

Si era tolto il preservativo e stava eiaculando su di lei. Sarebbe potuto sembrare degradante o disgustoso, invece era la cosa più sexy che avesse mai sperimentato, e venne un'altra volta mentre lui continuava a sfiorare il suo clitoride troppo sensibile.

Alla fine le cedettero le gambe e Finn cadde con lei, rotolando su un fianco e portandola con sé, poi se la accoccolò addosso mentre cercavano di riprendere fiato. Pochi minuti dopo, la girò sulla pancia e massaggiò delicatamente il suo sperma sulla sua pelle.

A Henley sembrava di galleggiare, come se la sua anima avesse lasciato il suo corpo. Non si era mai sentita scombussolata in modo così delizioso.

Rimase immobile e si lasciò accarezzare. Nessuno dei due disse una parola. L'odore di sesso era forte nell'aria e di solito in un momento come quello avrebbe desiderato farsi una doccia. Avrebbe anche voluto che il ragazzo con cui era stata se ne andasse. Ma quando Finn si sdraiò di nuovo e la attirò a sé con la schiena contro il proprio petto e il cazzo flaccido contro il suo sedere, Henley poté solo sospirare soddisfatta.

Doveva essersi appisolata, perché quando si svegliò notò che era molto tardi dato che la luce che filtrava dalle tende era soffusa. Era distesa supina, e girando lentamente la testa vide Finn sdraiato accanto a lei che la fissava sorreggendosi la testa con una mano, mentre l'altra era posata sulla sua pancia.

Invece di sentirsi in imbarazzo, si sentì sexy. Quando lui si rese conto che era sveglia, fece scivolare la mano verso l'alto per mettersi a giocherellare pigramente con uno dei suoi capezzoli.

«Ciao» gli disse con dolcezza.

«Ciao.»

«Quanto ho dormito?»

Finn scrollò le spalle. «Un paio d'ore. Ne avevi bisogno, lavori troppo.»

Gli sorrise. «Credo che siano stati tutti gli orgasmi.»

Le sue labbra ebbero un guizzo e continuò a fissarla senza smettere di accarezzarla. Le circondò il capezzolo e

Henley lo sentì inturgidirsi sotto le sue attenzioni. Non sembrava che si stesse preparando a fare di nuovo l'amore. Almeno non ancora.

«Ti ho fatto male?» le chiese.

«No, per niente. E *io* ti ho fatto male?»

Lui sorrise. «No. Anche se non credo che nessuno me l'abbia mai succhiato con tanto... entusiasmo.»

Henley sentì le guance infiammarsi. «Devo scusarmi?»

«No. *Cazzo*, no.»

«Bene. Perché mi è piaciuto molto. Anche se mi hai allontanato troppo presto.»

«Altri due secondi e ti venivo in gola» disse.

«Lo so. Come ho detto, ti sei allontanato troppo presto.» Con Finn non si sentiva una poco di buono a dire certe cose. Era perfetto. Erotico.

«Lo vuoi?»

«Sì» ammise senza esitare.

Rotolò sopra di lei, i gomiti sul materasso accanto alla sua testa e il corpo posato contro il suo. Henley sentì il suo cazzo indurirsi contro la pancia e allargò le gambe per dargli più spazio.

Finn si chinò e la baciò. Fu un bacio tenero e affettuoso, che la fece sciogliere ancora di più sotto di lui. Gli avvolse le braccia intorno al collo e ricambiò.

«Mi fai sentire normale» le disse dopo un attimo.

«Cos'è normale, Finn? Ognuno di noi crea la propria normalità.»

«È vero» concordò. «Vuoi fare la doccia?»

Henley scrollò le spalle.

«No? Non ti ha disgustata quello che ho fatto?»

«Per niente. È stato bello. Giusto.»

«Mi è piaciuto farlo. Mi è sembrato di marchiarti come mia.»

Lei alzò gli occhi al cielo. «Sei proprio un uomo.»

«Mi fa piacere che tu l'abbia notato» ribatté. Poi rotolò via e quando Henley fece per girarsi su un fianco e accoccolarsi a lui, le mise una mano sulla pancia e la tenne ferma sulla schiena. «Voglio fare una cosa. Me lo permetti?»

«Sì.» Non sapeva cos'avesse in mente, ma dal suo sguardo colmo di desiderio aveva la sensazione che le sarebbe piaciuto, quindi non importava.

«Rimani immobile. Qualunque cosa accada, non muoverti» le ordinò con un tono basso e roco.

La prima volta che lo aveva incontrato Henley non avrebbe mai potuto immaginare che quell'uomo fosse così sensuale. Il fatto che avesse un appetito sessuale così elevato la eccitava moltissimo. Era stata una mamma per così tanto che non aveva avuto il tempo o l'energia per pensare ad altro che non fosse crescere sua figlia. Era come se si stesse svegliando da un sonno lungo e profondo.

Finn si alzò, sedendosi a gambe incrociate accanto a lei, e Henley non poté fare a meno di guardargli l'inguine. Il suo cazzo era enorme. Aveva capito che era più grande del normale quando lo aveva avuto dentro di lei... in bocca... ma non si era accorta di quanto fosse lungo e grosso fino a quel momento.

«Chiudi gli occhi» le ordinò con una risatina. «Non voglio che tu mi distragga.»

Sbuffò, ma fece come richiesto.

Per un po' sentì solo le sue dita sfiorarle il corpo. Era una bella sensazione, faceva un po' il solletico ma era piacevole. Poi, senza preavviso, spinse lentamente un dito dentro di lei. Henley sollevò i fianchi istintivamente, ma

Finn fece un verso di disapprovazione e le premette la mano libera sulla pancia.

«Stai ferma» le ordinò.

«Finn» si lamentò, ma lui si limitò a tenere il dito fermo nel profondo della sua fica finché lei non fece un respiro e si rilassò contro le lenzuola.

«Sei così bella. Così piccola. Non posso credere che tu sia riuscita a prendermi così facilmente. Ma ti bagni davvero tanto e mi piace molto. È davvero eccitante. Anche adesso, ti sei appena svegliata e non ti ho ancora toccato il clitoride, ma hai riempito il mio dito di umori.»

Henley non avrebbe mai immaginato che il suo parlare sporco la potesse eccitare così tanto.

«Voglio farti venire così. Con te che rimani completamente immobile e nient'altro che le mie dita. Lo faresti per me?»

Il suo cuore ricominciò a battere forte. Si leccò le labbra e annuì.

«Brava ragazza.» Iniziò a muovere il dito, prima lentamente, poi più velocemente, e le ci volle tutto l'autocontrollo possibile per rimanere ferma. Si afferrò con una mano al lenzuolo al suo fianco e con l'altra a Finn. Le piaceva ciò che le faceva, ma voleva anche toccarlo. Aveva bisogno di quella connessione. A lui non sembrò dispiacere quando si aggrappò alla sua coscia con tutte le forze.

«Così. Tieniti a me. Ascolta la mia voce. Sii consapevole che sono *io* a farti sentire così. Che sono io dentro di te. Che sono io che ti guardo mentre perdi il controllo.»

Henley glielo aveva già visto fare... be', non proprio *questo*, ovviamente, ma lo aveva sentito usare lo stesso tono calmo e autoritario. Di recente avevano preso un nuovo cavallo molto ombroso a causa di un trauma di cui lei non sapeva nulla. Finn era rimasto nel recinto a parlare con l'animale per ore, per farlo abituare alla sua voce, per fargli capire che era al sicuro e che si sarebbe preso cura di lui. Aveva fatto in modo che si rilassasse abbastanza da permettergli di avvicinarsi e condurlo nella stalla.

Si sentiva un po' come quel cavallo. Completamente sotto il suo comando.

Il rumore che faceva il dito che entrava e usciva dalle sue pieghe bagnate era forte e osceno, e avrebbe dovuto essere imbarazzante, ma con lui non lo era.

«Lo senti? È il modo in cui il tuo corpo mi dice quanto ti piace. Ti stai preparando a prendermi. Sei fatta per me, Henley. A essere sincero... all'inizio mi hai spaventato. Credo di aver capito che saresti riuscita a fare breccia nelle barriere che avevo innalzato, e non ero sicuro di volere che qualcuno lo facesse. Ora che sei entrata, non voglio che te ne vada.»

Henley sentì una lacrima sfuggire dagli occhi chiusi. Non sapeva perché stesse piangendo. Forse perché stava provando una sensazione meravigliosa. O perché era difficile rimanere completamente immobile. O per quello che le stava dicendo. Avrebbe voluto dirgli che anche lui era riuscito a penetrare nelle sue barriere, ma aveva difficoltà a formulare le parole.

Le sembrava di galleggiare. Finn era estremamente delicato. Quell'esperienza sessuale non era per niente simile a ciò che avevano fatto fino a quel momento. Prima era stato veloce e duro, ma nulla di questo lento crescendo era meno piacevole.

«Ecco. Sento i tuoi muscoli stringersi intorno a me. È una sensazione incredibile. Davvero. E se faccio così?» Spostò la mano sulla pancia, scendendo finché il pollice non le accarezzò delicatamente il clitoride. Non premette con forza. Non strinse né tirò. Si limitò a sfiorarla ancora e ancora con un tocco leggerissimo.

Ma lei voleva di più. Aveva bisogno di qualcosa di più. Voleva premersi contro di lui, costringerlo a muovere le dita più velocemente. Più forte. Ma le aveva detto di rimanere ferma, così strinse i denti e cercò di fare ciò che le aveva ordinato.

«Dannazione, Hen, sei meravigliosa. Me lo stai lasciando fare. I tuoi capezzoli sono così turgidi, scommetto che stanno pulsando, vero?»

Era vero, così annuì.

«Resisti ancora un po'. Ti prometto che ti porterò dove desideri.»

Ancora un po' si rivelò essere un numero eccessivo di minuti per lei. Fu una tortura e un paradiso allo stesso tempo.

Quando arrivò l'orgasmo, fu quasi una sorpresa. Un attimo prima stava stringendo i denti e facendo di tutto per non muoversi, e quello dopo le sembrò che tutta la parte inferiore del suo corpo fosse in fiamme.

«Sei stupenda» sussurrò Finn, prima di aggiungere un secondo dito dentro di lei e girare la mano. Premette contro quel punto profondo che la fece sobbalzare.

I pensieri di rimanere ferma scomparvero dalla sua mente e il suo corpo sussultò con violenza mentre la accarezzava dall'interno verso l'esterno. Gli umori che fuoriuscirono bagnarono le lenzuola e la mano di Finn, e si sarebbe sentita mortificata se lui non fosse stato così eccitato.

«Sì! *Dio, sì*, Hen. Gesù, è fantastico. *Tu* sei fantastica.

Ecco... bellissimo. Hai un profumo delizioso. Potrei mangiarti.»

Henley ebbe la sensazione di essere svenuta per un momento, perché se lo ritrovò sdraiato a fianco con una mano che le copriva la fica in modo possessivo.

Si riscosse abbastanza da dirgli: «È il tuo turno.»

«Shhhh. Sto bene. È stata la cosa più erotica che abbia mai visto. Grazie per questo regalo.»

«Ehm, credo che dovrei essere io a ringraziare *te*. Dobbiamo cambiare le lenzuola adesso?»

«Perché disturbarsi se poi le sporcheremo di nuovo?»

Henley si costrinse ad aprire gli occhi. «Di nuovo?» chiese incredula.

«Non ne avrò mai abbastanza di te, Hen. E visto che domani pomeriggio hai una seduta e dovrò farti uscire dal letto, voglio approfittare al massimo del nostro tempo insieme.»

Gli sorrise e si accoccolò contro di lui. «Ok.»

«Ok» concordò, mentre le accarezzava il sesso con le dita.

Henley avrebbe voluto sorridere, ma si stava già appisolando. Inoltre, era bello che la tenesse in quel modo.

L'ultima cosa che percepì prima di addormentarsi furono le sue labbra contro la tempia.

CAPITOLO UNDICI

TONKA SI SENTIVA un uomo totalmente diverso da quello che era stato prima di iniziare a frequentare Henley. E tutto grazie a lei. Gli aveva dato la forza di allontanare l'oscurità dalla sua mente e di concentrarsi sul presente.

Il mattino successivo alla loro maratona di sesso durata tutta la notte, era stato tranquillo e rilassato come i giorni precedenti. Il che era stato un sollievo, perché l'ultima cosa che voleva era che Henley si sentisse in imbarazzo per tutto ciò che avevano fatto insieme.

Non si era mai sentito così libero di fare ciò che desiderava sessualmente come con lei. Si era fidata ciecamente e inoltre le piaceva fare l'amore tanto quanto a lui. Erano stati entrambi insaziabili per tutta la notte e la mattina seguente, e Henley era riuscita a malapena ad arrivare in tempo al suo appuntamento.

Si erano fatti la doccia insieme, avevano fatto il bucato, che era iniziato in modo abbastanza innocente e finito con lui che la prendeva sulla lavatrice, avevano fatto una colazione abbondante e si erano persino accoccolati sul divano per un po' a guardare un programma sugli zombie, prima di fare ancora una volta l'amore.

Era tutto ciò che aveva sempre sognato in una donna, ma che non aveva mai creduto di poter trovare.

La sera in cui Jasna era tornata dal campus era stata più difficile di quanto avesse pensato. Aveva sentito subito la mancanza di Henley. Sì, il sesso era eccezionale, ma ciò che gli mancava di più era la familiarità. Anche se avevano trascorso insieme solo un paio di notti, si era abituato a guardare verso il divano e vederla lì. A svegliarsi nel cuore della notte e trovarla accoccolata contro di lui. A uscire dalla doccia e sentire l'odore del caffè che stava preparando. Un caffè che non aveva dovuto prepararsi lui.

Era stato da solo per così tanto tempo che aveva pensato sarebbe stato estremamente difficile abituarsi alla presenza di qualcun altro nel suo spazio. Ma non era stato affatto così. Henley si era inserita nel suo mondo come se ci fosse sempre stata.

Andare nello chalet insieme a lei dopo il lavoro, sapendo che non avrebbe dovuto salutarla, era qualcosa di cui non si era nemmeno reso conto di aver bisogno.

Quindi era stato spiacevole che quella prima sera dopo il campus, lei e Jasna erano rimaste a casa sua solo fino alle otto per poi dirgli che dovevano tornare a casa.

Tonka apprezzava ogni momento trascorso con loro. Aveva imparato a sue spese che nella vita nulla era garantito. Aveva supposto di avere ancora molti anni da passare con Steel. Aveva pensato che il cane, una volta ritirato dal servizio della Guardia Costiera, avrebbe vissuto il resto dei suoi anni sereno e coccolato. Sebbene Steel fosse "solo" un cane, era stato anche il suo migliore amico. Avevano trascorso insieme ogni minuto delle loro giornate. Ecco perché aveva fatto tanto male vederselo strappare via in modo così violento e improvviso.

Allontanando quei brutti ricordi, Tonka tornò a concentrarsi sulla discussione in corso intorno a lui. Stava tenendo con gli altri ragazzi la riunione mensile sull'andamento del Rifugio. Le entrate erano aumentate del dieci per cento e le donazioni del centoquaranta da quando Alaska aveva suggerito di aggiungere il pulsante sul sito web.

Savannah, la loro contabile, se n'era appena andata dopo aver presentato il suo rapporto, e Jason stava parlando degli chalet e delle riparazioni e migliorie necessarie per mantenerli il più invitanti possibile per gli ospiti. Hudson e Robert avevano già fatto il loro resoconto e fortunatamente non c'erano state sorprese per quanto riguardava la cura del paesaggio e la preparazione del cibo.

Prima che se ne rendesse conto, fu il turno di Henley. Tonka non riusciva a toglierle gli occhi di dosso. Non avevano più fatto l'amore dal ritorno di Jasna, ma a dire il vero era contento anche di starle solo vicino. Gli piaceva il sesso? Dio, sì. Ne aveva *bisogno*? No. Amava passare il tempo con lei perché era spiritosa, gentile e lo faceva sentire di nuovo se stesso.

In passato Tonka aveva a malapena prestato attenzione alle riunioni mensili, perché l'unica cosa che gli interessava davvero erano gli animali e assicurarsi che i loro bisogni fossero soddisfatti. Aveva confidato che i suoi amici e comproprietari prendessero delle buone decisioni su tutto il resto. Ma quel giorno era più partecipe del solito. Dopotutto il Rifugio era la sua casa, e ora più che mai voleva assicurarsi di fare la sua parte per mantenerlo un luogo sicuro e felice per tutti, non solo per gli ospiti paganti.

«Penso che l'aumento di civili che si rivolgono a noi sia una tendenza interessante» disse Henley. «Sebbene i veterani siano il nostro obiettivo principale, oltre a loro ci sono tante persone che hanno subito dei traumi e che hanno bisogno di aiuto per affrontarli, e stanno scoprendo il Rifugio. Per esempio, solo il mese scorso abbiamo avuto otto ospiti che hanno subito violenze sessuali, due che sono stati vittime di bullismo da bambini e che ancora oggi faticano a superarlo, quattro che sono sopravvissuti a un episodio di violenza sul posto di lavoro e tre che sono stati perseguitati e picchiati da un ex coniuge... e no, non erano tutte donne. Anche gli uomini possono essere picchiati dalle loro mogli con la stessa facilità con cui succede alle donne con i propri mariti.»

«Questa *è* una tendenza interessante e un'ottima osservazione» commentò Pipe. «Cosa possiamo fare per farli sentire i benvenuti come i nostri veterani? Abbiamo lavorato duramente per pubblicizzare questo posto come ritiro per i soldati con disturbo post-traumatico da stress, ma come hai sottolineato ci sono molte persone che hanno subito traumi non legati al servizio militare. A quanto pare il passaparola ha portato al Rifugio molta gente che non ha prestato servizio nelle Forze Armate, ma sono d'accordo sul fatto che potremmo fare di più.»

«Non l'ho detto come una critica sul vostro operato, voleva solo essere un punto interessante. Anche se cose come i petardi e gli scoppiettii delle auto sono comunque preoccupazioni valide, ci sono altre cose che non sono così ovvie e che potrebbero essere dei fattori scatenanti per chi non è un militare.»

Spike si acciglò. «Quindi dovremmo aggiornare il nostro modulo di accettazione.»

Henley annuì. «Forse posso aiutarvi visto che parlo con la maggior parte degli ospiti. Ho una buona conoscenza di ciò che potrebbe essere scatenante e di ciò che potremmo voler chiedere.»

«Che altro?» chiese Owl, sporgendosi in avanti.

Mentre Tonka ascoltava i suoi amici e Henley discutere i modi migliori per assicurarsi che tutti i loro ospiti fossero il più possibile sereni, mentalmente e fisicamente, mentre soggiornavano lì, non poté fare a meno di essere ancora una volta impressionato dalla sua donna. Stava usando le sue esperienze per capire e aiutare gli altri. Mentre lui...

Cosa *stava* facendo?

Evitava di pensare a Steel. Si nascondeva il più possibile. Si teneva a distanza dalle persone che avrebbero capito cosa stava passando più di chiunque altro.

Aveva partecipato alle sedute di Henley e ascoltato un sacco di ospiti raccontare le loro brutte esperienze. E nemmeno una volta aveva cercato di riconoscere le somiglianze con la sua. Si era ostinato a sostenere che nulla di ciò che avevano subito loro era grave quanto quello che aveva affrontato *lui*.

Tonka strinse le labbra, sentendosi improvvisamente... in imbarazzo. La stessa Henley aveva vissuto un'esperienza che molti avrebbero giudicato due volte più traumatica rispetto alla sua, e in un'età decisamente più giovane, e la stava affrontando molto meglio di lui.

«Ci hai dato molte cose su cui riflettere, Henley» disse Brick, riportando Tonka a seguire la discussione. «Se dovessi avere altri suggerimenti su ciò che dovremmo fare in modo diverso riguardo alla riabilitazione degli ospiti, per favore non aver paura di portarlo alla nostra attenzione. Anche al di fuori delle riunioni mensili. Quando abbiamo aperto questo posto, volevamo che fosse un rifugio per le persone. Un luogo sicuro dove poter trovare la tanto necessaria pace almeno per un po'. E se stiamo facendo qualcosa che lo rende meno possibile, anche involontariamente, vogliamo saperlo.»

«Lo farò. E penso che questo posto sia incredibile. Quasi tutti gli ospiti che ho incontrato hanno detto di aver provato un'enorme sensazione di sollievo per il solo fatto di trovarsi in questa struttura. Non vengono giudicati per i loro problemi di salute mentale, il che è già di per sé un grande vantaggio. E come sapete, abbiamo molti clienti abituali.»

Brick e gli altri annuirono, ma Tonka poté solo fissare la donna dall'altra parte del tavolo, che ora era in piedi e stava raccogliendo i suoi documenti e che gli rivolse un'occhiata e un piccolo sorriso prima di uscire dalla stanza.

«Bene, quindi... siamo rimasti solo noi. Cosa ne pensate di quello che abbiamo sentito dagli altri e di come sta andando il posto? C'è qualcosa che dobbiamo cambiare?» chiese Brick.

Ognuno di loro fece un breve resoconto sulle cose a cui avevano lavorato e diedero le loro opinioni sull'attività in generale.

Quando fu il turno di Tonka, per la prima volta in cinque anni non parlò degli animali.

«Voglio ringraziarvi tutti per avermi sopportato per così tanto tempo» disse solennemente. «Non ho fatto la mia parte nelle operazioni quotidiane, e mi dispiace.»

Tutti e sei i suoi amici parlarono contemporaneamente, cercando di contestare le sue parole, ma lui alzò una mano, fermandoli.

«Apprezzo che mi abbiate dato tempo e spazio per

elaborare i miei problemi, anche se sono sicuro non vi aspettavate che durasse cinque maledetti anni. Non ho parlato molto di quello che mi è successo... ma forse è arrivato il momento.»

Nella stanza all'improvviso calò un silenzio così totale che si poteva sentire il ticchettio dell'orologio sulla parete. «Non posso entrare nei dettagli... non ancora, e forse non lo farò mai, ma ero in coppia con un cane nella Guardia Costiera. Era un pastore belga Malinois e si chiamava Steel. Mi fidavo di lui e lui si fidava di me. Eravamo una macchina ben oliata. Era il mio migliore amico. Be'... una missione è andata male in un modo che non potete nemmeno immaginare, e l'ho perso. L'uomo che stavamo cercando di arrestare per traffico di droga ha avuto la meglio su di noi e lo ha ucciso in modo orribile.

Dopo di che credo di aver deciso che preferivo interagire con gli animali, perché non sanno essere disonesti o malvagi. Non si rivoltano contro di te senza motivo. Finché non hanno fame o freddo, hanno un riparo adeguato o non vengono picchiati, sono felici di essere tuoi amici e sono totalmente fedeli. Ho visto in prima persona quanto possono essere crudeli gli esseri umani, e dopo aver perso Steel ho cominciato a giudicarli quasi tutti allo stesso modo.

So che è un modo sbagliato di vedere il mondo e ci sto lavorando. Grazie a tutti voi per non avermi abbandonato e per aver sopportato il mio atteggiamento così distaccato.»

Tonka osservò gli uomini intorno al tavolo. Rispettava ognuno di loro. Li aveva tenuti a distanza anche se non avevano fatto altro che sostenerlo. Non sapeva come avrebbero reagito alle sue parole – molti pensavano che il suo dolore fosse una stronzata perché aveva perso un cane – e quindi si preparò a tutto.

«Porca puttana. Henley fa davvero miracoli» disse Spike, rompendo il silenzio.

Per un attimo lo fissarono scioccati, poi scoppiarono a ridere e lui non poté fare a meno di partecipare. Il suo amico non aveva torto.

«Vero?» concordò Pipe. «Ha trasformato il nostro guardiano degli animali tutto grugniti in un tenerone!»

Tonka gli lanciò addosso la penna, ridendo quando gli rimbalzò sulla fronte.

«Ahi!» esclamò l'altro, portandosi una mano alla testa.

Tutti risero più forte.

«So che Alaska ha trasformato *me* in un uomo migliore, ma accidenti...» ammise Brick, scuotendo la testa con un sorriso colmo di affetto.

«Dove posso trovare una Henley?» chiese Spike. E sebbene Tonka e tutti gli altri sapessero che stava scherzando, sotto sotto c'era un'evidente nota malinconica nella domanda.

«È stato davvero bello vederti di più» gli disse Tiny.

«Sono d'accordo» sostenne Stone con un cenno del capo. «Voglio dire, immagino che non ti offrirai mai volontario per gestire una serata di karaoke o altro, ma vederti ai pasti e ad alcune delle attività serali è stato fantastico.»

«E avere Jasna intorno quest'estate è stato molto divertente» aggiunse Owl.

«Sono d'accordo. È così curiosa e guarda tutto con occhi pieni di meraviglia. A volte ci dimentichiamo quanto solo questo possa essere curativo. Alcuni ospiti nelle loro recensioni hanno detto di aver adorato chiacchierare con lei» concordò Pipe.

«Dovremmo parlarne» disse Brick, con un tono di voce più serio. «Quando abbiamo aperto questo posto abbiamo deciso che non erano ammessi bambini. Non volevamo che ragazzini indisciplinati o turbolenti scorrazzassero in giro. Per non parlare del fatto che il pianto potrebbe essere un fattore scatenante per alcune persone. Ma che ne dite di rivedere la nostra posizione sulla questione?»

«Lo stai chiedendo per un motivo in particolare?» chiese Stone con un sorriso.

Brick sorrise a sua volta. «Forse. Non sto dicendo che io e Alaska sforneremo un bambino domani, ma potrebbe arrivare il momento in cui vorremo dei figli. E se tutto va bene, prima o poi anche voi troverete le vostre donne e ne vorrete. Mi sembra un po' ingiusto avere una regola che li proibisce quando un giorno potrebbero essercene di nostri.»

«Aprire il posto ai bambini permetterebbe a più genitori single di approfittare di ciò che il Rifugio ha da offrire» dichiarò Stone.

«Ma il punto è questo» aggiunse Pipe. «Per quanto riguarda i nostri figli abbiamo voce in capitolo su come vengono cresciuti. Possiamo insegnare loro a essere rispettosi e a non diventare dei teppisti. Se apriamo il Rifugio ai bambini in generale, non abbiamo alcun controllo sul loro comportamento. Cioè, possiamo avere delle linee guida e cose del genere, ma cosa facciamo se uno di loro è un terremoto?»

«Ottima osservazione» ribatté Stone.

«I bambini che piangono potrebbero essere comunque un fattore scatenante» aggiunse Tiny. «Ma penso che i nostri chalet siano abbastanza lontani tra loro da non correre il rischio che gli ospiti li sentano.»

«E quindi? Alaska e Brick non potranno portare il loro bambino al lodge solo perché potrebbe piangere e mettere a disagio qualcuno?» chiese Owl.

«No, non sto dicendo questo» disse Tiny.

«E se iniziassimo accettando i bambini di età superiore agli otto anni, ma con alcune regole? Ad esempio che devono sempre essere accompagnati da un adulto» suggerì Spike.

«O forse potremmo predisporre *alcune* settimane in cui accettare la presenza di bambini. In questo modo chi prenota saprebbe quando potrebbero essercene, decidendo se venire o meno in quel periodo» aggiunse Tonka, intervenendo per la prima volta.

«È una buona idea» disse Brick. «Potremmo anche proporre attività adatte all'età, magari assumendo qualcuno che intrattenga i bambini mentre i genitori si prendono un po' di tempo per loro o quando sono in seduta. In futuro potremmo anche aggiungere un edificio specifico.»

«Devo ammettere che mi piace l'atmosfera adulta che si respira qui» ammise Spike. «Questo non è un parco a tema o un campo estivo. Abbiamo creato questo posto con l'intenzione di offrire ai nostri ospiti un luogo dove potersi rilassare. Non importa quanto i bambini siano ben educati, averne in giro darebbe un'atmosfera diversa. Credo che lo abbiamo notato tutti con la presenza di Jasna. Non offenderti, Tonka, non sto dicendo che non mi sia piaciuto averla qui. Solo che è stato differente.»

Annuì. Il suo amico non aveva torto.

«Tuttavia» continuò Spike, «ciò che amo ancora di più di questo posto e del fatto di lavorare con voi è che non abbiamo paura di fare cambiamenti, di stare al passo con le nuove esigenze e richieste. Molte altre attività si rifiutano di fare qualcosa di diverso, soprattutto quando hanno un profitto. Mi piace che possiamo parlare dei pro e dei contro delle cose e arrivare a un accordo ragionevole.»

Tutti si trovarono d'accordo con lui, anche Tonka. Accidenti, era addirittura felice di essere coinvolto nella discussione. Forse c'erano voluti cinque anni perché la nebbia nella sua testa cominciasse a diradarsi, ma era stato fortunato ad essere approdato lì nel New Mexico con quegli uomini. Qualsiasi altro datore di lavoro lo avrebbe probabilmente già licenziato, rifiutandosi di avere a che fare con le sue idiosincrasie.

«Ok, dovremo inventarci qualcosa da scrivere per il sito web e capire in quali settimane vogliamo aprire il posto alle persone con bambini. Chiederò ad Alaska di dare un'occhiata alle prenotazioni e di vedere se ci sono periodi che sembrano migliori di altri. Quest'estate e la prossima sono già abbastanza piene, ma forse possiamo trovare spazio in autunno e in primavera.»

Brick cambiò argomento dopo aver ricevuto in risposta vari cenni del capo. «Allora... mi pare che le cose stiano andando bene con Henley.»

«Sì, è così» replicò Tonka con un piccolo sorriso.

«Ottimo. Ti meriti di essere felice. E prima che diventiamo sdolcinati, vuoi parlarci di come si sta inserendo la vitellina? Come hai detto che l'ha chiamata Jasna?»

«Scarlet Pimpernickel» rispose con un sorriso.

«Buon Dio» brontolò Owl, sorridendo e scuotendo la testa.

«La chiamiamo solo Scarlet» li informò. «Sta bene. È un po' troppo magra, ma la sistemeremo in poco tempo. Anche se crescerà fino a diventare grande come Melba o anche di più. Probabilmente dovremo ampliare il recinto.

Soprattutto con i cavalli, le capre e con chissà quali altre creature accoglieremo.»

I venti minuti successivi furono dedicati a discutere lo spazio nella stalla e quanti altri animali avrebbe potuto ospitare prima di doverla ampliare.

«Se continuiamo a espanderci, potremmo aver bisogno di assumere qualcuno per aiutare Tonka» disse Stone. «Voglio dire, so che la stalla è il suo regno, ma una giornata ha solo ventiquattro ore.»

«Dipende da Tonka» sostenne Tiny con fermezza. «Come hai detto tu stesso, quello è il suo regno. Non vorrei portare qualcuno che potrebbe disturbare la sua routine.»

Tutti lo guardarono per sapere cosa ne pensasse e, ancora una volta, fu grato a quegli uomini. Potevano anche essere degli ex militari un po' cupi, ma erano premurosi e leali. Invece di sentirsi in preda al panico al pensiero di condividere i suoi animali con qualcuno, di ripartire il suo carico di lavoro, pensò a quanto tempo in più avrebbe potuto trascorrere con Henley. «Non mi dispiacerebbe avere un aiuto» disse semplicemente.

Brick sorrise, come se potesse leggergli nella mente. «Quando sarà il momento metterò qualche annuncio in giro, ma sarai tu a occuparti dei colloqui e delle assunzioni, d'accordo?»

Tonka annuì. In passato si sarebbe opposto. Gli avrebbe detto di assumere chi voleva. Ma quel giorno si sentiva abbastanza sicuro di sé da prendere una decisione così importante.

«Non so per voi, ma per me la riunione è finita» disse Stone. «Qualcuno vuole venire a dare un'occhiata ai bunker? È un po' che non lo facciamo, e dopo quello che è successo a Brick e Alaska, ho pensato che fosse una buona idea assicurarsi che siano tutti a posto.»

«Vengo io» si offrì Spike alzandosi.

«Se ci sono ospiti che vogliono fare un'escursione posso portarli alla Table Rock, per evitare che vi seguano e vedano qualcosa che non dovrebbero» si offrì Pipe.

«È anche ora di controllare tutte le mangiatoie per gli uccelli intorno alla proprietà. Chiederò a Jasna di reclutare alcuni volontari per aiutarla a riempirle. Questo terrà occupate un po' di persone fino all'ora di cena» aggiunse Tonka. Voleva fare la sua parte per aiutare gli amici, ma dare quel compito alla ragazzina l'avrebbe entusiasmata e allo stesso tempo avrebbe dato a lui e Henley un momento per stare da soli. Non aveva sedute in programma quel pomeriggio e sapeva che sarebbe scesa alla stalla per stare un po' insieme finché lui non avesse finito le sue incombenze, poi avrebbero potuto andare a mangiare.

«Perfetto. Grazie a tutti. Vi terrò aggiornati riguardo a ciò di cui abbiamo parlato» disse Brick spostando la sedia e alzandosi in piedi.

Anche Tonka si alzò in fretta e si diresse verso la porta. Aprirsi con i suoi amici era stato bello, ma era impaziente di vedere Henley. Non capiva ancora bene quell'urgenza di starle sempre vicino, ma non la combatteva nemmeno. Lei lo faceva sentire bene. In generale e con se stesso.

Quando uscì dalla sala conferenze, la vide insieme a Ryan mentre parlavano con Alaska. Le tre donne si erano avvicinate nelle ultime due settimane e Tonka era felice per lei. Una sera aveva ammesso di non avere molti amici e anche se lui non conosceva ancora bene Ryan, gli piaceva e rispettava Alaska.

«Grazie ancora per avermi aiutata a fare pulizia nel

computer» disse Alaska a Ryan mentre l'altra donna le sorrideva. «Non riesco a credere a quanti siti web abbia visitato Becky e a tutti i cookie e le informazioni che ha finito per inserire nella macchina.»

Tonka ricordava che Becky era stata la loro ultima assistente amministrativa e che proprio come le altre persone che l'avevano preceduta non aveva ingranato bene. Erano stati fortunati che la donna di Brick avesse accettato il lavoro.

Ryan annuì. «Certo. Ora sai in quale cartella viene archiviata tutta quella roba, così puoi svuotarla tu stessa di tanto in tanto.»

«Sì. Siamo ancora d'accordo per lo shopping e il pranzo della prossima settimana, giusto?» le chiese Alaska.

«Assolutamente sì. Giovedì sono di riposo e mi piacerebbe passare un po' di tempo con voi» rispose con un sorriso.

«Non vedo l'ora» disse Henley. «Non riesco a ricordare l'ultima volta che ho avuto una serata tra ragazze.»

«Be', è più un pomeriggio, ma a me va bene così» sostenne Alaska ridendo.

«Ok, devo darmi da fare. Ho un altro carico di lenzuola e asciugamani da piegare e poi me ne vado» annunciò Ryan.

«Pensavo che oggi quello fosse il compito di Jess» rifletté Alaska accigliata.

«Lo era. Ma suo marito è ammalato, così ho preso il suo turno e l'ho mandata a casa.» Scrollò le spalle. «Non è niente di che. Ci vediamo domani. Ehi, Tonka» lo salutò con un sorriso, mentre lo oltrepassava per andare alla porta d'ingresso.

Lui si avvicinò a Henley e le mise un braccio intorno alla vita, abbassando la testa per darle un lieve bacio.

«Ciao» gli disse, appoggiandosi a lui. «È andato bene il resto della riunione?»

«Sì. Non volevo origliare, ma giovedì prossimo Jasna ha quel campus di teatro, giusto? Vuoi che vada a prenderla così puoi goderti il pomeriggio libero senza interruzioni? Posso riportarla qui, così non sarà sola con me nel tuo appartamento.»

Con la coda dell'occhio vide Alaska allontanarsi dal bancone per salutare Brick, ma tutta la sua attenzione era rivolta a Henley, che aggrottò la fronte confusa.

«Perché dovrebbe importarmi se siete soli nel mio appartamento?»

«Perché io sono un uomo e lei è tua figlia.»

Henley ci mise un attimo a capire cosa stesse insinuando e con sua grande sorpresa si acciglò ancora di più, tanto da sembrare arrabbiata. Con *lui*. Si allontanò per poi girarsi ad affrontarlo con le mani sui fianchi. «Mi stai prendendo in giro?»

«Ehm... no?» le rispose confuso.

Se possibile, per un momento aggrottò ancora di più le sopracciglia, poi gli afferrò la mano e lo trascinò verso la porta.

«Ciao, Henley! Ci sentiamo dopo!» le gridò Alaska.

«Certo. Devo far ragionare questo idiota. Te ne parlerò più tardi!» replicò ad alta voce, senza rallentare il suo passo di marcia verso l'uscita.

Tonka non aveva idea di cosa l'avesse fatta arrabbiare, ma non riuscì a cancellare il sorriso dalla faccia. Era adorabile quando faceva la dura. Anche se era un po' preoccupato per averla irritata, sapeva già che avrebbe fatto o detto qualsiasi cosa fosse necessaria per rimediare.

Lo trascinò fino alla stalla e non appena furono dentro si voltò a guardarlo. «Finn Matlick, perché diavolo non dovrei fidarmi a lasciarti con mia figlia? Hai intenzione di farle del male?»

«Cosa? No!» esclamò lui.

«Hai intenzione di fare cose da pervertito che mi costringeranno a trafiggerti con una spada?»

«No» ripeté, cercando di non ridere a quell'immagine.

«Non hai già passato del tempo da solo con lei in questa stalla?»

«Sì, ma non è la stessa cosa.»

«Perché?» chiese, sempre con le mani sui fianchi.

«Perché qui non siamo mai veramente soli.»

«Quindi l'altro giorno, quando è stata qui per tre ore con te mentre le insegnavi a fare i nodi nel modo giusto, non eravate soli?»

«Lo eravamo, ma gli ospiti avrebbero potuto entrare in qualsiasi momento. Portarla a casa tua, dove saremmo *davvero* soli, a porte chiuse... è diverso.»

Henley scosse la testa. «No, *non* è diverso. Finn, non ho problemi ad affidarti mia figlia, la cosa più preziosa della mia vita. Vedo il modo in cui guardi alcuni ospiti quando si avvicinano troppo a lei. Se potessi la prenderesti e la porteresti via solo per tenerla al sicuro. Sei un brav'uomo, a prescindere dai demoni che ti tormentano. Hai reso la mia vita molto più facile quest'estate, ma soprattutto hai arricchito quella di *Jasna* semplicemente facendole compagnia. Lei ti adora.»

«Devi smetterla di parlare» disse Tonka sommessamente.

Ma non lo fece. «Non mi fido facilmente, soprattutto quando si tratta di mia figlia. Ho visto di persona le cose brutte che possono accadere nella vita. Ma affiderei a te senza esitazione sia la mia vita *sia* quella di Jasna.»

«Sul serio, smettila» la implorò.

«No, non ho intenzione di smettere. Devi capire che qualsiasi cosa ti sia successa in passato non è stata causata da un tuo fallimento. Se avessi potuto fermarla, l'avresti fatto. Devi aver avuto le mani legate. Lo so senza ombra di dubbio. Perché, se avessi potuto, avresti scatenato l'inferno contro qualunque bastardo stesse facendo del male a te e a quelli che amavi.»

Henley non immaginava quanto fosse azzeccato il suo commento sulle mani legate, ma Tonka non poteva sopportare oltre tutta quella dolcezza. Si avvicinò a lei e la prese per le spalle, facendola indietreggiare fino a quando non toccò il cancello del box di Melba. La mucca era fuori nel recinto, ma Tonka non ci pensò nemmeno. Doveva solo baciarla per farla smettere di parlare.

Non lo respinse. Anzi, gli afferrò la maglietta chiudendo la stoffa nei pugni e lo attirò a sé. Il loro bacio iniziò in modo disperato e quasi rabbioso, ma si trasformò subito in sensuale e appassionato.

Tonka non aveva mai sperimentato quel tipo di legame immediato. Lei lo capiva a un livello che nessuno aveva mai raggiunto. E la fiducia che aveva in lui, quando lui non ne aveva in sé, lo onorava e sconvolgeva.

Anche se non desiderava altro che prenderla contro il box, era ben consapevole di ciò che li circondava. Non avrebbe mai fatto nulla che potesse mettere in imbarazzo lei o Jasna, la quale avrebbe potuto entrare nella stalla in qualsiasi momento.

Si tirò indietro respirando a fatica, cercando di trovare la forza di lasciarla andare. Le aveva infilato una mano tra i capelli e l'altra sulla parte bassa della schiena per tenerla ferma e stringerla a sé mentre la baciava.

«Accidenti, Finn» gli disse con un sorriso e sollevando lo sguardo.

«Scusa...» iniziò, ma lei scosse la testa.

«Oh no, non devi scusarti per questo.»

Le labbra di Henley erano umide e gonfie, sembrava reduce da un bacio aggressivo. Tonka non poté fare a meno di amare che avesse quell'aspetto.

«Stavo per dire che se giovedì prossimo vuoi andare a prendere Jasna mentre sono fuori con Alaska e Ryan, te ne sarei grata. Se vuoi portarla a casa mia, va bene, ma immagino che lei preferisca venire qui e stare con te e i tuoi animali. Quando torno potremmo organizzare la cena. Posso fermarmi a comprare qualcosa dopo lo shopping o possiamo mangiare al lodge, oppure andare al tuo chalet e preparare qualcosa. Sinceramente non mi interessa. Voglio solo passare del tempo con te.»

Stava facendo di nuovo la dolce e gli ci volle un attimo per riuscire a parlare senza che gli si incrinasse la voce. «Che ne dici se improvvisiamo e magari ti mando un messaggio per farti sapere qual è il piano?»

«Perfetto. Quando lascerò Jasna al campus, ti farò inserire sulla lista delle persone autorizzate ad andare a prenderla.»

Tonka la fissò. Non ci aveva nemmeno pensato. C'erano così tante piccole cose di cui non aveva idea quando si trattava di crescere un figlio. «Va bene.»

«Finn?»

«Sì?»

«Ti ci vorrà un po' di tempo per accettarlo... ma a prescindere da quello che è successo nel tuo passato, l'uomo che ho davanti in questo momento è veramente straordinario.»

«Voglio raccontartelo» sbottò. «Oggi pomeriggio ho detto qualcosa ai ragazzi. È solo che... abbi pazienza con me.»

Gli posò una mano sulla guancia. «Prenditi tutto il tempo che vuoi. Non vado da nessuna parte.»

E, come aveva pensato in precedenza, quello era uno dei motivi principali per cui lei lo teneva in pugno. Non era invadente. Non insisteva che lui si aprisse e raccontasse tutti i suoi segreti. Lo accettava esattamente com'era. La rassicurazione che non se ne sarebbe andata gli fece venire ancora più voglia di aprirsi con lei.

Henley si alzò in punta di piedi e gli premette la mano sulla nuca. Lui la accontentò e si chinò così che potesse raggiungerlo. Gli diede un rapido bacio e annuì. «Bene, ora che abbiamo stabilito che mi fido di te, cosa vuoi mangiare stasera per cena?»

Tonka sorrise. «Devo lavorare qui ancora per circa due ore, dato che mi sono preso una pausa per la riunione.»

«Nessun problema. Ho visto che hai della carne macinata in frigo. Vuoi che faccia delle polpette? O magari dei mini hamburger?»

«Le polpette mi sembrano perfette.»

«Grande. Vedo se riesco a trovare Jasna, è qui da qualche parte. Mi farò aiutare da lei. In questo modo avrai spazio per lavorare senza che si metta in mezzo.»

«Volevo chiederle di andare, con gli ospiti che vogliono aiutare, a riempire le mangiatoie per gli uccelli che ci sono nella proprietà» le disse.

«Ottimo. Le dirò di venire al tuo chalet quando avrà finito così potrà aiutarmi con le polpette.»

«Mi sembra una buona idea.»

Henley gli sorrise e scosse la testa.

«Che c'è?» le chiese.

«È solo che se qualcuno avesse detto alla me stessa di dieci anni che sarei stata così felice venticinque anni dopo, avrei risposto che era impossibile. Prenditi il tuo tempo, Finn. Ti manderò un messaggio quando la cena sarà quasi pronta.»

Tonka annuì, non riuscendo a parlare a causa del groppo in gola, e si limitò a guardarla allontanarsi. Una volta arrivata alla porta della stalla si voltò per salutarlo con la mano e poi sparì.

Non sapeva quanto rimase lì a cercare di tenere sotto controllo le proprie emozioni, ma alla fine si riscosse abbastanza da muoversi. Prima avrebbe finito, prima sarebbe tornato a casa per passare del tempo con Henley e Jasna.

CAPITOLO DODICI

Henley era eccitatissima per quella giornata, e dato che Finn sarebbe andato a prendere Jasna al campus quel pomeriggio, doveva preoccuparsi solo di divertirsi con Alaska e Ryan. Il loro piano prevedeva di pranzare al Blue Window, di cui aveva sentito parlare molto bene, e poi fare shopping.

In genere era una persona parsimoniosa, aveva dovuto crescere una figlia con un solo reddito, ma al Rifugio la pagavano generosamente e il suo conto in banca era piuttosto consistente. Era anche vero che Los Alamos non aveva grandi centri commerciali e boutique, ma era molto felice di uscire con le amiche.

Nel corso degli anni non ne aveva avute molte. Era stata troppo presa dalla scuola, dal lavoro e a seguire la figlia. Quindi era stato piacevole che Alaska le avesse chiesto di andare con loro. Anche Ryan stava diventando una buona amica e ogni giorno che passava Henley si sentiva sempre più contenta.

Quando entrarono nel ristorante le fecero accomodare

subito e non ci mise molto a decidere di prendere un sandwich con bacon, lattuga, pomodoro e peperoncino verde.

«Allora... devo dirlo, tu e Tonka siete assolutamente adorabili insieme» disse Alaska con un sorriso e appoggiando i gomiti sul tavolo.

«Finn è fantastico» ammise. «Sono stata attratta da lui fin dal primo giorno in cui ho iniziato a lavorare al Rifugio, ma onestamente non ho mai pensato che saremmo arrivati al punto in cui siamo oggi.»

«È piuttosto asociale» sostenne l'amica.

Henley non si offese, perché non aveva torto. «Ha detto solo alcune cose qua e là, ma credo abbia vissuto un'esperienza davvero terribile mentre era nella Guardia Costiera. So che aveva un partner canino al quale è successo qualcosa, ma non conosco i dettagli.»

Alaska annuì. «È così bravo con gli animali del Rifugio. Ha sicuramente un tocco speciale con loro.»

«Credo ce l'abbia anche Jasna. L'ho vista l'altro giorno dietro alla stalla, aveva in braccio Chuck, lo scoiattolo malandato che ha adottato Tonka, e gli stava dando da mangiare dalla mano.»

«Wow, davvero? Ho cercato di farlo avvicinare a me, ma quando mi ha vista da cinque metri di distanza è scappato nella sua casetta. Lo sapete che Tonka una volta mi ha paragonata a quell'animaletto?»

Le altre due ridacchiarono.

«Dico sul serio! Ha detto che gli ricordavo Chuck e poi ha continuato a descrivere quanto fosse patetico e brutto» spiegò, con una punta di ironia.

Henley si accigliò. «Sono sicura che non lo intendeva in senso negativo.»

«Certo che no. Intendeva dire che Chuck era coraggioso e pensava che lo fossi anch'io.» Scrollò le spalle. «Non potevo offendermi trattandosi di lui. È un uomo tranquillo e introspettivo... e gentile. Mi piace.»

Anche se la sua amica non stava facendo dei complimenti a *lei*, Henley si sentì comunque travolgere da un'ondata di calore.

«Anche a me» dichiarò Ryan appena prima che la cameriera mettesse le loro limonate sul tavolo.

Bevvero dei lunghi sorsi di quella bevanda rinfrescante, poi la ragazza continuò.

«Sono da poco al Rifugio e a volte è difficile inserirsi quando tutti quelli che ti circondano si conoscono e sanno come funzionano le cose. Quando ho iniziato, Tonka è stato così gentile da rintracciarmi e indicarmi i momenti migliori per andare in cucina a prendere dei biscotti appena sfornati, e mi ha detto che se avessi portato a Robert una scatola di dolcetti *Little Debbie Christmas Tree Cakes*, si sarebbe fatto in quattro per assicurarsi che non mi mancasse mai niente da mangiare.»

«Aspetta, cosa?» chiese Alaska confusa. «Dei dolcetti di Natale?»

«Sì, di solito escono solo verso dicembre. Non so come siano fatti, ma sono davvero deliziosi. Credo sia per gli zuccherini verdi che ci sono sopra. Comunque, sono andata su internet e sono riuscita a trovare un negozio che li vendeva. Ho portato a Robert quattro scatole e ho pensato che gli occhi gli sarebbero usciti dalla testa. Mi ha nominata sua migliore amica e devo dire che ora ogni possibilità di perdere peso mentre sono qui è ufficialmente compromessa.»

Le donne risero.

«Non ne avevo idea» disse Henley. «E sono qui da molto

più tempo di voi due. Appena vedo Finn gli dico due paroline per non avermi resa partecipe di questo piccolo segreto.»

«Comunque, il punto è che Tonka si è fatto in quattro per farmi sentire la benvenuta quando ho iniziato, e lo apprezzo» sostenne Ryan.

«Dev'essere difficile frequentare qualcuno quando hai una figlia quasi adolescente» commentò Alaska.

Henley scrollò le spalle. «Be', non è facile, ma penso sia meglio ora rispetto a quando aveva quattro o cinque anni. Allora aveva bisogno di essere intrattenuta e di una supervisione costante. Giuro che adesso mi sento un po' in colpa perché Jasna salta fuori dall'auto nell'istante in cui parcheggio al Rifugio e poi non la vedo più fino al momento di tornare a casa. Apprezzo che la assecondiate e le permettiate di stare con voi a osservare ciò che fate.»

«Non credo che il mio lavoro sia molto interessante per lei» disse Alaska con una piccola risata e un'alzata di spalle. «Ma le piace guardare i video di YouTube.»

Henley arricciò il naso. «Cerco di limitarne la visione. Di solito le va bene, si accontenta di leggere o di giocare a qualcosa con me, ma ogni tanto viene risucchiata ed è difficile staccarla.»

«Mi sorprende quanto sia felice di lavorare con me» confessò Ryan con un piccolo sorriso. «Non avevo mai visto una bambina divertirsi a pulire.»

«Non ti rallenta troppo?» le chiese Henley preoccupata. «So quanto lavorate duramente tu, Carly e Jess. L'ultima cosa che voglio è che vi distragga.»

«Assolutamente no!» esclamò la donna, con un tono così sincero che si sentì sollevata. «In realtà aiuta molto. Pensa che sia divertente guidare il carrello della biancheria avanti e indietro dalle stanze alla lavanderia. E a parte quella volta in cui ha usato il doppio del detersivo necessario e ci siamo ritrovate con la schiuma che si riversava nel parcheggio, è sempre stata bravissima.»

Tutte e tre le donne risero. Henley era rimasta inorridita quando, durante una delle sue sedute, guardando fuori dalla finestra aveva visto tutta quella schiuma. Aveva avuto la sensazione che sua figlia fosse in qualche modo coinvolta in quell'episodio, e non si era sbagliata. Ma tutti avevano preso l'incidente con filosofia e riso di quello strano inconveniente.

«È una brava ragazza» disse Ryan dopo un momento. «Si vede che è amata. Hai fatto un ottimo lavoro con lei.»

Sentì un groppo in gola. Ricevere dei complimenti del genere ripagava tutto lo stress e la frustrazione dell'essere un genitore single. «Grazie» replicò.

«Non c'è di che.»

La cameriera tornò con il loro pranzo e iniziarono a mangiare.

«Allora... ti prego, dimmi che Tonka è bravo nel campo del piacere» disse Ryan con un sorriso malizioso.

Henley quasi si strozzò con il panino, ma poi riuscì a deglutire senza incidenti. «Come scusa?»

«Voglio dire, è *davvero* una giornata tra donne se non si parla di sesso almeno una volta?» chiese con una risata. Quella donna era di una schiettezza e di una simpatia disarmanti, e Henley si rese conto di non avere la minima idea da dove venisse o perché fosse nel bel mezzo del nulla nel New Mexico. Il Rifugio non si trovava esattamente in un percorso conosciuto, e una persona così estroversa come lei sembrava fuori posto rispetto al resto dei dipendenti che erano perlopiù taciturni.

«In effetti no, non lo è» concordò Alaska.

«Allora potremmo parlare della *tua* vita sessuale?» le chiese Henley.

L'altra donna si limitò a sorridere. «Possiamo. È incredibile. Drake sa il fatto suo a letto, questo è certo.»

«Merda, forse non avrei dovuto sollevare l'argomento. È passato troppo tempo per me» gemette Ryan.

«Allora?» la incalzò Alaska. «Immagino che Tonka sia il tipo che ci va piano e tranquillo e lascia che sia tu a prendere l'iniziativa. Ho ragione?» domandò con un sorriso.

Henley non riuscì trattenere una risata. «Ehm... no.»

«Davvero?» chiese, con gli occhi che le brillavano.

Non era pronta a parlare della sua vita sessuale, ma si fidava di quelle donne. «Davvero. La nostra prima volta siamo a malapena riusciti a entrare nel suo chalet.»

«Che romantico» sospirò Ryan.

«Be', in realtà non lo è stato. Eravamo in piedi, mi ha presa contro la porta, era completamente vestito e nessuno dei due è durato molto» raccontò con un sorrisetto. «Ma è stata anche l'esperienza più eccitante di tutta la mia vita. Praticamente ogni volta che stiamo insieme è come un fuoco tra di noi. Non lo abbiamo fatto spesso in modo lento e romantico, ma credo che a un certo punto saremo entrambi meno disperati e potremo prenderci il nostro tempo.»

«Accidenti!» esclamò Alaska. «Non l'avrei immaginato nemmeno in un milione di anni.»

«Neanche io. Ma sono così incredibilmente felice che sto aspettando che capiti qualcosa di brutto da un momento all'altro» ammise Henley.

«Mi sono sentita allo stesso modo quando mi sono messa con Drake. Voglio dire, l'ho amato per la maggior parte della vita, ed è stato davvero difficile credere che fosse interessato a me.»

Henley sorrise alle sue amiche. «Posso solo dire che Finn è tutto ciò che cercavo prima di avere Jasna. Mi è sempre piaciuto fare sesso, forse anche troppo, ma non ero mai stata con un uomo che si assicurasse che fossi completamente soddisfatta prima di pensare a se stesso. È sexy e mi fa sentire davvero amata. E il modo in cui si comporta con Jasna... be', diciamo che quando si stancherà di uscire con una donna che ha una figlia quasi adolescente, mi spezzerà il cuore.»

«Chi dice che si stancherà di te?» le chiese Ryan. «Dal mio punto di vista è pazzo di voi due. Ho la sensazione che se *tu* non fossi sicura di voler far diventare permanenti le cose, avresti il tuo bel da fare per tirarti indietro e rallentare.»

«Lo pensi davvero?» chiese Henley, cercando di non farsi troppe illusioni.

«Mi sorprenderebbe se quell'uomo non fosse già pazzamente innamorato di te. Glielo si legge negli occhi. Il modo in cui il suo sguardo ti segue ovunque tu vada. Il modo in cui guarda Jasna. Quanto è premuroso in ogni momento. Il modo in cui non riesce a smettere di toccarti quando ti avvicini.»

«Non ha torto» concordò Alaska. «Tonka ti guarda come Drake guarda me.»

Henley arrossì, ma non le importava. «*Davvero?*» non poté fare a meno di chiedere di nuovo. Conosceva la risposta. Aveva visto lei stessa tutti i segni. Ma, be'... a volte aveva bisogno di rassicurazioni come qualsiasi altra donna.

«Sì!» risposero le sue amiche all'unisono.

«Non pensate che stiamo correndo troppo?»

«Fai ciò che ti sembra giusto» disse Ryan. «La vita è troppo breve per avere rimpianti.»

«Ma cosa sei, un bigliettino dei Baci Perugina?» la prese in giro Alaska, poi si rivolse a Henley. «Ma ha ragione. Inoltre, conosci Tonka da anni, non è che siete andati a letto insieme il giorno dopo esservi incontrati. Immagino che con Jasna in giro sia un po' difficile trovare del tempo per stare con lui.»

Henley annuì. «Ma non posso negare che mi piace guardarli quando sono insieme. Finn non si irrita se lei gli fa un milione di domande. Ammetto che non mi piace molto non poter stare con lui quanto vorrei, se capisci cosa intendo, ma quando si preoccupa così tanto per mia figlia, la mia frustrazione non mi sembra un gran problema.»

«Jas avrà un altro campus in cui si fermerà a dormire tra un paio di settimane, giusto?» chiese Alaska.

«Sì, e non vedo l'ora.»

Le tre donne si sorrisero.

«Ok, penso che abbiamo parlato abbastanza di sesso, soprattutto perché non ne sto facendo» si lamentò Ryan.

«Be', ci sono altri cinque uomini single al Rifugio» ribatté Alaska. «Perché non dare la caccia a uno?»

L'altra arrossì e guardò il suo piatto come se fosse la cosa più interessante che avesse mai visto.

«Aspetta, *ti* piace uno di loro? Chi?» incalzò.

«No, no. Non ho intenzione di mettermi con nessuno. Sono single e ci rimarrò.»

Ma Henley sentì una nota malinconica nella sua voce.

«Perché?» insistette Alaska. «Sono tutti uomini davvero in gamba.»

«Sì, e sono tutti ex militari» rispose senza esitazione. «Conosco il tipo. Super-soldati cazzuti, ficcanaso e prepotenti, e credo che la maggior parte di loro non si accontenterebbe mai di un'avventura. Vorrebbero sapere tutto di me e del mio passato ed essere dei cavalieri dall'armatura scintillante o qualcosa del genere. Io non voglio e non ho bisogno di nulla di tutto ciò. Quindi mi terrò il più lontano possibile da loro. Sono felice di avere un lavoro, e questo è tutto.»

Ryan stava decisamente protestando troppo e ora Henley era preoccupata. Aveva visto abbastanza pazienti tentare di sviare e aggirare le questioni che erano alla base delle loro battaglie mentali. Anche se all'apparenza la donna sembrava felice e tranquilla, aveva la sensazione che fosse tutt'altro.

Purtroppo non era il momento né il luogo per cercare di approfondire. Inoltre, aveva deciso da tempo di non psicanalizzare i suoi amici.

«Comunque sono felice per voi due, ma io sto bene. Giuro. Allora... dove andiamo a fare shopping oggi?»

Henley comprese che voleva cambiare argomento, così annuì. «Ho pensato che potremmo dare un'occhiata al negozio dell'usato vicino al Central Shopping Center. In passato ho trovato cose molto belle, e sono ancora alla ricerca di quella coperta navajo da due dollari che qualcuno potrebbe scartare e che in realtà vale milioni.»

Alaska rise. «Lo fanno davvero?»

«È successo. Forse non da queste parti, perché c'è troppa gente che sa quanto possano valere quegli oggetti. Ma comunque...»

«Sono pronta per una bella ricerca al negozio dell'usato» disse Ryan. «Ho trovato delle cose fantastiche che altri hanno praticamente buttato via.»

Dopo aver deciso la loro fermata successiva, Henley

finì il resto del panino. Ci fu una piccola discussione su chi dovesse pagare il pranzo, ma alla fine decisero che ognuna avrebbe pensato al proprio... e di dare una mancia esagerata alla cameriera, che era stata molto veloce e gentile.

Ore dopo, una volta finito di andare per negozi, Henley era stanca e le facevano male i piedi, ma non ricordava di aver mai passato un pomeriggio a ridere e a divertirsi così tanto.

Si stavano salutando nel parcheggio di un adorabile negozio di articoli da regalo chiamato Bliss. Henley aveva acquistato anche un sacco di cioccolatini inglesi e altre delizie, tanto che il suo conto in banca stava piangendo. Ma non riuscì nemmeno a preoccuparsene. Jasna avrebbe adorato tutto ciò che aveva comprato per lei e sperava che le piccole cose che aveva preso per Finn lo avrebbero fatto sorridere.

«Oggi mi sono divertita» disse Alaska.

«Anch'io» concordò Henley.

«Idem» ribatté Ryan. «Quando ho accettato il lavoro qui non avrei mai pensato di farmi delle amiche.»

«Perché no?» chiese Alaska confusa. «Sei divertente, premurosa, lavori sodo, non lasci mai i compiti odiosi a Carly o a Jess e ti offri sempre di aiutare gli altri quando ne hanno bisogno, come hai fatto con me.»

Lei scrollò le spalle. «Non lo so. In passato sono sempre stata un po' sulle mie.»

Henley stava per chiederle il motivo, ma si trattenne. Invece le si avvicinò e la abbracciò. «Be', non c'è più bisogno di farlo» dichiarò con fermezza.

Anche Alaska la abbracciò.

«Grazie, ragazze. Comunque, credo che domani ci rivedremo.»

«Dovremmo rifarlo presto» disse Alaska con convinzione.

«Mi piacerebbe molto» ribatté Ryan. «Magari potremmo invitare Jess e Carly. Anche Luna.»

«È un'idea fantastica» sostenne Henley con un enorme sorriso. «Mi piacerebbe conoscerle meglio.»

«Però si dovrà fare nel tardo pomeriggio» le avvertì. «Non è che possiamo prendere e andarcene tutte dal lavoro nello stesso momento.»

Ridacchiarono. «È vero. Ok, vedremo come organizzarci. Magari possiamo fare un giro di shopping pomeridiano e poi cenare da qualche parte.»

«E con i Margarita!» esclamò Ryan felice.

«Mi sembra perfetto» concordò Alaska. Poi si rivolse a Henley. «Allora, vai a casa?»

«Sì. Finn è andato a prendere Jasna al campus. Il piano originale prevedeva che tornassero al Rifugio, ma si sono ritrovati risucchiati da una serie e hanno deciso di guardare altri episodi, quindi sono ancora nell'appartamento. Prima ho mandato un messaggio per chiedere se volevano che portassi qualcosa per cena, ma Finn ha detto che avevano già pensato a tutto.»

«Hai un po' paura di ciò che troverai?» le chiese Ryan con un sorriso.

Henley rise. «In realtà, no. Finn non è il miglior cuoco del mondo, ma mi fido di lui.»

«È fantastico» ribatté, sempre con quella nota malinconica nella voce. «Che ti fidi di lui, intendo.»

«Già.»

«Bene, potremmo stare qui tutta la notte, ma sono sicura che Drake è ansioso che torni al Rifugio. Ci vediamo domani. Guidate con prudenza!»

«Anche tu!» dissero le altre due.

Si scambiarono un sorriso, poi ognuna si diresse verso il proprio veicolo. Avevano condiviso un'auto per spostarsi da un posto all'altro, ma avevano deciso che l'ultima tappa sarebbe stata l'originale negozio di articoli da regalo che vendeva tutta roba britannica, e quindi avevano portato lì le auto.

Henley guardò il vano di carico della sua Honda CRV attraverso lo specchietto retrovisore e sorrise. C'erano un sacco di borse e non vedeva l'ora di condividere con Jasna – e con Finn – tutto quello che aveva comprato.

Voleva terribilmente passare del tempo da sola con lui, ma sapeva che quando fossero riusciti a trovarne un po' per essere di nuovo in intimità, l'attesa sarebbe stata ripagata. In passato aveva odiato aspettare e si ricordò quanto fosse stato un tormento attendere la mattina di Natale, ma ora stava imparando che poteva essere divertente, e che rendeva migliori i momenti con Finn.

Continuando a sorridere, uscì dal parcheggio e si diresse verso il suo appartamento.

———

Christian Dekker uscì dal parcheggio dietro alla strizzacervelli. L'aveva seguita per tutto il giorno con crescente trepidazione. Era stato tentato di fare la sua mossa proprio in quel momento, di cambiare piano e prendere la dottoressa stronza, ma si era imposto di aspettare. L'attesa era la parte migliore. Aveva ripassato più volte nella mente ciò che avrebbe fatto.

Aveva individuato una piccola baita abbandonata non troppo lontana dal paese. Non c'era nessuno per chilometri e avrebbe potuto fare qualsiasi cosa per tutto il *tempo* che voleva. Nessuno avrebbe avuto motivo di controllare quella baita quando la ragazzina fosse scomparsa, né di sospettare che ci fosse lui dietro.

Pensare a quanto la strizzacervelli si sarebbe sconvolta e disperata quando nessuno avrebbe trovato la figlia lo riempì di piacere.

Gli era piaciuta davvero quando si erano incontrati per la prima volta. Aveva pensato di provare a cambiare con il suo aiuto. Di provare a sopprimere il desiderio di uccidere gli animali. Di cercare di andare d'accordo con i genitori e la sorella. Sì, aveva fatto di tutto per scioccare la psicologa, dicendole delle cose che l'avrebbero spaventata... ma in fondo gli era piaciuto andare alle sue sedute.

Finché lei non gli si era rivoltata contro. Aveva cercato di farlo rinchiudere. E lo aveva scaricato a quello stronzo con cui lavorava. Si era sentito tradito in un modo che non aveva mai provato prima e lo aveva odiato.

Quella donna avrebbe pagato per avergli fatto credere di essere diversa, per avergli fatto pensare che le importava davvero di lui e che non gli parlava solo perché veniva pagata.

Attendeva quella vendetta da tempo, ma era abbastanza disciplinato da aspettare l'occasione perfetta. La stronza e la ragazzina passavano molto tempo in quel cazzo di albergo in periferia. C'erano telecamere in tutta la proprietà, quindi non poteva rischiare di prenderla lì. Per non parlare del fatto che sapeva bene che i proprietari erano degli ex militari. Lo sapevano tutti in città. Facevano un gran parlare degli "eroi" che aiutavano le persone, e gli dava il voltastomaco.

All'inizio della settimana aveva quasi preso la ragazza.

Era in un campus del cazzo e a un certo punto, durante un'attività di gruppo, era andata in bagno. Aveva quasi fatto la sua mossa, ma poi era arrivata un'altra ragazzina e Christian non aveva voluto rischiare che ci fossero testimoni. Sì, avrebbe potuto prenderle entrambe, ma all'inizio voleva concentrarsi solo sulla figlia della strizzacervelli. Sarebbe stata la prima. Era quello il piano. Non voleva fare nulla che rischiasse di mandare tutto all'aria.

Aveva già portato nella baita tutti gli attrezzi che gli servivano per ciò che aveva in mente. Pinze, martello, corda, manette... aveva persino rubato dei soldi dal portafoglio di suo padre per comprare i sedativi. Era pronto. Doveva solo trovare il momento perfetto per rapire la ragazza.

Quando la strizzacervelli entrò nel parcheggio del suo condominio, Christian vide il pick-up dell'uomo che a quanto pareva frequentava. Il fatto che ci fosse sempre quel tizio in giro rendeva le cose più complicate, ma non impossibili. Quello stronzo non gli avrebbe impedito di fare ciò per cui era nato.

Christian Michael Dekker sarebbe stato il più famoso serial killer che il Paese avesse mai visto. Persino più famoso di John Wayne Gacy, Jeffrey Dahmer, Charles Manson o Ted Bundy. E il suo numero di vittime sarebbe stato più alto di quello di tutti loro. Molto più alto.

Tutti dovevano avere una prima volta e la ragazzina presto sarebbe stata la sua. Forse si sarebbe specializzato nell'uccisione di bambini. Poteva essere una prospettiva interessante, che lo avrebbe reso ancora più famoso. Sì, c'erano stati un paio di altri serial killer che avevano preso di mira soprattutto i più piccoli... ma lui lo avrebbe fatto meglio; più spesso e in modi più raccapriccianti. Christian voleva distinguersi. Lasciare un segno nel mondo.

La sua trepidazione aumentò mentre passava davanti al condominio per dirigersi verso casa. Non ci tornava da un paio di giorni e sapeva che i suoi genitori e sua sorella probabilmente si sentivano sollevati. Be', presto si sarebbero liberati di lui. Qualcosa che volevano da quando si erano accorti che era diverso. Erano comunque sulla lista di persone che dovevano morire, ma gli piaceva il pensiero che continuassero a guardarsi le spalle, chiedendosi se o quando avrebbe colpito.

Li avrebbe sistemati presto, quando meno se lo aspettavano. Quando avrebbero abbassato la guardia e pensato che se ne fosse andato per sempre. Ma prima... c'era la figlia della strizzacervelli.

Non vedeva l'ora.

CAPITOLO TREDICI

L'ESTATE STAVA VOLANDO E, in parte, Tonka era contento. Il Rifugio era sempre pieno di gente nei mesi più caldi e lui preferiva di gran lunga il ritmo più lento dell'inverno. Ma era anche un po' triste perché significava che Jasna sarebbe tornata a scuola. Non avrebbe potuto passare le giornate con lei nella stalla.

La sua curiosità era entusiasmante e stimolante, e non si era mai tirata indietro di fronte ai compiti più complicati. In realtà si era divertita a usare la ruspa per togliere il letame dal recinto.

Quanto a Henley, Tonka non avrebbe mai immaginato che avere una relazione sarebbe stato così... facile. Era la fidanzata perfetta. Ciò non significava che fosse una persona perfetta. Passava troppo tempo a preoccuparsi per gli altri, lavorava troppo, prendeva un po' sottogamba la sicurezza personale e aveva la tendenza a rimandare a lungo le normali faccende domestiche, come fare la lavatrice, portare fuori la spazzatura e lavare i piatti, quindi, quando dovevano essere assolutamente fatte, la sommergevano.

Tonka scosse la testa ricordando l'ultima volta che era stato a casa sua e aveva visto il lavello traboccante di stoviglie. Lei si era limitata a scrollare le spalle e a dire che nella vita c'erano cose più importanti che tenere in ordine la casa. Come passare del tempo con Jasna.

Non poteva che essere d'accordo. Stava imparando ad apprezzare ogni giorno come veniva, invece di rimuginare sul passato.

Ma comunque... quella giornata si stava rivelando dura per lui. Aveva difficoltà a scrollarsi di dosso il malumore.

Era l'anniversario della morte di Steel e gli sembrava ancora che fosse successo il giorno prima. I ricordi lo avevano bombardato fin dal risveglio e stava lottando per non farsi risucchiare dalla depressione e dalla rabbia che aveva provato incessantemente prima di iniziare la relazione con Henley.

Per fortuna per quel giorno Jasna sarebbe stata l'ombra di Hudson; era fuori a piantare alberi e a potare cespugli, quindi non avrebbe avuto a che fare con il suo pessimo umore.

Quando si rese conto di avere appena sgridato una delle capre perché si stava comportando come al solito, cioè aveva cercato di mangiare qualcosa che non avrebbe dovuto, e di aver dato una pacca alla groppa di Scarlet un po' più forte del normale mentre cercava di farla muovere più velocemente, capì che era arrivato il momento di uscire dalla stalla. L'ultima cosa che voleva era far del male a uno degli animali a causa del suo stato d'animo. O di danneggiarli psicologicamente più di quanto già non fossero.

Sentendo la necessità di stare da solo, si diresse verso il suo chalet.

Non era a casa da nemmeno trenta minuti che il suo telefono vibrò con un messaggio. Era seduto sul divano a fissare il vuoto, rivivendo il giorno più brutto della sua vita e rimuginando su ciò che aveva e non aveva fatto. Abbassò lo sguardo e vide che era Henley.

Henley: *Dove sei?*

Digitò una risposta veloce.

Tonka: *Nel mio chalet.*
   Henley: *Stai bene?*
Tonka: *No.*
Henley: *Posso venire a trovarti?*

Apprezzò che l'avesse chiesto prima di farlo. Fece un respiro profondo pensando a cosa dire. Da un lato desiderava ardentemente vederla, però non voleva trascinarla nell'abisso. Voleva che lei rimanesse com'era. Felice. Incontaminata. Ma probabilmente al momento era l'unica persona nella sua vita che avrebbe potuto farlo sentire un po' meglio.

Tonka: *Sì.*

· · ·

Lei non rispose, ma non aveva dubbi che stesse arrivando. A ruoli invertiti, nulla gli avrebbe impedito di raggiungerla. Henley non sapeva che cosa significasse per lui quel giorno. Non sapeva nemmeno cosa fosse successo, ma non importava. Lo avrebbe aiutato in ogni modo possibile. E non solo perché era una psicologa o perché si frequentavano, lo avrebbe fatto per qualsiasi amico.

Pochi minuti dopo ci fu un leggero bussare alla porta.

«Entra pure» gridò.

E poi fu lì. Henley non disse una parola, si sedette accanto a lui, gli prese la mano, gliela strinse forte e gli appoggiò la testa sulla spalla.

Tonka non sapeva quanto tempo rimasero così, ma alla fine il muro di silenzio che aveva costruito sul suo passato cominciò a sgretolarsi.

Senza quasi rendersene conto, aprì la bocca e cominciò a parlare.

«Sai già che quando ero nella Guardia Costiera avevo un cane come compagno. Steel era il mio migliore amico. Mi era stato assegnato quando aveva solo sei mesi e facevamo tutto insieme: mangiare, dormire, giocare, lavorare. Non andavo da *nessuna parte* senza di lui al mio fianco. Potevo leggere il suo linguaggio del corpo come se avesse parlato.

Eravamo in missione con il mio collega e amico. Il suo nome è Raiden – Raid – e il suo cane si chiamava Dagger. Ci siamo avvicinati a una barca sospetta e siamo saliti a bordo, come facevamo spesso. Abbiamo fatto la cazzata di non aspettare l'arrivo dei rinforzi, ma l'imbarcazione non era molto grande. Pensavamo che saremmo riusciti a gestire qualsiasi situazione avessimo trovato. Ma tutto è andato a puttane fin dal momento in cui abbiamo messo piede nella barca. Hanno tramortito quasi subito Raid e non ho potuto ordinare a Steel di attaccare perché uno degli uomini aveva una pistola puntata alla testa del mio collega.

Mi hanno legato... ed è stato allora che ho capito che ci eravamo imbattuti in uno dei più noti signori della droga del Sud America: Pablo Garcia. Eravamo stati presuntuosi e l'avremmo pagata.»

Tonka fece un respiro profondo e fissò il vuoto. Sentì vagamente Henley stringergli la mano e il suo tocco fu l'unica cosa che gli impedì di andare in mille pezzi.

«Hanno torturato Steel e Dagger. Come cazzo si può fare una cosa del genere?» chiese sommessamente, con una nota di agonia. «Garcia rideva mentre li feriva. Non entrerò nei dettagli perché è qualcosa di cui non riuscirò mai a parlare. Non ho implorato perché li lasciasse vivi sapendo che ciò lo avrebbe incoraggiato a seviziarli di più, ma ancora oggi, nonostante la consapevolezza che avrebbe peggiorato le cose, mi odio per non averlo fatto. Quando chiudo gli occhi vedo solo lo sguardo color ambra di Steel che mi implora di aiutarlo. Ero il suo migliore amico e non riusciva a capire perché non facessi nulla per far cessare il suo dolore. Avevano legato le zampe dei due cani con delle fascette, lasciandoli completamente impotenti per qualsiasi cosa Garcia volesse infliggere.

I loro mugolii e guaiti sono impressi a fuoco nel mio cervello. Dagger continuava a guardare Raid che era svenuto. È stato orribile... e lo rivivo ogni volta che chiudo gli occhi.» Tonka sussurrò l'ultima parte prima di schiarirsi la gola e continuare. «Quando Garcia si è stancato di giocare, ha gettato in mare il mio migliore amico, il mio compagno, il cane che amavo più della vita... mentre era ancora vivo. Ha legato dei pesi intorno a loro e li ha lanciati entrambi in acqua come se non fossero altro che spazzatura.»

Tonka sentì il singhiozzo di Henley, ma si costrinse a continuare a parlare.

«Aveva intenzione di fare lo stesso con me e Raid, ma non ne ha avuto la possibilità. Sono arrivati i nostri rinforzi. C'è stata una sparatoria e alcuni proiettili vaganti mi hanno colpito, ma onestamente mi chiedo tutti i giorni perché io sia sopravvissuto mentre Steel no. Quel giorno si è spezzato qualcosa dentro di me, e non sono sicuro se si potrà mai riaggiustare completamente. Il fatto che Garcia sia dietro le sbarre è l'unica cosa che mi permette di dormire la notte.

Molta gente si è chiesta perché abbia avuto difficoltà ad affrontare ciò che è successo. Non riescono a capire perché soffra di un disturbo post-traumatico da stress così grave quando non è morto nessuno. E ovviamente intendono nessuna *persona*. Ma per me, vedere Steel soffrire, vedere il suo dolore, la sua confusione, è stato orribile. È stato così sconvolgente che non so se mi riprenderò mai del tutto.

Invidio Raid. È rimasto svenuto per tutto il tempo. Non ha visto cos'ha fatto quel mostro a Dagger. Sono sicuro che si biasimi per questo. Ma anch'io mi sento in colpa.»

Quando non continuò, Henley chiese: «Per cosa?» La sua voce tremò, ma non allentò la presa sulla sua mano. Nemmeno per un secondo.

«Perché avrei voluto essere *io* quello svenuto, così non avrei visto nulla. Ma ciò avrebbe lasciato Steel da solo. E poi solo uno stronzo vorrebbe che fosse stato il suo amico ad assistere a quell'orrore. Avrei dovuto fare qualcosa per aiutare Steel, Dagger e Raid. Ma non l'ho fatto. Sono rimasto seduto lì e ho lasciato che quel bastardo facesse del male al mio migliore amico. Che lo torturasse.»

«Sai che se gli avessi mostrato quanto stavi soffrendo, sarebbe stato ancora più sadico» disse Henley con dolcezza.

Tonka lo sapeva, ma ciò non attenuava il senso di colpa che ancora lo soffocava.

«E *fanculo* a quelli che hanno insinuato che non dovresti essere così sconvolto per l'uccisione di Steel. Il fatto che tu stia ancora lottando per affrontare ciò che è successo dimostra quanto profondamente lo amavi. Non importa che fosse un cane. Come hai detto, era il tuo compagno in tutti i sensi. Il tuo migliore amico. Credo che sarei più preoccupata per te se *non* avessi difficoltà a superare la sua morte. Finn? Guardami.»

Non voleva farlo. Stava cadendo a pezzi e odiava che lo vedesse così. Quando sentì la sua mano su un lato del viso, Tonka fece un respiro profondo e si girò verso di lei.

Fissò i suoi bellissimi occhi nocciola e vide solo sofferenza e dolore... per lui. Non c'era pietà, né esasperazione. Non lo stava giudicando. Deglutì a fatica.

«Sentire quello che è successo mi ha aiutata a capire tante cose.» I suoi occhi si riempirono di lacrime mentre lo fissava, ma non smise di parlare. «Spiega perché preferisci la compagnia degli animali a quella degli umani. Loro non possono nascondere ciò che pensano o sentono. Non nascondono un cuore malvagio come l'uomo che hai incontrato. E ciò che hai passato spiega anche perché tu e Jasna andate così d'accordo.»

Tonka aggrottò la fronte confuso.

«I bambini sono come gli animali. Dipendono da noi per *tutto*. Per il cibo, la sicurezza, la protezione, il conforto. Più sono piccoli, più hanno bisogno di noi. Lei non ha più cinque anni, ma è ancora vulnerabile. Credo che il tuo inconscio lo sappia, così stai facendo il possibile per insegnarle, proteggerla, educarla... proprio come hai fatto con Steel. Jasna non è un cane, lo capisco, ma ci sono delle somiglianze che non possono essere ignorate.»

Era sbalordito perché gli stava confermando ciò che aveva provato la prima volta che aveva visto la ragazzina, quando l'aveva paragonata al suo migliore amico. «È innocente» aggiunse dopo un attimo. «È troppo giovane per essere malvagia come Garcia. Non sto insinuando che tua figlia *potrebbe* diventare come lui, ma mi sento più a mio agio con lei che con la maggior parte degli adulti.»

Sul volto di Henley comparve una strana espressione. Un'espressione che non capì. Finché lei non continuò.

«Una volta pensavo che quando una persona nasce è come una tabula rasa. Che non è né buona né cattiva. Che è l'ambiente a dettare ciò che sarebbe diventata. Sai, tutta la diatriba tra la natura umana e l'educazione. Io ero fermamente convinta che tutto dipendesse dall'educazione. Ma circa quattro anni fa mi avevano assegnato un nuovo paziente. Un ragazzo. Aveva dodici anni e i suoi genitori erano allo stremo delle forze con lui. Non ascoltava nulla di ciò che gli dicevano, era incline a scoppi d'ira e di violenza e temevano davvero che potesse fare del male a loro o all'altra figlia, una bambina di otto anni. Ero determinata ad andare alla radice dei suoi problemi, per capire perché fosse diventato così. Ma sai cos'ho scoperto?»

«Cosa?» chiese Tonka.

«Nulla. Non ho scoperto *nulla*. Non aveva nessun

trauma nel passato. Nessun abuso, i suoi genitori avevano un matrimonio felice. Non aveva perso nessuno dei suoi cari, non era vittima di bullismo a scuola. A detta di tutti, quel ragazzo avrebbe dovuto essere felice e spensierato come qualsiasi dodicenne. Invece era... oscuro. È l'unica parola che posso usare per descriverlo. Onestamente, faceva paura anche a me. Era calcolatore, un manipolatore. Anche se era così giovane, sapeva fare dei giochi mentali perversi. L'oscurità che vedevo nei suoi occhi era terrificante. Ne ho parlato con Mike e concordato che si sarebbe occupato lui delle sedute del ragazzo. Mi vergogno a dire di aver provato sollievo. Ha smesso di venire diversi mesi dopo, ma vive ancora a Los Alamos.»

Rabbrividì e Tonka si accigliò. Poi fece un respiro profondo, si asciugò le lacrime dalle guance e si spostò per sedersi sulle sue ginocchia. Gli passò le braccia intorno al collo e lo fissò negli occhi.

«Hai il diritto di provare quei sentimenti, Finn. Perdere Steel è stato traumatico e quel Garcia sapeva che fargli del male ti avrebbe fatto soffrire. Non permettere a *nessuno* di farti sentire come se il tuo trauma non fosse profondo o importante. Non so se qualcuno ti abbia mai permesso di piangere la morte di Steel come avresti fatto se fosse stato un partner umano... ma è esattamente ciò che sto facendo.»

Incredibilmente, quelle parole sciolsero qualcosa dentro di lui.

Il suo permesso e la sua comprensione diedero *legittimità* ai suoi sentimenti.

Nel corso degli anni aveva cercato di convincersi più volte che Steel era "solo" un cane, che doveva reagire e andare avanti con la sua vita. Ma lo aveva fatto sentire peggio. Non era mai stato *solo* un cane. Non per lui. E vederlo soffrire in modo così orribile era stata la cosa più dolorosa che avesse mai provato.

«Grazie» sussurrò, afferrandosi ai fianchi di Henley.

«Figurati. E dato che sono quella che sono, devo chiederti un'altra cosa. Hai più parlato con il tuo amico Raid dopo ciò che è successo?»

Tonka fece una smorfia. «No. L'altro giorno ti ho detto che stavo pensando di chiamarlo, ma non l'ho ancora fatto.»

«Credo che dovresti. Magari non era cosciente, ma anche lui ha perso il suo compagno. Dagger, giusto? Immagino che stia soffrendo quanto te. Forse in modo diverso, ma non c'è un modo giusto o sbagliato di elaborare il lutto per una perdita come la vostra.»

Tonka pensò al suo ex collega. Raid era particolare. Era l'uomo più alto con cui avesse mai lavorato. Torreggiava sulle persone e se ciò non lo distingueva già abbastanza, aveva i capelli rossi e le orecchie a punta. Era anche un nerd, ricordava che preferiva stare a casa a giocare al computer piuttosto che uscire con i ragazzi. Ma era leale, intelligente ed era stato un ottimo guardacoste.

«Si è unito a una squadra di ricerca e soccorso che ha base in un paese ai piedi dei monti Appalachi» le confessò, stringendo gli occhi con forza. «Oggi è l'anniversario» sussurrò.

La sentì, anche contro il proprio corpo, inspirare sorpresa. «Hai il suo numero? Scommetto che gli farebbe molto piacere sentirti» disse con un tono calmo.

Tonka non ne era molto sicuro, ma più ci pensava, più voleva sapere cosa stesse facendo il suo vecchio amico.

Aveva bisogno di sentire che stava bene. Soprattutto quel giorno.

«Sì, ce l'ho» ammise.

«Posso lasciarti da solo se vuoi chiamarlo.»

Percepì i muscoli di Henley tendersi come se stesse per scendere dalle sue ginocchia, così strinse la presa e spalancò gli occhi. «No!» disse, quasi con disperazione. «Se devo farlo, ho bisogno di averti accanto.»

«Ok. Rimarrò qui» lo tranquillizzò.

Tonka fece un respiro profondo. Poteva farlo? Poteva chiamare Raid? Non avrebbe mai pensato di poter raccontare volontariamente a qualcuno ciò che era successo quel giorno, eppure con Henley lo aveva fatto.

«Chi altro meglio di lui può capire veramente ciò che stai provando?» gli chiese con dolcezza.

Aveva ragione.

Senza dire altro si allungò per prendere il telefono che aveva appoggiato sul tavolino accanto al divano. Aprì i contatti e fissò a lungo il nome di Raiden prima di fare un respiro profondo e premere sul numero.

Si portò il telefono all'orecchio e lo sentì squillare una, due, tre volte. Proprio quando pensava che non avrebbe risposto, una voce profonda disse: «Tonka?»

«Ciao» rispose lui.

«Stai bene? È tutto a posto?» chiese senza preamboli.

«Sì. Stavo solo pensando che ... sai... visto che oggi è... ho pensato di contattarti per vedere come stavi.» Le parole risultavano forzate anche alle sue orecchie. Era più difficile di quanto avesse pensato.

«Sto bene, per quanto possibile oggi» rispose.

«Steel mi manca» sbottò Tonka.

«È così anche per me. Dagger a quest'ora avrebbe

dovuto essere un vecchietto preoccupato solo di dormire e di inseguire gli scoiattoli che osavano infiltrarsi nel suo giardino» replicò Raid.

Tonka si sorprese di ritrovarsi a ridacchiare. Non avrebbe mai pensato che quel giorno sarebbe riuscito a trovare divertente qualcosa. «Infatti! Accidenti. E Steel amava così tanto le palle che probabilmente a quest'ora ne avrebbe un baule pieno, perché lo avrei viziato così tanto da non riuscire a trattenermi dal comprarne una nuova ogni volta che andavo al supermercato.»

Henley si spostò dalle sue ginocchia, ma gli rimase accanto. Le mise il braccio intorno alle spalle e lei appoggiò la guancia sul suo petto.

«Ti ricordi di quella volta che Dagger e Steel sono sgattaiolati fuori dalla stanza mentre eravamo in riunione, e quando abbiamo finito e siamo andati a cercarli abbiamo scoperto che avevano aperto il frigorifero della sala ristoro e mangiato il nostro pranzo? Non hanno preso i pasti degli altri. Solo i nostri.»

Tonka rise. Se n'era dimenticato. «A volte erano proprio dei monelli» disse.

Dedicarono i dieci minuti successivi a parlare dei due cani, e sorprendentemente fu una sensazione... piacevole. Era bello ricordare quei bei momenti piuttosto che soffermarsi sulle cose brutte che erano accadute quel giorno di tanti anni prima.

«Come *stai*, amico?» gli chiese Tonka. «Sei ancora con la squadra di ricerca e soccorso?»

«Sì. L'altro giorno ho trovato la duecentesima persona scomparsa.»

«È fantastico.»

«Già. E devo ringraziare Duke» confessò Raid.

«Duke?»

«Il mio segugio. Sai, non avevo intenzione di prendere un altro cane dopo aver perso Dagger. Il solo pensiero mi faceva star male. Ma poi Duke è entrato nella mia vita. Era un cucciolo minuscolo che avevano gettato nella spazzatura. Non assomiglia per niente a Dagger, e credo che questo abbia reso tutto più facile.»

Tonka annuì. Sapeva esattamente come si sentiva il suo amico. Nemmeno lui aveva voluto prenderne un altro. Prendersi cura dei cani nella stalla era una cosa, ma non poteva immaginare di avere un altro compagno come lo era stato Steel.

«Duke è letteralmente il cane più pigro che abbia mai visto. Tranne quando si tratta di cercare o di mangiare. Naturalmente ho usato il cibo per addestrarlo agli odori, quindi è probabile che sia per questo» disse Raid ridendo. «Sbava dappertutto, dorme ventidue ore al giorno ed è esattamente ciò di cui avevo bisogno per darmi una svegliata e tornare a vivere.»

Senza pensarci, Tonka sbottò: «Devi trovarti una donna.»

Il suo amico ridacchiò. «Perché? *Tu* l'hai fatto?»

Abbassò lo sguardo su quella tra le sue braccia e rispose: «Sì.»

«Sai che vivo a Fallport... non è che qui ci sia esattamente molta scelta quando si tratta di ragazze» scherzò.

«Non c'è proprio nessuno?»

«Be', ci sarebbe la mia assistente rompiscatole» rispose ridendo. «Ma ci prendiamo in giro più di quanto parliamo, quindi sì, la situazione è piuttosto sconfortante.»

Tonka giurò di aver sentito qualcosa di più dell'irritazione nella voce dell'amico mentre menzionava la sua assistente, ma era passato molto tempo dall'ultima volta che aveva parlato con Raid e forse aveva frainteso.

«Comunque, sono felice per te, fratello. Ti ho pensato molto in questi anni. Ero preoccupato.»

«Già. È stato così anche per me. Quella situazione è stata un macello.»

«È vero» concordò Raid. «Ma quello stronzo è dietro le sbarre, dove non può più far del male a nessuno.»

«Probabilmente uno di questi giorni uscirà. Visto l'affollamento delle prigioni, credo che lo libereranno molto prima che uno di noi due sia pronto.»

«Be', speriamo solo non succeda presto.»

«Certo. Comunque... oggi ho voluto chiamarti perché stavo pensando a quello che è successo e desideravo assicurarmi che tu stessi bene.»

«Tengo duro. Alcuni giorni sono migliori di altri, ma amo ciò che faccio e il ruolo di bibliotecario mi si addice. E anche Fallport. È un posto tranquillo. Non succede molto qui.»

«Le ultime parole famose» ribatté Tonka con una piccola risata.

«È vero. Dimentica che l'ho detto. E... è davvero bello parlare con te. Non mi dispiacerebbe se ci tenessimo di più in contatto.»

«Neanche a me. Sei sempre il benvenuto a passare del tempo qui se dovessi trovarti in zona. So che il New Mexico e la Virginia non sono vicinissime da raggiungere in auto, ma...»

«Grazie. Ho sentito parlare benissimo del Rifugio. Tu e i tuoi amici vi siete fatti un'ottima reputazione. Ciò che fate è decisamente necessario nel mondo d'oggi.»

«Già.» concordò. «Ti lascio andare, ma... Raid?»

«Sì?»

«Grazie. Avevo bisogno di ricordare Steel e Dagger come sono sempre stati... non come li ho visti l'ultima volta.»

«Quando vuoi, fratello. Erano cani straordinari.»

Tonka era troppo emozionato per dire altro. «Ci sentiamo.»

«A presto.»

Chiuse la chiamata e rimise il telefono sul tavolino. Poi avvolse l'altro braccio intorno a Henley e affondò il naso nei suoi capelli, stringendola forte.

«Sembra che sia andata bene» sussurrò lei contro la sua camicia.

«Sì. Mi manca.»

«Raid?»

Tonka scrollò le spalle. «Steel.»

«Mi è sembrato di capire che fosse un cane un po' pazzerello.»

Sentì il sorriso nella sua voce. «Lo era. Ma era anche intelligentissimo, fedele e letale quando serviva.»

«Ti va di parlarmi di lui?»

Se si fosse trattato di un'altra persona e magari in un momento diverso, un momento in cui non stesse provando nostalgia e non avesse avuto la guardia abbassata, avrebbe rifiutato. Ma dopo aver rivissuto alcuni ricordi con Raid, si ritrovò a essere quasi impaziente di raccontare a Henley qualche storia sul suo amato Steel.

Parlò a lungo e lei rimase al suo fianco ad ascoltarlo senza praticamente mai interromperlo, tranne per fare qualche domanda qua e là. A un certo punto le pause tra un ricordo e l'altro diventarono sempre più lunghe e si rese conto di essere esausto.

«Scusa... sono stanchissimo.»

«È normale. Dormi, Finn.»

«Ti va di restare con me?» le disse. Avrebbe dovuto vergognarsi del suo tono implorante, ma non gli importava. Con Henley si sentiva tranquillo, non aveva problemi a mostrarle le sue emozioni.

«Sì. Però devo chiamare Alaska e controllare Jasna.»

«Merda, mi ero dimenticato di lei. Che ora è?»

«Shhh. È tutto a posto. Lei sta bene. Chiudi gli occhi, Finn. Rilassati.»

«Sei sicura?»

«Sì.»

«Ok.» Tonka chiuse gli occhi. Si dimenò un po' per mettersi più comodo e si abbandonò al sonno.

———

Henley lasciò cadere le lacrime quando fu sicura che Finn stesse dormendo, i suoi respiri profondi e regolari sotto la guancia. Le sembrava che il cuore si stesse spezzando per lui. Sentire quello che era successo al suo adorato cane era stato orribile, ma finalmente aveva capito perché aveva mantenuto le distanze da tutti per anni. Era sconcertata che gli avessero detto che non avrebbe dovuto essere così traumatizzato perché Steel era solo un cane.

Le persone potevano creare legami altrettanto forti con gli animali come con gli esseri umani. Perdere un compagno in quel modo avrebbe distrutto chiunque.

Henley fece un respiro profondo e si spostò lentamente per non svegliarlo, liberandosi dalla sua presa, e una volta accertata che stesse ancora dormendo guardò l'orologio.

Merda! Erano le otto e mezza. Lei e Finn avevano parlato per ore.

Prese il telefono dal bancone della cucina dove l'aveva lasciato al suo arrivo e compose il numero di Alaska.

«Ciao, stai bene?» le chiese l'amica invece di salutarla.

«Scusami tanto» le disse Henley.

«Nessun problema. Jasna sta bene ed è stata un angelo. Sono più preoccupata per te e Tonka. Quando mi hai chiamata per sapere se potevo occuparmi di tua figlia perché lui stava avendo una brutta giornata, non sapevo cosa pensare.»

Il fatto di lavorare al Rifugio comportava, purtroppo, che fossero abituate a persone che avevano "giornate storte". Il disturbo post-traumatico da stress poteva manifestarsi ovunque e in qualsiasi momento.

«Oggi è l'anniversario della morte del suo partner canino» le spiegò. «È molto giù. È un problema se Jasna passa la notte da voi? Mi dispiace molto scaricarvela così, ma...»

«Non preoccuparti» disse Alaska, interrompendola. «Non è un problema.»

«Grazie. È lì? Posso parlarle per farle sapere cosa succede?»

«Certo. Se avete bisogno di qualcosa, siamo qui. Un attimo che la chiamo.»

Henley respirò profondamente facendo il possibile per controllare le proprie emozioni. Era davvero bello avere amici così meravigliosi. Che *Finn* avesse degli amici così meravigliosi.

Pochi secondi dopo, la voce di Jasna risuonò nel telefono. «Mamma? Va tutto bene?»

«Sì, tesoro. Sono a casa di Finn. Sta passando un momento difficile e vorrei restare qui con lui... se per te va bene. Ho già chiesto ad Alaska e mi ha detto che le fa piacere se rimani con lei e Brick. Ti dispiace? Domani mattina ci troviamo al lodge per la colazione e in seguito andremo al nostro appartamento per prendere dei vestiti per cambiarci. Poi posso riportarti qui, oppure puoi venire in studio con me mentre incontro un paio di clienti. Successivamente torneremo al Rifugio e ci assicureremo che Finn sia a posto. Che ne dici?»

«Certo, mamma. Finn sta bene?»

«Sì. Ha solo bisogno di un po' di tempo. Gli manca il cane con cui lavorava quando era nella Guardia Costiera e i suoi ricordi lo stanno un po' opprimendo in questo momento.»

«Steel, giusto?»

«Sai di Steel?» le chiese sorpresa.

«Qualcosa. Non ne parla molto, ma mi ha raccontato un paio di storie su quanto fosse intelligente e quanti cattivi e droga avesse scovato.»

Henley si sentì salire di nuovo le lacrime agli occhi. Le parole di sua figlia erano un'ulteriore prova di come Finn fosse più a suo agio con i bambini che con gli adulti. «Sì, è lui. Comunque, se hai bisogno di qualcosa non esitare a farlo sapere ad Alaska. Sono sicura che potrà darti una maglietta o qualcosa con cui dormire stanotte. E anch'io non sono troppo lontana se hai bisogno di me. Fai la brava. Ci vediamo domani.»

«Va bene, mamma. Ti voglio bene.»

«Ti voglio bene anch'io. Buonanotte.»

Henley chiuse la chiamata e tornò in salotto. Dato che avevano saltato la cena forse avrebbe dovuto pensare a preparare qualcosa da mangiare, ma aveva la sensazione che Finn non avesse fame, e a dire il vero nemmeno lei.

Si sedette di nuovo sul divano e si emozionò quando lui sollevò subito il braccio e la attirò contro di sé. Anche mezzo addormentato era dolce.

Henley si appisolò, ma a un certo punto fu svegliata dalla vibrazione del telefono che aveva ancora in mano. Non l'aveva posato dopo aver parlato con Jasna. Guardò lo schermo preoccupata e vide che sua figlia le aveva scritto un messaggio.

Jasna: *Non riesco a dormire. Posso venire lì?*

Henley: *Sì. Ma vengo a prenderti.*

Jasna: *Non è molto lontano. Brick ha detto che mi avrebbe sorvegliata dalla porta per assicurarsi che arrivassi lì senza problemi.*

Henley fu sollevata dal fatto che Brick sapesse che se ne stava andando. L'ultima cosa che voleva era che uno dei due si svegliasse e scoprisse che era sparita, pensando che fosse stata rapita o qualcosa del genere. Anche se si sentiva completamente al sicuro al Rifugio, non voleva che la figlia dodicenne si aggirasse per la proprietà all'una e mezza di notte. Non sapeva perché Brick fosse sveglio o perché lo fosse Jasna se era per quello, ma se sua figlia voleva vederla a quell'ora tarda, significava che aveva un buon motivo.

Henley: *A presto.*

. . .

Si allontanò ancora una volta dalle braccia di Finn, un po' preoccupata quando lui non si mosse, e andò alla porta. La aprì e uscì sul portico. Poteva vedere le luci della casa di Alaska e Brick attraverso gli alberi. Ognuno dei proprietari aveva il proprio chalet separato dagli alloggi degli ospiti. Erano tutti in vista, ma avevano comunque molta privacy grazie agli alberi.

Dopo pochi secondi vide Jasna correre verso di lei tra la vegetazione, poi su per i gradini fino a gettarsi tra le sue braccia. Henley indietreggiò e poi accese e spense la luce del portico un paio di volte, per far capire a Brick che era arrivata sana e salva. Una volta che lui rispose allo stesso modo, rivolse la sua attenzione alla figlia.

«Stai bene?» le chiese.

Jasna annuì e la guardò. «Non riuscivo a dormire. Ero troppo preoccupata per Finn. Mi rattrista che gli manchi Steel.»

«Rende triste anche me. Forza, entriamo.»

Una volta all'interno si assicurò di chiudere la porta, poi si rese conto che non c'era un posto dove farla dormire. Finn non aveva un letto nella stanza degli ospiti e nella sua camera ce n'era solo uno. Avrebbe potuto sistemarla su quello, ma aveva la sensazione che sua figlia non avrebbe voluto stare lontana da loro.

«Shh, sta dormendo» sussurrò, mentre si avvicinavano al divano.

Jasna si accigliò fissando Finn. «Non so cosa fare per aiutarlo» disse con voce rotta.

«Lo stai facendo. Ci tieni abbastanza da voler essere qui per lui» le disse la madre.

«Ma lui non lo sa.»

«Lo saprà domani mattina» la rassicurò. «Forza. Vieni a

sederti con me.» Si accomodò di nuovo accanto a Finn sul divano che, come prima, borbottò qualcosa nel sonno e la attirò a sé.

Jasna non batté ciglio, li aveva visti baciarsi più di una volta nelle ultime settimane e Henley era sollevata dal fatto che non fosse disgustata e non sembrasse nemmeno importarle.

Si sedette accanto alla madre sul divano e si appoggiò a lei, sbadigliando. Henley prese l'altra mano di Finn, che teneva posata sulla pancia, e intrecciò le dita con le sue, poi Jasna posò la sua sopra. Erano connessi.

Un attimo dopo sentì il lieve russare della figlia che si era addormentata contro la sua spalla. Così si ritrovò incastrata tra le due persone a cui teneva di più al mondo. Non aveva idea di come avesse fatto a innamorarsi così profondamente di Finn, ma le sembrava più che giusto. Era un brav'uomo che non meritava ciò che gli era stato inflitto. Ma d'altra parte, chi meritava le cose brutte che accadevano nella vita? Henley aveva forse meritato di perdere sua madre in quel modo violento? No. Ma si poteva scegliere se rimanere impantanati nelle proprie tragedie oppure superarle.

Lei aveva scelto di superarle, e sperava e pregava che Finn stesse finalmente raggiungendo il punto in cui poterlo fare.

Si addormentò sentendosi un po' triste dopo tutto ciò che aveva sentito quella sera, ma anche contenta.

———

Tonka non era sicuro di cosa lo avesse svegliato, ma un attimo prima stava sognando Steel che correva e giocava con una palla, e quello successivo stava sbattendo le palpebre nell'oscurità che lo circondava, sentendo un leggero peso contro il fianco.

Gli bastarono pochi secondi per rendersi conto di dove si trovava e della fonte di quel peso. Henley. Sentì il suo profumo. Avrebbe comunque riconosciuto quel corpo contro il proprio ovunque e in qualsiasi momento.

Un bagliore filtrava dal corridoio dove aveva lasciato una luce accesa, e quando guardò Henley fu felice di averlo fatto. Con sua grande sorpresa, Jasna stava dormendo appoggiata alla madre, premendola ancora di più contro di lui. Abbassò lo sguardo verso la pancia e vide che si era addormentata tenendogli la mano. Inoltre, anche la piccola mano della figlia era posata sopra le loro dita intrecciate.

Un'ondata di emozioni minacciò di sopraffarlo ancora una volta. Inizialmente provò del panico. Se non era riuscito a proteggere nemmeno un cane, come diavolo avrebbe fatto e tenere al sicuro una bambina?

Ma poi sentì crescere dentro di sé la determinazione. Aveva imparato la lezione dopo quello che era successo con Garcia. Non sarebbe mai più stato a guardare lasciando che davanti a lui si svolgesse un massacro. Non aveva idea di cosa sarebbe successo se avesse reagito su quella barca, nonostante fosse legato. Probabilmente sarebbe morto insieme a Steel e a Dagger.

Ma... magari avrebbe potuto salvarli. O forse non avrebbero sofferto così tanto a causa di quel bastardo.

Se un giorno Henley o Jasna si fossero trovate in pericolo, non sarebbe stato con le mani in mano permettendo che la situazione seguisse il suo corso. No, avrebbe combattuto con le unghie e con i denti per evitare che venissero ferite o uccise, anche a costo di perdere la vita.

Quelle due donne erano la cosa migliore che gli fosse mai capitata. Le amava. Non si vergognava di quel sentimento. Non aveva idea se Henley avrebbe mai ricambiato il suo affetto, ma si sarebbe fatto in quattro per dimostrarle quanto era importante per lui. Lei e Jasna.

La sensazione delle loro mani che avvolgevano la sua era tutto ciò di cui non sapeva di aver bisogno. Loro non erano un rimpiazzo dell'amore che aveva provato per Steel, erano un'estensione.

Gli faceva male il collo, aveva il sedere intorpidito e la pancia gli brontolava per la fame, ma non aveva intenzione di muoversi. No, era perfettamente soddisfatto di starsene seduto sul divano con Henley sotto un braccio, e aggrappato alla sua mano e a quella di Jasna.

Non riprese sonno, aveva già dormito abbastanza. Inoltre, voleva memorizzare quel momento. Voleva crogiolarsi nella cura e nell'attenzione che gli stavano offrendo. Quando aveva Steel non era solo. Invece negli ultimi anni era stato un recluso. Henley e Jasna lo avevano cambiato... in meglio.

Tonka le baciò la fronte e lei sorrise nel sonno, ma non si svegliò. Appoggiò la testa sul cuscino dietro di lui e fece il possibile per imprimere nella sua anima ciò che stava provando in quell'istante. Sarebbe stato *ciò* che avrebbe ricordato ogni volta che avesse avuto un momento difficile in futuro.

CAPITOLO QUATTORDICI

TRE GIORNI PIÙ TARDI, a metà pomeriggio, mentre Jasna aiutava Jason a sostituire un pezzo del bagno nello chalet tre, Henley stava ansimando grazie ai fianchi di Finn che le sbattevano contro il sedere mentre la penetrava da dietro.

Era andato ad aspettarla al lodge, fuori dalla stanza in cui lei aveva appena avuto l'ultimo appuntamento della giornata, per chiederle se poteva parlarle. Naturalmente aveva accettato e lui l'aveva accompagnata nel proprio chalet. Non appena varcata la soglia le era saltato addosso. Era stata quasi una ripetizione della loro prima volta, quando l'aveva scopata contro la porta, ma quel giorno era riuscito a controllarsi abbastanza a lungo da trascinarla lungo il corridoio fino alla sua camera per gettarla sul letto.

Si erano spogliati a tempo di record e Finn si era buttato su di lei come un uomo affamato. Era passata una settimana e mezza dall'ultima volta che avevano fatto l'amore e Henley lo aveva desiderato con altrettanta disperazione.

Tre giorni prima si era svegliata accanto a lui sul

divano, solo per scoprire che la stava fissando con uno sguardo che non era riuscita a interpretare. Da allora era sembrato diverso. Più tranquillo. E il modo in cui la guardava sempre, come se fosse a due secondi dallo strapparle i vestiti, l'aveva tenuta in un costante stato di eccitazione.

A quanto pareva si era stancato di aspettare il momento più opportuno per stare insieme, e a lei andava più che bene.

«Sì! Più forte!»

Non facevano l'amore in modo lungo, lento e dolce. Ogni volta erano quasi frenetici. Il sesso era duro, veloce e aggressivo da parte di entrambi. E Henley non si era mai sentita così soddisfatta.

Finn le strinse una natica con una forza tale che le avrebbe lasciato un livido, l'altra mano era aggrappata al suo fianco mentre si spingeva nella sua fica bagnata.

All'improvviso la tirò su in modo che lei avesse la schiena posata contro il suo petto. Le mise una mano intorno al collo, tenendola ferma ma senza farle male. Con l'altra scese lungo il suo busto e cominciò ad accarezzarle energicamente il clitoride.

Henley sussultò nella sua presa, ma lui la tenne stretta.

«Finn, ti prego, scopami» lo implorò contorcendosi.

La posizione non era ideale a quello scopo, e infatti si limitò a rimanere fermo nel profondo di lei mentre la portava sempre più vicina all'orgasmo.

«Non finché non verrai sul mio cazzo. Voglio sentirlo. Voglio sentirti contrarre intorno a me» ringhiò.

Come se quelle parole fossero ciò che il suo corpo stava aspettando, Henley raggiunse il culmine. Finn la tenne stretta a sé mentre lei si dimenava e tremava tra le sue braccia.

«Non hai idea di quanto sia meraviglioso sentirti così!» le sussurrò all'orecchio, poi la spinse di nuovo sul materasso. Henley gemette quando cominciò a penetrarla rapidamente e con forza, prolungando il suo già incredibile orgasmo.

Lo sentì grugnire mentre entrava in lei con un'ultima potente spinta, per poi afferrarle i fianchi con forza e venire.

Si accasciò sulla sua schiena, ma invece di schiacciarla si spostò subito di lato, portandola con sé. Non oppose resistenza, sentendosi senza forze.

«Porca miseria, donna» mormorò. «Mi hai quasi ucciso questa volta.»

Ridacchiò debolmente. «Direi che è il contrario. Chi è stato a trascinarmi in casa sua per darsi da fare con me?»

«Non hai esattamente protestato.»

Non poteva negarlo. Lo sentì tirarsi fuori, così si girò prima che potesse alzarsi per gettare via il preservativo. Odiava che si allontanasse, sia da dentro il suo corpo sia da lei.

«Devo buttare via questo preservativo, tesoro» le disse.

Henley si rifiutò di lasciarlo andare, ma lo sentì sospirare e togliersi e annodare il preservativo. Poi Finn rotolò ancora una volta e si ritrovò sdraiata sopra di lui.

«Li odio.»

«I preservativi?» le chiese con un'espressione confusa.

«Sì. Vorrei poterti sentire dentro di me anche senza.»

Lui si irrigidì. «Cosa stai dicendo esattamente?»

«Sto dicendo che voglio prendere la pillola. O mettere la spirale. O qualcosa del genere. Ti voglio senza niente, Finn. Disperatamente. Voglio tutto di te.»

«*Hai* tutto di me» disse, scuotendo leggermente la testa.

«Davvero. Non ho mai dato a nessuna donna così tanto di me stesso, e invece di sentirmi in trappola o claustrofobico, mi sento più libero che mai. Mi sei entrata dritta nel cuore, Hen, e non riesco nemmeno più a ricordare un momento in cui non c'eri. Non voglio ricordarlo. Sembra assurdo, visto che fino a poco tempo fa non mi permettevo di fare altro che fissarti con desiderio dall'altra parte della stanza, ma... è la verità.»

«Finn» sussurrò Henley, sentendosi sopraffatta dall'emozione.

«So che è tutto veloce e sto cercando di non metterti fretta... ma sono *tuo*. Per tutto il tempo che vorrai. Mi farò in quattro per rendere felici te e Jas. E per tenervi al sicuro. Vorrei andare a comprare un letto da mettere nella seconda stanza dall'altra parte del corridoio, ma non voglio fare qualcosa che possa spaventarti o farti pensare che sto correndo troppo.

Quando l'altra notte mi sono svegliato con te tra le braccia e la mano di Jasna sulla mia... ho improvvisamente capito quanto sia breve la vita. Voglio iniziare ogni giorno con voi due. Voglio ridere a tavola. Discutere su ciò che Jas dovrebbe o non dovrebbe mangiare. Parlare del sistema digestivo di una mucca e del perché è fatto così. Voglio portarla a scuola.

E se mi vuoi senza preservativo, è così che mi avrai. Non riesco a pensare a niente di meglio che riempirti con il mio sperma, sapendo che sei mia dentro e fuori. Ma posso aspettare. Voglio che tu ti senta al sicuro, che tu sia protetta, e se sarà necessario userò il preservativo per il resto della nostra vita.»

«Voglio addormentarmi con te dentro di me» confessò Henley un po' timidamente. «Voglio sapere com'è rimanere accoccolati dopo che siamo venuti entrambi, senza che tu ti alzi subito perché devi occuparti del preservativo.»

«Lo voglio anch'io.»

«Pensi che faremo mai l'amore lentamente e con tenerezza?» gli chiese con un sorriso.

Sentì la risatina di Finn sotto di lei. «Non ne ho idea. So solo che appena ti metto le mani addosso, mi sento disperatamente smanioso di entrare in te. Come se potessi morire se *non* lo facessi.»

«Sei un po' drammatico, eh?» lo prese in giro.

«Vuoi dirmi che tu la pensi in modo diverso?» le domandò, inarcando le sopracciglia. «Mi sembra di ricordare che sei stata tu ad afferrarmi l'uccello non appena mi sono strappato via i boxer e a pregarmi di scoparti subito.»

Henley sorrise. Sì, *l'aveva* fatto. «Mi piace il sesso» ribatté con un'alzata di spalle. «No, non è vero. Con te lo *adoro*.»

«Non amo agire di nascosto, quindi devo ammettere che non vedo l'ora che arrivi l'autunno e inizi la scuola. Avremo più tempo per fare cose come questa senza doverci preoccupare di essere scoperti. Anche se mi mancherà non averla come aiutante nella stalla ogni giorno.»

«A proposito di mia figlia... quanto tempo ci vuole per riparare un gabinetto?»

«Non abbastanza» rispose Finn con un sospiro. Poi le mise una mano sulla nuca e la tenne ferma mentre portava le labbra sulle sue.

Henley lo baciò con tutto l'amore che aveva nel cuore. Amava quell'uomo così tanto che era quasi spaventoso. Troppo spaventoso per ammetterlo.

«Grazie per essermi stata vicina l'altra sera» le disse dopo essersi staccato dalla sua bocca.

«Prego. Sembri... stare meglio.»

«È così» ribatté senza esitare. «Chiamare Raid è stata un'ottima decisione. Averti lì ad ascoltarmi parlare di Steel mi ha costretto a ricordare i momenti belli, invece di quel giorno terribile. Sai... dovresti fare la psicologa o qualcosa del genere.» Fece un sorrisetto per farle capire che la stava stuzzicando.

«Non voglio essere la tua psicologa» gli disse seria. «Voglio essere la tua fidanzata. La tua compagna.»

«Lo sei. Ma non saresti la donna di cui mi sto innamorando se non fossi così intuitiva. Non devi nascondermi quel lato di te. Cioè, non voglio che tu psicanalizzi ogni mia mossa o parola, ma sono dannatamente fortunato che ci sia tu ad aiutarmi a uscire dal baratro in cui a volte cado.»

Le sue parole significavano tutto per Henley. Lei era ciò che era, e non poteva semplicemente spegnere o dimenticare la sua istruzione e la sua formazione professionale quando erano insieme.

Sentì il cazzo di Finn diventare duro tra le sue gambe e si dimenò su di lui. Lo desiderava di nuovo.

Proprio in quel momento, i loro telefoni suonarono con la notifica di un messaggio. Per quanto avrebbe voluto chiudere il mondo fuori, non poteva farlo. Avevano entrambi delle responsabilità. Si allungò sul lato del letto e lanciò uno strillo quando le dita di Finn le percorsero il retro della coscia e si infilarono nelle sue pieghe ancora bagnate. Si tirò su con i due cellulari in mano, che era riuscita a recuperare dalle tasche dei pantaloni, e passò a Finn il suo mentre si metteva a cavalcioni su di lui per leggere il messaggio che aveva appena ricevuto.

Alaska: *Jasna sta cercando Tonka. L'ho mandata a vedere nella stalla, ma penso che non la rallenterà di molto.*

«Merda» borbottò Finn con un sospiro. «Il mio messaggio è di Jason. Dice che ha finito con il bagno e che Jasna mi sta cercando.»

«Sì, il mio è di Alaska e dice praticamente la stessa cosa» replicò Henley con il broncio.

Lui si alzò a sedere di colpo, cingendole le spalle con un braccio per evitare che cadesse all'indietro. La strinse a sé e disse: «Non hai commentato il fatto che voglio comprare un letto per la stanza degli ospiti. Mi piacerebbe che ogni tanto vi fermaste qui. Non dobbiamo fare nulla, ma dormire con te tra le mie braccia... sarebbe un sogno che si avvera, tesoro. Vorrei farlo il più spesso possibile.»

«Anch'io» confessò timidamente.

«Allora me ne occuperò.» Si spostò sul bordo del letto e si alzò con Henley ancora in braccio.

«Finn? Dobbiamo vestirci» disse lei con un sorrisetto.

Lui sospirò e la lasciò andare, mettendola in piedi.

«Giusto. Puoi usare il bagno qui, io andrò in quello nel corridoio. Ci vediamo in cucina?»

Gli sorrise e annuì.

Finn la baciò ancora una volta. Fu un bacio lungo, languido e tenero, che le fece venire voglia di tentare di fare l'amore in quel modo tranquillo. Ma poi lui si chinò, afferrò i suoi vestiti e raccolse il preservativo usato che aveva lasciato sul letto, le rivolse un sorriso malizioso e si diresse verso la porta.

Le ci volle un secondo per ricomporsi prima di raccogliere i propri indumenti e iniziare a vestirsi.

***

Quella sera cenarono al lodge e anche se Tonka non sarebbe mai stato l'uomo più chiacchierone del mondo, trovava sempre più facile iniziare una conversazione con gli ospiti e con i suoi amici. Guardando dall'altra parte del tavolo vide Henley ridere per qualcosa che stava dicendo Alaska.

«È davvero felice» disse Jasna accanto a lui.

«Ah, sì?» le chiese con un piccolo sorriso.

«Mm-mm. Da quando avete iniziato a frequentarvi è più rilassata.»

«È un bene direi.»

«Sì.» Poi gli chiese a bassa voce: «Finn? Hai intenzione di sposare mia madre?»

Tonka quasi si strozzò con il mais che aveva appena messo in bocca. Masticò lentamente, cercando di pensare a cosa dirle. Alla fine decise di essere il più onesto possibile. «Voglio farlo, ma dipenderà da lei.»

«Ti dirà di sì. Lo so.»

Aggrottò la fronte confuso. Jasna non sembrava entusiasta alla prospettiva che sua madre lo sposasse. «Non vuoi che ci sposiamo?»

Lei scrollò le spalle.

Non era il momento o il luogo per una conversazione così profonda, ma dato che tutti gli altri erano impegnati a parlare tra di loro e lei aveva tirato fuori l'argomento, decise di proseguire. «Che cosa ti preoccupa?»

La bambina si voltò a guardarlo. «Siamo sempre state solo io e lei. Due piselli in un baccello. Migliori amiche.» Si accigliò un po'. «Mi piaci, Finn. Sei stato gentile con lei e anche con me, e adoro stare qui al Rifugio.»

«Ma?» le chiese quando non continuò.

«Non sono stupida. So che i figliastri di solito vengono messi da parte quando due persone si sposano. Avrai dei figli con mia madre e saranno tuoi. Vostri. Mi trasferirò e andrò al college prima che ve ne accorgiate e le cose cambieranno» concluse con un po' di tristezza.

Tonka si girò e allungò un braccio sullo schienale della sua sedia, poi le prese la mano che giocherellava con il tovagliolo che teneva sulle gambe. «Prima di tutto, se io e tua madre ci sposeremo non sarai la mia figliastra, sarai mia *figlia*. Punto. Non so se ne avremo altri, ma se decideremo di averne, tu non sarai *mai* considerata meno di loro. E per quanto odi che tu parli di crescere e di trasferirti, sarai sempre importante per me, a prescindere da quanti anni avrai e dove andrai. Sarai sempre anche la migliore amica di tua madre. Non posso prendere quel posto e non voglio farlo, Jas. Tu e la mamma avete una lunga storia insieme e un legame speciale. Non farei mai nulla per rovinare tutto questo. Sì, le cose cambieranno... ma spero in meglio.»

Jasna annuì, ma non era sicuro che le sue parole l'avessero tranquillizzata del tutto.

«L'altra notte, quando mi sono svegliato e tu eri lì... ha significato molto per me» ammise. «No... ha significato *tutto*. Ti voglio bene, Jas. E non dico queste parole con leggerezza. Te le ho dette prima ancora di confessare a tua madre che la amo, perché ho paura che non sia *pronta* a sentirlo. O che magari non provi lo stesso sentimento. Ma qualunque cosa accadrà tra noi due, io ti vorrò sempre bene. Sempre.»

«Davvero?»

«Davvero.»

«Ti voglio bene anch'io, Finn.»

Inspirò profondamente a quelle parole e si scambiarono uno sguardo colmo di tenerezza.

Poi lei gli chiese: «Questo significa che ora avrò il doppio dei regali a Natale? Sai, perché mi vuoi bene e tutto il resto e sposerai mia madre.»

Tonka scoppiò a ridere. Tipico della piccola birbantella spezzare un momento emotivo in quel modo.

«Decisamente» rispose. Aveva già programmato di viziarle entrambe il più possibile. A cominciare con il darle una stanza nel suo chalet che avrebbe fatto impazzire qualsiasi dodicenne.

«Forte!»

Le strinse la mano, poi si girò di nuovo verso il tavolo. Colse lo sguardo preoccupato di Henley. *«Tutto bene voi due?»* mimò lei con la bocca.

Le sorrise e annuì. Sì, tra lui e Jasna andava più che bene.

———

Christian stava diventando impaziente. L'estate era quasi finita e non aveva ancora trovato un'occasione per catturare la ragazza. Si era esercitato nelle tecniche con il coltello sugli scoiattoli, sui gatti randagi e persino su un paio di cani che aveva portato via da dei cortili, ma sapeva che non avrebbe provato la stessa sensazione facendolo su una persona.

Non vedeva l'ora di vederla sanguinare. Di sentire le sue grida. Di sentirla implorare di non ucciderla.

Avrebbe sempre potuto scegliere un'altra prima vittima...

No. Doveva essere *lei*. Christian voleva che la strizzacervelli soffrisse. Lo aveva respinto e non si era mai guardata indietro. Ora se ne sarebbe pentita.

Avrebbe preso la ragazza alla prima occasione. Era stanco di aspettare. Voleva andarsene da quel cazzo di posto e raggiungere Albuquerque per perfezionare la sua tecnica. In città c'erano milioni di persone, molte delle quali non sarebbero mancate a nessuno. Gli uomini e le donne che avevano bisogno di una dose sarebbero stati i più facili da attirare in un motel o in qualsiasi altro posto in cui avesse trovato da dormire. Le prostitute sarebbero salite volontariamente sulla sua auto. Ci sarebbero stati bambini lasciati soli nei negozi, nei parchi... persino chiusi in casa mentre i genitori lavoravano.

Voleva che il mondo conoscesse il suo nome.

E non poteva farlo finché non avesse compiuto la sua prima uccisione.

Abbassò lo sguardo e ammirò la serie di coltelli e armi che aveva allineato sul pavimento della baita abbandonata. La moquette aveva un odore strano e c'erano escrementi di topo dappertutto, ma Christian riusciva solo a vedervi la ragazza nuda e stesa davanti a lui, in attesa di essere colpita. Il sangue sarebbe colato sulla sua pelle chiara. Sarebbe stato come un'opera d'arte.

Non riusciva a decidere se usare prima il coltello o il punteruolo. O magari il cacciavite. Aveva anche un taglierino e una chiave telescopica per pneumatici che pensava di usare dopo tutti gli altri attrezzi. Voleva vedere il sangue schizzare sulle pareti e sul soffitto mentre la picchiava.

Fissò il vuoto sorridendo, immaginando la scena nella sua testa. Sì, era decisamente stanco di aspettare. Doveva agire. Era pronto.

CAPITOLO QUINDICI

«Maammaaa, non voglio andare al campus!» si lamentò Jasna per quella che sembrava la centesima volta. «Voglio restare qui con te e Finn. Alaska ha detto che faranno un altro falò e non voglio perdermelo! Inoltre, adoro la mia nuova stanza, e dovremmo ricevere i libri che abbiamo ordinato da quella libreria dell'usato in California che stava per chiudere.»

«No» disse Henley, con più pazienza di quanta ne avesse.

«Perché sei così cattiva?» chiese in tono petulante.

Sospirò e fece del suo meglio per stare calma. Non era sorpresa che la sua dolce bambina si stesse trasformando in una preadolescente in preda agli ormoni, lo aspettava da tempo, ma ciò non significava che avesse sperato non accadesse. Si voltò dal lavello di Finn per guardare la figlia. Lui era andato nella stalla per dare da mangiare agli animali, poi sarebbe tornato per accompagnare prima Jasna al campus e poi lei allo studio.

«Un paio di mesi fa eri entusiasta di andare a questo

campus in particolare, cos'è successo? Ci sarà anche Sharyn, quindi non è che non conoscerai nessuno.»

«Lo so, ma preferisco stare *qui*. Scarlet Pimpernickel potrebbe dimenticarsi di me, e i gattini hanno iniziato a giocare. E poi è così bello dormire qui con Finn e non voglio più andarmene!»

«È solo per quattro notti. La tua vitellina non si dimenticherà di te. E i gattini vorranno ancora giocare quando tornerai. Ci saranno altri falò e Finn non andrà da nessuna parte.»

Jasna sospirò drammaticamente e si lasciò cadere su una sedia.

Henley andò a sedersi di fronte a lei e le chiese con dolcezza: «Vuoi dirmi cosa ti preoccupa davvero?»

Ci mise un bel po' a riflettere, ma alla fine disse: «È che Finn mi piace molto. È paziente e gentile e mi tratta come se fossi un'adulta. Cioè, non mi tratta come se fossi una bambina. Mi lascia fare cose difficili con gli animali e ha fiducia che le porti bene a termine. Ho paura che se starò via troppo a lungo, succederà qualcosa tra di voi e vi lascerete e io non potrò più passare del tempo qui.»

Henley si accigliò. Le cose erano progredite così in fretta con Finn che aveva avuto le sue stesse preoccupazioni. Aveva temuto che se le cose non avessero funzionato, Jasna ne avrebbe sofferto. Si era affezionata a lui molto rapidamente e la angustiava sapere che le sue azioni avrebbero potuto affliggere la figlia.

«Non so cosa ci riserverà il futuro» le disse dopo un momento. «Vorrei poterti dire che io e Finn staremo insieme per sempre. Che ci sposeremo e vivremo felici e contenti. Ma so meglio della maggior parte delle persone che non possiamo prevedere queste cose. Quello che posso dirti è che qualunque cosa accada tra me e lui, tu sarai *sempre* la benvenuta qui al Rifugio. Gli piace passare del tempo con te, e piace anche a tutti gli altri.»

Jasna sospirò in modo drammatico.

«Amo Finn» si lasciò sfuggire Henley. «Mi rende felice. Ma soprattutto amo come fa sentire *te*. E sai che farei praticamente tutto per te. Muoverei il cielo e la terra per farti felice, per darti tutto ciò di cui hai bisogno per crescere ed essere una donna serena e ben inserita, sicura di sé e consapevole del proprio valore. Ma per quanto mi piaccia stare con te e passare tutto il nostro tempo libero insieme, hai bisogno di uscire a divertirti e di stringere amicizie con persone della tua età. So che ti divertirai molto al campus e quando tornerai vedrai che non è cambiato nulla.»

«Come vuoi» mormorò Jasna.

Fu il turno di Henley di sospirare. Aveva sperato che quel piccolo discorso d'incoraggiamento le avrebbe fatto cambiare umore. «Hai fatto la valigia?» le chiese.

«Sì.»

«Hai messo anche la crema solare che ti ho dato ieri sera?»

«Sì, mamma. Accidenti» borbottò Jasna, poi si alzò facendo stridere la sedia sul pavimento di legno, si avviò verso la sua stanza e Henley trasalì quando sbatté un po' troppo forte la porta.

«È stato intenso» disse una voce profonda dall'ingresso.

Si girò e vide Finn sulla soglia. Era stata così concentrata su Jasna che non lo aveva visto né sentito entrare. «Quanto hai sentito?» gli chiese accigliata, rendendosi conto di quello che aveva detto verso la fine.

Per tutta risposta, lui si allontanò dallo stipite e le si

avvicinò. Henley rimase seduta, cercando di interpretare le emozioni che vide turbinare nei suoi occhi.

Una volta raggiunto il tavolo si mise in ginocchio, le spostò le gambe in modo da posizionarsi tra di loro e la fissò a lungo.

Poi le chiese: «Mi ami?»

Merda, merda, merda. Aveva la bocca secca e si leccò le labbra.

Avrebbe potuto fingere, dirgli che stava semplicemente cercando di far sentire meglio sua figlia. Ammettere di sapere che era troppo presto per dire cose del genere. Avrebbe potuto anche scherzarci sopra. Ma non voleva fare nulla di tutto ciò.

Così disse semplicemente: «Sì.»

Henley si sorprese – e allarmò – quando vide i suoi occhi riempirsi di lacrime.

«Finn?»

«Quel giorno, su quella barca, ho pensato che la mia vita fosse finita. Ho giurato di non affezionarmi mai più, né a un'animale né a una persona, in modo che nessuno potesse ferirmi una seconda volta facendo del male a qualcuno che amavo. Tengo molto agli animali del Rifugio e mi dispiacerebbe se succedesse loro qualcosa, ma sono riuscito a tenere le mie emozioni ben chiuse dentro di me. Negli ultimi due anni ti sei intrufolata dietro le mie barriere. E ora...» si toccò il petto, sopra il cuore «sei qui dentro, Henley. Tu e anche tua figlia.»

Aspettò che continuasse, ma non disse altro.

«Significa che anche tu mi ami?»

Lui ridacchiò e chiuse gli occhi per un secondo, poi li riaprì. «Era ovvio che avrei fatto casino. Sì, Henley. Ti amo. Ti amo profondamente. E per la cronaca, *puoi* dire che staremo insieme per sempre, che ci sposeremo e vivremo felici e contenti.»

«Finn» sussurrò, colma d'emozione.

«Noi due abbiamo passato l'inferno e ne siamo venuti fuori, e in qualche modo ci siamo trovati e siamo finiti qui. Non permetterò a niente e a nessuno di rovinare quello che c'è tra noi. Sto con te perché voglio che duri. Quanti letti per adolescenti pensi abbia comprato in vita mia?»

Henley sorrise. «Ehm... uno?»

«Esatto.»

«Mi rendi così felice, Finn, ma ho anche paura che succeda qualcosa che faccia sembrare tutto questo un sogno.»

«Non succederà nulla. Perché ci siamo l'uno per l'altra. Resisteremo a ogni tempesta che incontreremo. Le cose saranno sempre facili? No. Jasna è quasi un'adolescente e credo, a giudicare dal suo sfogo di poco fa, di poter presumere che nei prossimi anni le cose saranno difficili di tanto in tanto. Ma la amiamo e lei ama noi... risolveremo tutto. Tu hai il tuo lavoro e io il mio. Dovremo metterci un sacco di impegno per ritagliarci del tempo per noi due, ma sono disposto a fare tutto il necessario, compreso assumere chiunque Brick voglia per darmi una mano nella stalla.»

Henley sorrise. Sapeva che Finn non era entusiasta di avere qualcun altro nel "suo regno", ma il fatto che fosse favorevole a farsi aiutare per poter passare più tempo con lei era una cosa dolcissima.

«Vuoi che vada a controllare Jas?» le chiese.

«Non ti dispiace?»

«Certo che no.»

«Allora sì, grazie. Dobbiamo partire entro venti minuti se vogliamo essere puntuali.»

«Va bene. E tanto perché tu lo sappia, quando verrò a prenderti oggi pomeriggio torneremo direttamente qui e nessuno di noi due se ne andrà prima di domattina.»

Lei sorrise. «Mi pare perfetto.» Ed era proprio così. Negli ultimi giorni lei e Jasna avevano vissuto a casa di Finn e lei adorava addormentarsi tra le sue braccia, ma era ansiosa di fare qualcosa di *più* che dormire. Erano stati molto cauti, dato che stare nello chalet anche di notte era una sistemazione nuova, e l'ultima cosa che volevano era che Jasna li sentisse o – Dio non volesse – li beccasse mentre facevano l'amore.

«Se sei mesi fa qualcuno mi avesse chiesto di dire una cosa positiva derivata dall'uccisione di Steel davanti ai miei occhi, avrei risposto "niente". Che non c'era una singola cosa positiva che potesse derivare dalla morte del mio migliore amico. Ma ora comincio a pensare che sia stato proprio lui a portarmi da te.»

Finn si alzò, si chinò e baciò Henley così profondamente da dissolvere qualsiasi dubbio avesse potuto avere su ciò che lui provava.

Le passò un dito sulla guancia, poi si voltò per andare in corridoio e nella stanza di Jasna.

———

Tonka avrebbe voluto battersi il petto e gridare al mondo che Henley lo amava. Non aveva avuto intenzione di origliare, ma nemmeno di interrompere la sua conversazione con Jasna. Quando le aveva sentito dire che lo amava, aveva smesso di respirare, pensando per un attimo di aver capito male, di aver sentito solo quello che desiderava, ma mentre continuava a parlare si era reso conto che lo amava davvero.

Dopo che Jas era andata in camera sua, Tonka non era riuscito a trattenersi dall'avvicinarsi subito a lei.

Lo *amava*.

Gli ci sarebbe voluto un po' per metabolizzarlo.

La sua determinazione a tenerle entrambe al sicuro si rafforzò. Non che fossero in pericolo, ma nemmeno quando era salito su quella barca aveva pensato di *esserlo*.

Quando finalmente partirono, Tonka prese una decisione estemporanea. Aveva pensato molto alla conversazione con Raiden e pensò che fosse il momento perfetto per condividere ciò che voleva fare.

«Jas?» la chiamò.

«Sì?» rispose lei imbronciata.

«Stavo pensando... magari questo fine settimana, dopo che sarai tornata dal campus, potremmo andare al canile e vedere se c'è qualche cane che ha bisogno di una casa.»

Non appena le parole lasciarono la sua bocca, si rese conto che avrebbe dovuto parlarne prima con Henley. Ma ormai era troppo tardi.

«*Davvero?* Oh, mio Dio! Sì! Dici sul serio? Mamma? Possiamo davvero prendere un cane?» L'atteggiamento scontroso era scomparso in un istante.

Percepì lo sguardo di Henley su di sé, ma tenne gli occhi fissi sulla strada, poi la sentì sospirare piano prima di parlare.

«Sì, ma sarà una tua responsabilità.»

«Nessun problema!» la rassicurò la figlia.

«Dico sul serio. Io comprerò il cibo, ma tu dovrai dargli da mangiare e portarlo a spasso. E raccogliere i suoi bisogni. E non dovrai arrabbiarti quando ti rosicchierà le scarpe e mangerà il tuo peluche preferito.»

«Lo so! Lo farò, e no, non lo farò!» disse, replicando a tutti gli avvertimenti.

«Finn ha già abbastanza da fare. Dovrai addestrarlo tu a non spaventare gli animali della stalla, e se non te ne prenderai cura tornerà subito al canile.»

«Mamma! Ho *detto* che me ne prenderò la responsabilità. Mi chiedo che tipo di cani abbiano» chiese, più a se stessa che a loro.

Tonka si azzardò a dare un'occhiata a Henley, che inarcò un sopracciglio quando si accorse che la stava guardando con uno sguardo di scuse. Era sicuro che avrebbe avuto molto da dirgli una volta salutata la figlia.

Jasna parlò ininterrottamente per il resto del viaggio fino al campeggio dove si sarebbe svolto il campus, che si trovava alla periferia di Los Alamos. Gli chalet erano circondati da alberi, proprio come quelli del Rifugio, ma c'era anche un lago artificiale lì vicino in cui i ragazzini avrebbero potuto nuotare, andare in barca e in kayak. Henley aveva fatto molte ricerche su quel posto. Il livello di sicurezza era eccellente e le recensioni erano per lo più positive.

Quando arrivarono Jasna stava ancora parlando di che cane avrebbe preso, del fatto che avrebbe dormito con lei e l'avrebbe seguita ovunque, ma appena vide Sharyn diede un rapido abbraccio alla madre, salutò Tonka e poi si precipitò a dare all'amica la bella notizia dell'imminente adozione del cane.

«Scusa» le disse non appena la ragazzina si allontanò. «Mi è venuto spontaneo. Mi dispiaceva vederla così di malumore.»

«La vizierai. E sai che finiremo per prenderci cura noi del cane, vero?»

«Sì» rispose sorridendo.

Henley lo guardò di traverso. «Che alla fine è proprio quello che vuoi, no?»

Tonka scrollò le spalle. «Ho pensato molto alla mia chiacchierata con Raid. Ha un segugio, ha detto che lo ha aiutato a riprendersi. E... non mi dispiacerebbe avere di nuovo un cane intorno. Non uno da lavoro, ma da compagnia. Ne voglio uno che sia giocoso, ma anche protettivo verso te e Jas. Spero che ci sia qualche Pitbull tra cui scegliere. In genere sono cani molto affettuosi, ma alla loro vista la gente ci penserà due volte prima di farvi o dirvi qualcosa.»

Henley fece un piccolo sorriso e alzò gli occhi al cielo. Non sembrava arrabbiata, e fu un sollievo.

«Dai, prima ti porto al lavoro, prima potrò venire a prenderti e prima ti avrò tutta per me» disse, prendendola per il gomito e riportandola al pick-up.

Mentre uscivano dal parcheggio, nessuno dei due notò l'anonima berlina vecchio stile ferma poco lontano, con al volante un adolescente con gli occhiali da sole.

CAPITOLO SEDICI

I GIORNI ERANO PASSATI TROPPO in fretta per Henley. Di solito era contenta che il tempo scorresse velocemente, soprattutto quando Jasna era lontana da casa, ma quella era stata una delle settimane migliori della sua vita. Aveva lavorato al mattino e fatto qualche seduta al Rifugio ogni pomeriggio, poi lei e Finn avevano passato tutte le notti nello chalet.

Finalmente erano riusciti a fare l'amore in modo lento e tenero, e ne era valsa la pena.

Un Finn impaziente e bramoso era stato un sogno diventato realtà, ma il Finn amorevole e paziente l'aveva fatta impazzire, torturandola senza fretta con il piacere. Aveva finito per implorarlo di farla venire. Di entrare dentro di lei. Di scoparla. Ma anche quando aveva ceduto alle sue suppliche, in qualche modo aveva trovato l'auto-controllo per mantenere le sue spinte lente e costanti, portandola più volte sull'orlo dell'orgasmo per poi fermarsi.

Quando alla fine era arrivato a perdere il controllo, lei

lo aveva già minacciato di ogni sorta di cose che non avrebbe mai portato avanti... l'ultima delle quali era di non fare mai più sesso con lui.

In seguito le aveva preparato un bagno caldo e l'aveva trasportata fino alla vasca. Dato che in due non ci stavano, le si era seduto accanto mentre lei si crogiolava nell'acqua e le aveva raccontato di quando era nella Guardia Costiera. Pian piano si stava aprendo, dicendole cose di sé e del suo passato che aveva ammesso di non aver mai condiviso con nessun altro.

Se non era già perdutamente innamorata di quell'uomo prima, ora lo era di sicuro.

Ma ciò che la faceva sentire davvero certa che la loro relazione avrebbe potuto superare la prova del tempo era il fatto che Finn non fosse perfetto. Se lo fosse stato, Henley sarebbe rimasta in attesa di un'imminente batosta. Non aveva bisogno di un fidanzato privo di difetti. Voleva stare con qualcuno che si sentisse a suo agio anche a essere lunatico, ma senza sfogarsi su di lei. Che si irritasse per qualcosa al lavoro, ma che non si limitasse a brontolare fino alla nausea senza trovare il modo di alleviare il proprio stress. Che si lamentasse del fatto che lei lasciava gli indumenti sporchi sul pavimento, ma non in un modo che la facesse sentire una nullità per quell'abitudine.

Discutevano sul modo migliore di fare la pasta, non erano d'accordo su ciò che volevano guardare alla televisione e avevano pensieri diversi su ciò che stava accadendo nel Paese dal punto di vista politico, ma adorava che potessero avere opinioni e pensieri così differenti pur continuando ad amarsi così tanto.

Era giovedì e quella sarebbe stata l'ultima notte da soli prima del ritorno di Jasna. Henley aveva ricevuto numerosi messaggi da sua figlia ogni sera, perché era il momento in cui poteva usare il telefono, e si era sentita sollevata nel vedere la sua eccitazione per tutte le cose che aveva fatto. Magari all'inizio era stata reticente, ma ora che era lì era evidente che si stesse divertendo moltissimo.

Era ancora esaltata all'idea di andare al canile, e le aveva detto di aver già guardato il sito web per vedere quali cani fossero disponibili. Aveva la sensazione che se non fossero stati attenti, sarebbero tornati a casa con più di un nuovo membro della famiglia.

«A cosa stai pensando così intensamente?» le chiese Finn, avvicinandosi da dietro e avvolgendole le braccia intorno alla vita per poi appoggiare il mento sulla sua spalla. Henley era sul portico sul retro dello chalet a fissare gli alberi mentre sorseggiava il caffè.

Non si voltò e si appoggiò a lui, dandogli un po' del suo peso. «Solo che sono felice. Questa settimana è passata in fretta, ma è stata davvero *molto* bella.»

Le strofinò il naso sul collo, sotto l'orecchio. «Sì, ho avuto la sensazione che la pensassi così ieri sera quando mi hai afferrato per i capelli e non mi hai permesso di prendere aria mentre ero tra le tue cosce.»

Henley ridacchiò e si girò tra le sue braccia, facendo attenzione a non rovesciare il caffè, poi gli diede uno schiaffo sul petto. «Non ti ho sentito lamentarti» ribatté.

«Non avresti potuto sentirmi se l'avessi fatto, visto che la mia bocca era occupata a fare altro.»

Lei scoppiò a ridere e quando riprese il controllo, disse in tono serio: «Sai, pensavo di sapere come fosse fare del buon sesso, ma mi sbagliavo di grosso. Non ne avevo la minima idea. Tu, Finn Matlick, mi fai provare cose che non ho mai provato prima.»

«Quando sei con qualcuno che ami, tutto è migliore. Anche stare nel portico al mattino a guardare il mondo che si sveglia» ammise solennemente.

«Ti amo» disse Henley.

«Hai fatto tornare in me l'amore per la vita» ribatté lui.

Gli sorrise. «Siamo sdolcinati stamattina.»

«Già» mormorò con una piccola scrollata di spalle.

«Dobbiamo capire come fare.»

«Come fare cosa?» le chiese.

«L'amore con Jasna in casa.»

Fece un sorrisetto. «Pensi di poter essere silenziosa?»

«Ehm... forse?»

Finn scoppiò a ridere.

Lo guardò fingendosi offesa. «È esattamente quello che intendo! Dobbiamo trovare una soluzione. Perché mi piace stare con te, Finn. Mi piace averti dentro di me.»

Lui tornò serio. «La troveremo. Forse finiremo per fare l'amore di giorno invece che di notte, ma mi sta bene, se è così anche per te.»

Henley ci pensò un attimo, poi annuì. «Posso accettarlo. Jasna tornerà presto a scuola.»

«Appunto.»

Gli rivolse un sorrisetto. «Anche se posso dire che non mi dispiace nemmeno stare sdraiata tra le tue braccia senza fare sesso.»

«Non l'avevo mai fatto prima di averti, ma devo dire che sono d'accordo.»

«Non l'avevi mai fatto?»

«No. Prima di te ero il tipo di uomo che "amava e se ne andava". Non vedevo il motivo di restare, non volevo indurre nessuna donna a pensare che ci sarebbe potuto essere qualcosa di più» disse con un'alzata di spalle.

Henley arricciò il naso.

«Che c'è?»

«Sono gelosa» ammise. «Non mi piace pensarti con un'altra.»

«Nemmeno a me piace pensarti con un altro» concordò. «Allora che ne dici di fare un patto? D'ora in poi non parleremo mai più di partner passati.»

«Ci sto!»

«Bene. Oggi esci con le ragazze, vero?»

«Sì, vado a pranzo con Alaska, Ryan e Luna, poi portiamo Luna in quel negozio che vende tutti prodotti britannici perché vuole prendere un po' di quel cioccolato che abbiamo comprato l'ultima volta.»

«Bene.»

«Visto che sono in centro, vuoi che prenda qualcosa per cena?»

«Se vuoi.»

«Cosa ti andrebbe?»

«Non mi importa. Finché posso stare insieme a te nella nostra ultima notte da soli, non me ne frega un cazzo di quello che mangeremo.»

Henley non poté fare a meno di rivolgergli un sorriso malizioso.

Finn alzò gli occhi al cielo. «Hai una mente perversa.»

«Non posso farci niente!» protestò lei. «Soprattutto dopo quello che hai appena detto.»

«Che ne dici di questo: non mi interessa cosa porterai a casa per cena, perché *dopo* mangerò fino a saziarmi.»

Lei ridacchiò. Amava quell'uomo. Da morire. «Cosa fai oggi?»

«Le solite cose. Verrà il veterinario per controllare il

graffio sul fianco che Melba si è fatta sul recinto l'altro giorno... sarà una rottura perché sai quanto odia essere visitata. Poi ho pensato di fare un salto al canile per vedere quali sono i cani disponibili. Voglio dare un'occhiata al temperamento dell'unico Pitbull che hanno, e degli incroci di segugio. L'ultima cosa che voglio è che Jas si innamori di uno di loro, per poi ritrovarsi con un cane aggressivo o non addestrabile.»

La sua preoccupazione per la figlia la intenerì.

«Ti amo» sussurrò.

Lui le sorrise. «Io di più. Ora dobbiamo muoverci, così non farai tardi al lavoro. Sei sicura di essere d'accordo che venga a prenderti Ryan?»

«Perché non dovrei? Verrà direttamente da qui dopo che avrà ultimato le stanze previste dal suo programma e Luna avrà finito di aiutare suo padre con il pranzo. Può riaccompagnarci tutte e tre terminato lo shopping. Non c'è problema.»

«Volevo solo esserne sicuro. E visto che non guidi tu, non preoccuparti per la cena. Possiamo prepararcela qui o prenderò qualcosa da Robert.»

«Va bene. La mia povera macchina non viene più usata molto, visto che ci porti sempre in giro tu.»

Finn scrollò le spalle. «È un piacere per me portarvi ovunque abbiate bisogno di andare.»

«Sei un po' un maniaco del controllo» lo prese in giro.

«Già. Ma mi ami lo stesso.»

«Sì.»

Le tolse di mano la tazza, se la portò alle labbra e bevve il resto del caffè.

«Ehi!» si lamentò Henley. «Non avevo finito.»

«Adesso sì» replicò lui con un sorriso. «E devi ancora

fare la doccia. Oh, aspetta, anch'io. Lo so, possiamo farla insieme per risparmiare tempo e acqua.»

«Pensi davvero che risparmieremo tempo e acqua se la facciamo insieme?» ironizzò, mentre Finn la riconduceva in casa.

Non le rispose, si limitò a sorridere proseguendo verso la camera da letto.

Lei ridacchiò. Avevano tempo per una sveltina? Non proprio. Ma il suo primo appuntamento sarebbe stato da lì a un'ora e mezza e Mike non si aspettava che lei fosse allo studio a un orario preciso. Così non protestò quando Finn la trascinò in bagno e le afferrò l'orlo della maglia per sfilargliela dalla testa.

«Mi devi un caffè» scherzò, andando sotto il getto d'acqua calda.

«Ci fermeremo in quel bar che ti piace tanto» disse lui distrattamente, attirandola contro il suo corpo caldo, nudo e bagnato. Il suo cazzo era duro in mezzo a loro e Henley poté solo sorridere.

Quello era ciò che aveva sognato quando aveva vent'anni. *Quello* era ciò che aveva sempre desiderato in un partner. Qualcuno con cui ridere, che la desiderasse quanto lei desiderava lui, qualcuno con cui condividere la sua vita.

Poi Finn la baciò e Henley non riuscì a pensare ad altro.

———

Ore dopo, mentre era a pranzo con le amiche, Henley sentiva ancora Finn tra le gambe. Aveva fatto l'amore con lei in modo duro, veloce e appassionato, e anche se erano stati spontanei e si trovavano in quella maledetta doccia, non aveva dimenticato il preservativo.

Non aveva tradito nemmeno una volta la promessa di proteggerla.

Ma, come gli aveva già detto, era pronta a non usarli più. La settimana successiva aveva un appuntamento con il ginecologo per parlare delle opzioni di contraccezione.

«Allora... immagino che quel sorriso significhi che hai passato una bella settimana» la stuzzicò Alaska.

Luna scosse la testa. «Non riesco ancora a credere che tu e Tonka stiate insieme.»

«Perché?» chiese Ryan. «Penso che siano adorabili insieme.»

«Oh, lo sono» concordò l'altra. «Ma stiamo parlando di *Tonka*. È quello asociale. Mio padre mi ha detto che lo ha conosciuto dopo *un mese* che lavorava lì.»

«Sai come si dice» scherzò Alaska. «I più tranquilli sono gli amanti migliori.»

Tutte ridacchiarono.

«Giusto, Henley?» sondò, sporgendosi dal tavolo.

«Sì» confermò lei senza alcun imbarazzo.

Le altre tre esultarono, facendo sì che tutti i presenti nel piccolo ristorante le guardassero con curiosità.

«Shhh, ragazze. Accidenti.» Henley ridacchiò.

«Ma sul serio, va ancora tutto bene?» le chiese Alaska.

«Sì. Molto bene» rispose.

«Ho sentito che state per prendere un cane» aggiunse Luna. «È vero?»

Henley sbuffò. «Sì. Finn è riuscito a far passare il malumore a Jasna mentre la stavamo accompagnando al campus, chiedendole se fosse *interessata* a prendere un cane.» Alzò gli occhi al cielo. «Come se avrebbe detto di no.»

«Allora, andate a prenderlo domani?» chiese Ryan.

«È ciò che vorrebbe mia figlia, ma no, andiamo sabato.»

Tutte risero di nuovo.

Henley tornò seria. «Però questo è davvero un grande passo per Finn. Ha perso il suo partner canino poco prima di uscire dalla Guardia Costiera. È stato un evento traumatico e violento. Onestamente non ero sicura che avrebbe mai voluto avere un altro cane.»

«Mi dispiace» disse Alaska, mettendo la mano sulla sua.

«Già, è terribile» concordò Ryan.

Lei annuì. «Penso che gli farà bene. Di recente ha parlato con il suo ex collega, quello che era presente quel giorno, e credo che abbia smosso qualcosa in lui quando gli ha detto di avere un segugio. Deve aver riflettuto sul fatto che se il suo amico era riuscito a voltare pagina e a prendere un cane, forse poteva farlo anche lui.»

«È bravissimo con gli animali del Rifugio» disse Luna annuendo. «Ce la farà.»

«Lo penso anch'io» concordò Henley. «Però sta esagerando, proprio come fa con la maggior parte delle cose che riguardano me o Jasna. Ha detto che oggi sarebbe andato al canile a "dare un'occhiata ai cani" per assicurarsi che fossero adatti a stare con qualcuno della sua età.»

«Non so, penso che sia una cosa intelligente» sostenne Alaska.

«Hai guardato sul sito web per vedere che razze sono disponibili?» chiese Ryan.

«Certo che l'ho fatto. L'altra sera io e Finn ne abbiamo discusso. Ha detto che potevamo guardare solo i cani di grande taglia, ma ho pensato che il piccolo Yorkshire fosse adorabile.»

«Fammi indovinare, vuole un cane grosso e cattivo che protegga te e Jas, giusto?» domando Luna ridendo.

«Sì.»

«Be', quelli più piccoli tendono ad abbaiare tanto» fece notare Ryan. «E suppongo che i ragazzi del Rifugio non ne vogliano in giro dato che c'è il rischio che disturbino gli ospiti.»

«È vero» concordò Henley un po' a malincuore. «Ma credo che Finn sarebbe in grado di addestrare qualsiasi cane per far sì che impari a *non* abbaiare in modo insopportabile. È davvero straordinario.»

Alaska, che non aveva ancora lasciato la sua mano, gliela strinse. «Ti prego, dimmi che siete follemente innamorati, che sposerai Tonka e ti trasferirai al Rifugio, così non sarò l'unica donna a vivere lì a tempo pieno.»

Henley si sentì arrossire. Fece un piccolo sorriso all'amica e scrollò le spalle. «Lo amo, e anche lui dice di amarmi, ma non siamo ancora vicini alla fase del matrimonio. Dobbiamo vedere come andranno le cose.»

Alaska emise un gridolino di gioia e si sistemò sulla sedia. Prese una forchetta e infilzò una patatina fritta, inzuppandola in un contenitore di salsa ranch, prima di guardare Henley con un enorme sorriso. «Voi due vi sposerete di sicuro. Se pensi che Tonka sia così stupido da aspettare a lungo per metterti un anello al dito, non conosci bene questi ragazzi.»

«Non vedo nessun anello al *tuo* dito» disse Ryan, sostenendo l'ovvio.

Alaska si infilò la patatina in bocca e sorrise di nuovo mentre masticava. Appena deglutì, svelò: «Oh, Drake ha un anello, ma non sono ancora pronta a fare l'ultimo passo.»

Tutte e tre le donne parlarono contemporaneamente.

«Cosa?»

«Ce l'ha?»

«Porca miseria, davvero?»

Alaska annuì. «Lo amo. L'ho sempre amato. Ma... non so. C'è sempre quel piccolo dubbio nella mia testa che mi fa chiedere se siamo andati troppo in fretta. Se lui abbia iniziato a provare qualcosa per me solo a causa di quello che è successo. Sai, la faccenda della damigella in pericolo e tutto il resto.»

«Ma per piacere, donna. Brick non riesce a toglierti gli occhi di dosso. O le mani, se è per questo» sostenne Luna. «Giuro che l'altra sera pensavo ti sarebbe saltato addosso proprio lì alla reception, dopo che hai gestito quell'ospite odioso che si lamentava per ogni minima cosa e che quando se n'è andato pendeva dalle tue labbra, promettendo persino di fare una donazione per lo chalet dei prigionieri di guerra. Brick era lì che ti guardava a bocca aperta. Voi due siete perfetti l'uno per l'altra. Sposalo e metti fine alla sua sofferenza.»

Le ragazze annuirono.

«Ci sto arrivando» le rassicurò.

Henley si sentì sollevata quando passarono a parlare di cose più banali, come il menu della settimana successiva e il fatto che i ragazzi stavano pensando di ordinare nuovi asciugamani più morbidi.

«Non so voi, ma io sono piena» disse Alaska, dopo aver divorato tutta la coppa di gelato al brownie che avevano ordinato.

«Anch'io» concordò Ryan, accarezzandosi lo stomaco.

Henley pensò che non avrebbe mangiato per una settimana. Il cibo era stato buonissimo e si sentiva davvero sazia.

«Allora, qual è il programma per il resto della giornata?» chiese Luna.

«Se non vi dispiace, pensavo che potremmo fermarci di nuovo in quel negozio dell'usato. È così divertente rovistare in cerca di tesori» disse Alaska. «Poi possiamo andare da Bliss per Luna come ultima fermata. Immagino che a Henley non dispiaccia tornare un po' prima del previsto, così potrà passare l'ultima notte con Tonka prima che Jas torni a casa.»

Non fu nemmeno imbarazzata di annuire con entusiasmo. Non le importava che le sue amiche sapessero quanto fosse ansiosa di passare più tempo con il suo uomo. Non le importava che tutti sapessero che lo amava.

Si allontanarono dal tavolo e dopo aver discusso su chi dovesse lasciare la mancia, decisero di mettere tutte un po' di soldi per il ragazzo del college che era stato il loro cameriere. Salirono sull'Explorer di Ryan, e Henley pensò che non ricordava un momento in cui fosse stata più serena.

Sua figlia era sana e felice, aveva un lavoro che amava, aveva Finn, e ora una cerchia di amiche con cui ridere e uscire.

Dopo essere state al negozio dell'usato e aver riempito il retro del SUV di borse, mentre erano sulla strada per portare Luna a prendere i dolcetti inglesi, il telefono di Henley squillò. Sorridendo, pensando che fosse Finn, diede a malapena un'occhiata allo schermo prima di portare il cellulare all'orecchio.

«Pronto?»

«Henley McClure?»

«Sì, chi parla?» disse, aggrottando la fronte quando non riconobbe la voce e chiedendosi perché avesse un tono così allarmato.

«Sono Samantha White, del campeggio Horseshoe Bend. Ha sentito Jasna questo pomeriggio?»

Henley sentì il sangue defluirle dal viso. «Come scusi? No. Perché? Cos'è successo?»

«È scomparsa. Abbiamo cercato dappertutto e non riusciamo a trovarla. Oggi pomeriggio c'è stata un'escursione di gruppo e quando abbiamo contato i presenti dopo essere tornati al campo, lei non c'era. Alcuni istruttori la stanno ancora cercando, ma volevo metterla al corrente di quello che sta succedendo.»

Henley non riusciva a respirare. Stava vivendo letteralmente il suo peggior incubo.

«E odio doverlo chiedere, ma so che anche la polizia vorrà saperlo. Li abbiamo già chiamati e stanno arrivando. C'è qualche motivo per cui potrebbe non voler tornare a casa? Avete litigato prima che arrivasse al campus o da quando è qui? È tipico dei ragazzi della sua età arrabbiarsi per un motivo o per l'altro e scappare.»

Le altre donne in macchina la stavano guardando con preoccupazione, ma lei non riusciva a fare altro che fissare il poggiatesta davanti con uno sguardo vuoto.

«Cosa? No! Jasna non scapperebbe mai. Sì, abbiamo avuto una piccola discussione, ma tutto si è risolto prima che la lasciassimo lì. Non vede l'ora di tornare a casa perché questo fine settimana prenderemo un cane. Ha con sé il telefono? È possibile che... qualcuno l'abbia *rapita*?» Quando arrivò all'ultima domanda stava praticamente sussurrando.

«Non permettiamo ai campeggiatori di avere i loro

telefoni durante il giorno, devono lasciarli negli chalet. E sono sicura che sta bene. Probabilmente si è allontanata per fare i sui bisogni e si è persa. La troveremo, ne sono certa, ho dovuto avvisarla perché è previsto dai nostri protocolli.»

Henley avrebbe voluto urlare. *Ovvio* che avrebbero dovuto avvisarla se la sua bambina era *scomparsa*, maledizione! L'unica cosa che voleva ora era chiamare Finn. Lui avrebbe saputo cosa fare. Avrebbe trovato Jasna. «Mi chiami se la trovate» disse in fretta, poi riagganciò.

«Che succede? Jasna è scomparsa?» chiese Alaska preoccupata.

Henley fece un respiro profondo e si rifiutò di mettersi a piangere. «Sì. Sono andati a fare un'escursione e quando sono tornati al campo non era più con loro.»

«Quindi probabilmente si è persa nel bosco» disse Luna, con voce un po' tremante. «Voglio dire, non può essere che là fuori ci fosse qualcuno che aveva intenzione di rapirla. Ha solo dodici anni.»

Alle parole dell'amica, le si gelò il sangue.

Pensò subito alla conversazione avuta con Mike all'inizio dell'estate, quando le aveva parlato della lista di persone da eliminare di Christian Dekker. Non ci aveva più pensato, erano anni che non aveva contatti con quel ragazzo problematico.

Ma ora non riusciva a smettere di farlo.

«Che c'è? A cosa stai pensando?» le chiese Alaska, seduta accanto a lei sul sedile posteriore.

«Christian Dekker» sussurrò, quasi timorosa di pronunciare quel nome ad alta voce.

«Cosa? Chi è?» domandò Ryan.

«È un ragazzo che ho assistito qualche anno fa, quando

aveva dodici anni. Non era... a posto» spiegò. «Era veramente malvagio, e non lo dico con leggerezza. Il mio capo si occupò delle sue sedute dopo di me. Non lo vedo da anni, ma all'inizio dell'estate Mike mi ha informata che avevano chiamato i suoi genitori e che gli hanno detto di aver trovato un quaderno con una lista di persone che voleva uccidere.»

«*Jasna* era su quella lista?» chiese Luna inorridita.

«Be', no. Ma c'ero io. E Mike, e circa altre due dozzine di persone. All'epoca non ci ho pensato molto, ma ora... e se fosse andato a cercarla?» sussurrò, con gli occhi pieni di lacrime.

«No, non pensare al peggio» disse Luna con fermezza. «Non fasciarti la testa prima di rompertela. La stanno cercando, no?»

Henley annuì.

«E la polizia sta andando lì?»

Annuì di nuovo.

«Ok, quindi la troveranno» continuò, cercando ovviamente di essere positiva.

«Ryan, dobbiamo tornare al Rifugio» disse Alaska con urgenza. «I ragazzi sapranno cosa fare.»

Senza dire una parola, Ryan fece un'inversione a U in mezzo alla strada. Ignorò le persone che le suonarono il clacson e la scansarono mentre partiva spedita verso il Rifugio.

«Devo chiamare Finn.»

Alaska mise la mano sulla sua prima che potesse sollevare il cellulare. «Saremo lì tra cinque minuti. Puoi dirglielo di persona. Non reagirà bene, quindi non dovresti informarlo per telefono.»

Henley avrebbe voluto scrollarsi di dosso l'amica. Dirle

che si sbagliava. Che aveva bisogno del sostegno di Finn in *quel momento*, ma dopo aver riflettuto sulle sue parole, annuì.

Lui avrebbe perso la testa e l'ultima cosa che voleva era che facesse qualcosa di impulsivo e avventato. Se glielo avesse detto di persona, avrebbero potuto decidere insieme come comportarsi e forse lei e i suoi amici avrebbero potuto evitare che facesse una sciocchezza.

Fece un respiro profondo. Voleva credere disperatamente che Jasna si fosse semplicemente allontanata e persa. Che sarebbe ricomparsa dal bosco, forse un po' spaventata e imbarazzata per la preoccupazione che aveva causato.

Ma dentro di lei lo sapeva bene.

Jasna era una bambina responsabile. Non si sarebbe allontanata, almeno non senza dirlo a qualcuno.

Non aveva prove che Christian avesse rapito sua figlia, ma nonostante ciò... se lo sentiva.

Il male l'aveva trovata di nuovo e questa volta si era preso la persona più preziosa della sua vita. Non era stato sufficiente aver dovuto ascoltare mentre sua madre veniva aggredita e uccisa e poi aver perso suo padre accoltellato in una rissa. Ora doveva affrontare anche la scomparsa di Jasna.

Non era giusto.

«Tieni duro, Hen» disse Alaska, stringendole forte la mano. «Siamo quasi arrivate. Ti stiamo portando da Tonka.»

Chiuse gli occhi. Non riusciva a pensare. Non riusciva nemmeno a piangere. Aveva bisogno di Finn. Subito. Lui avrebbe saputo cosa fare. Avrebbe trovato sua figlia.

L'alternativa era inconcepibile.

CAPITOLO DICIASSETTE

«Fiiinn!»

Tonka alzò la testa di scatto quando sentì Henley urlare il suo nome e lasciò subito cadere il forcone che stava usando per spostare il fieno. La paura e la sofferenza nella sua voce gli fecero aumentare l'adrenalina. Non aveva idea di che problema ci fosse, ma era successo di sicuro qualcosa.

Gli aveva mandato un messaggio nemmeno un'ora prima, dicendogli che si stavano divertendo e che sarebbe tornata al Rifugio prima di cena.

Era troppo presto perché fosse già lì.

Tonka si mise a correre senza nemmeno rendersene conto. Vide l'Explorer di Ryan parcheggiata a caso e Henley che stava correndo verso di lui.

Gli si gettò addosso e parlò così velocemente e con così tanta emozione che non riuscì a capire nulla di ciò che stava dicendo.

«Fai un bel respiro, amore. Cosa c'è che non va?»

La guardò inspirare profondamente prima di sbottare:

«Jasna è scomparsa! Hanno chiamato dal campus e non riescono a trovarla!»

Tonka fu certo che il suo cuore si fosse fermato. «Cosa? *Come?*»

«Non lo so!» piagnucolo Henley. «Hanno detto che stavano facendo un'escursione e quando sono tornati non c'era! La stanno cercando, ma Finn... e se non la trovassero?»

«La troveranno. *Noi* la troveremo» disse con decisione mentre un'ondata di adrenalina lo travolgeva. Scacciò il panico che minacciava di sopraffarlo al pensiero di quanto dovesse essere spaventata Jas.

«È Christian!»

«Cosa?» chiese Tonka, facendo del suo meglio per concentrarsi. Aveva già girato Henley e la stava conducendo velocemente verso il lodge. Aveva bisogno di aiuto.

«Christian Dekker. Ti ho parlato di lui. Sai quel ragazzo che avevo in terapia e che non sono riuscita ad aiutare? Quello malvagio.» Sussurrò l'ultima parte.

Tonka scosse la testa. «Non puoi saperlo.»

Henley tremava così tanto da faticare a camminare. «Invece lo *so*» insistette, mentre si teneva aggrappata a lui con forza.

Continuò a guidarla verso il lodge, notando distrattamente che Luna e Alaska erano dietro di loro. Non sapeva dove fosse andata Ryan, ma al momento l'unica cosa che gli interessava era la donna tra le sue braccia e ottenere informazioni per poter trovare Jasna.

Alaska doveva aver mandato un messaggio a Brick, perché uscì dalla porta sul retro con Spike e Pipe alle sue spalle.

«Ho avvisato gli altri. Stanno arrivando» disse Pipe con voce dura.

«Che informazioni abbiamo? Dov'è stata vista Jas l'ultima volta?» chiese Spike.

«Hanno chiamato la polizia? Dobbiamo diramare un'allerta AMBER, l'allarme nazionale di sospetto rapimento di minore» aggiunse Brick.

Tonka ignorò gli amici. Tutta la sua attenzione era rivolta a Henley. La trascinò dentro, si accomodarono su uno dei divani dell'atrio e la prese tra le braccia. «Comincia dall'inizio. Raccontaci tutto» ordinò con dolcezza.

La ascoltarono mentre ripeteva la conversazione che aveva avuto con la signora che aveva chiamato dal campus. Dopo aver riferito quello che sapeva, che non era molto, Henley spiegò: «Mike all'inizio dell'estate mi ha informata che i genitori di Christian avevano trovato una lista nera o qualcosa del genere, scritta da lui, di persone che voleva uccidere. Io e Mike siamo su quella lista, insieme ad altre venti persone. Non ci avevo più pensato, ma ora non riesco a smettere di farlo.»

«Merda» mormorò Brick.

«Vado ad allertare gli ospiti» disse Spike.

«Jasna era su quella lista?» le chiese Tonka.

«Non che io sappia, ma se avesse deciso di prenderla perché è una bambina e quindi un bersaglio più facile?»

Era proprio quello che lo preoccupava.

«Credo che prima di fare qualsiasi cosa, dobbiamo parlare con Mike. E con la polizia. Far loro presente le preoccupazioni di Henley. Forse anche sentire i genitori di questo Christian. Quanti anni ha adesso?» domandò Tonka.

«Sedici, credo.»

Stava ancora tremando, ma non era sicuro che se ne rendesse conto. Le sue mani erano gelate e sospettava che stesse per collassare. Nel frattempo erano arrivati anche gli altri tre amici. Alzò lo sguardo verso Owl. «Puoi darle una coperta?»

Senza dire una parola, l'uomo annuì e si girò per prenderne una di quelle che tenevano sempre a portata di mano nel caso un ospite avesse freddo.

Tornò dopo pochi secondi e Tonka la avvolse intorno a Henley. La sua mente correva a un milione di chilometri all'ora.

«Andiamo al campeggio per aiutare nella ricerca?» chiese Stone.

Tonka strinse forte le labbra mentre gli altri discutevano sul da farsi. Voleva fare qualcosa. Aveva bisogno di andare a cercare la bambina che era diventata importante per lui quanto sua madre. Ma chi avrebbe confortato Henley?

Si sentiva combattuto, ed era una sensazione *angosciante*. Aveva giurato che non sarebbe mai più stato con le mani in mano se ci fosse stata anche la minima possibilità di evitare che qualcuno che amava venisse ferito. Non fare nulla mentre Garcia torturava Steel aveva lasciato un'enorme cicatrice nel suo cuore e nella sua psiche, e non poteva ripetere quell'esperienza, anche a costo di venire ferito lui stesso.

Ma come poteva abbandonare Henley proprio quando aveva più bisogno di lui?

«Tonka, vieni con noi?» gli chiese Tiny.

Dopo una pausa, scosse la testa, anche se serrò i denti così forte che gli sembrò di essersene rotto uno. «Rimango qui con Henley.»

«No.»

Ignorando gli sguardi sorpresi dei suoi amici a quell'affermazione, Tonka si voltò verso la donna che amava.

«Devi andare» gli disse.

«Devo prendermi cura di te» replicò lui.

Lei scosse ostinatamente la testa. «No. Jasna ha bisogno di te. So che vuoi essere là fuori ad aiutare. E quando la troverai e sarà spaventata, sarà meglio che ci sia tu a confortarla.»

Che situazione di merda. Provò un enorme senso di colpa per il fatto di sentirsi sollevato di poter andare a cercare Jas, nonostante volesse confortare Henley.

«Staremo noi qui con lei» lo rassicurò Alaska. «Non la lasceremo sola nemmeno per un secondo.»

«Rimarremo qui anche io e Owl» disse Stone.

«E anch'io» aggiunse Pipe. «Mi assicurerò che gli ospiti sappiano cosa sta succedendo e che rimangano aggiornati nel caso questo tizio decida di venire qui per qualche motivo.»

«Prendere Jas potrebbe essere un diversivo per farlo arrivare a Henley» fece notare Owl.

Merda, Tonka non ci aveva nemmeno pensato. «Allora dovrei rimanere.»

«No!» ripeté lei quasi con affanno. «Ti prego, Finn! Mi sentirò meglio se ci sarai tu là fuori a cercarla. Mi fido di te.»

Quella donna lo faceva impazzire. Le prese il viso tra le mani e si chinò in modo da appoggiare la fronte sulla sua. Lei gli afferrò i polsi e si aggrappò così forte che sapeva gli avrebbe lasciato dei segni sulla pelle.

«Giuro che te la riporterò a casa.»

«Ok.»

«Lo farò» insistette.

Henley fece un respiro profondo e lui imprecò mentalmente per le lacrime che le scesero lungo le guance. «Non puoi prometterlo. So meglio di chiunque altro che a volte le cose brutte accadono alle persone buone. Ma so anche che farai tutto ciò che è in tuo potere per riportarla a casa sana e salva, se sarà possibile.»

Tonka odiava che avesse ragione. Non avrebbe dovuto promettere nulla, eppure non poteva farne a meno. «Lo farò» giurò.

Lei annuì. «Vai, Finn. Ti prego, trova la mia bambina.»

La baciò e si prese dei secondi preziosi per asciugarle le lacrime dalle guance. Poi si rivolse a Owl, Stone e Pipe, senza toglierle le mani dal viso. «Prendetevi cura di lei» ordinò burbero.

Tutti e tre annuirono subito.

«Non la perderemo di vista» promise Stone.

«Grazie» disse ai suoi amici. Poi si girò verso Henley e ripeté quella parola. Lei sapeva per cosa la stava ringraziando.

Per avergli permesso di fare ciò che doveva fare.

In risposta, sollevò un po' il mento e lo baciò brevemente prima di lasciarlo andare e dargli una piccola spinta.

Tonka si alzò e si voltò verso gli altri tre. «Andiamo.»

«Guido io» disse Brick con decisione.

Lui annuì, perché in tutta onestà era meglio che non si mettesse al volante in quel momento. I quattro uomini uscirono dal lodge, intenzionati a raggiungere il campeggio di Jasna e scoprire cosa diavolo fosse successo.

Quando arrivarono, il posto era pieno di poliziotti. I ragazzini erano stati tutti ammassati in uno dei tanti edifici perché non intralciassero e per tenerli al sicuro.

Tonka si avvicinò al primo agente che vide e disse: «Sono un parente di Jasna. Ci sono indizi su dove possa essere?»

La donna gli rivolse uno sguardo colmo di compassione e scosse la testa. «No, ma ci sono persone in tutto il bosco. Hanno dei fischietti, e se è qui la troveranno e ci avviseranno.»

Era il "se è qui" che lo preoccupava.

«Siamo del Rifugio» aggiunse Brick. «Possiamo aiutarvi. Io e Tiny siamo ex SEAL, Spike era della Delta Force e Tonka era un membro della Guardia Costiera. Siamo addestrati ad assistere in un modo che la maggior parte dei volontari non è in grado di fare.»

Quando aveva detto che volevano aiutare, la donna era sembrata sul punto di rifiutare cortesemente, ma una volta spiegato chi erano e il loro passato, sembrò cambiare idea. Si portò una trasmittente alle labbra e informò chiunque fosse all'altro capo che erano arrivati altri aiuti.

Dopo pochi minuti, quattro uomini si diressero verso di loro. Avevano tutti una radio della polizia, ma erano vestiti come per fare un'escursione: pantaloni cargo, maglietta, zaino e stivali.

«Questi uomini vengono dal Rifugio. Lui è un parente della ragazza scomparsa» disse la donna ai nuovi arrivati. Poi si rivolse a Tonka e ai suoi amici. «Ognuno di voi vada con uno dei nostri agenti fuori servizio. Fate quello che vi dicono, quando ve lo dicono. Non fatemi pentire di avervi permesso di aiutare.»

Tonka capiva. Coinvolgere civili, anche quelli con un passato militare, era rischioso in ricerche come quella. L'ultima cosa di cui avevano bisogno era che qualcuno si perdesse o facesse qualcosa che avrebbe potuto distrarre i ricercatori dal loro obiettivo. Nel loro caso, trovare Jasna.

Tutti annuirono.

Brick si voltò verso Tonka. «Rimani in contatto. Ci ritroveremo qui se succede qualcosa. *Non* prendere iniziative per conto tuo. Capito?»

Annuì, apprezzando la sua professionalità più di quanto potesse esprimere. Lo aiutò a concentrarsi sul compito da svolgere, invece di preoccuparsi di ciò che Jasna stava provando o attraversando.

Brick gli strinse forte la spalla e annuì, poi i quattro uomini seguirono i loro accompagnatori, che si addentrarono nel bosco in direzioni diverse.

«Io sono Tonka» disse, presentandosi al tizio con cui era accoppiato.

«Bret. Sono una guardia forestale di stanza qui a Los Alamos.»

Francamente non gli sarebbe importato nemmeno se quell'uomo fosse stato il Presidente degli Stati Uniti. Finché sapeva fare il suo lavoro e poteva comunicare con le altre persone che stavano cercando, era a posto. «Dove avete controllato finora?»

Mentre Bret spiegava come si stava svolgendo la ricerca e dov'erano diretti, Tonka deglutì a fatica. Il tempo era discreto. Non faceva né troppo caldo né troppo freddo. Non pioveva e la notte avrebbe dovuto essere più calda del solito. Tutte cose che avrebbero dovuto renderlo felice. Ma non era così. Perché pensare a Jasna che passava la notte nel bosco lo spaventava a morte. Era una ragazza intelligente, ma sapeva che quando ci si perdeva era meglio rimanere ferma in un posto?

Tonka si prese a calci per non essersi assicurato che

conoscesse le basi della sopravvivenza all'aperto. Credeva che non ne avrebbe mai avuto bisogno. Ma poi c'era *qualcuno* che pensava di potersi perdere nel bosco? Il Rifugio si trovava nel bel mezzo di una delle zone meno popolate dello Stato, avrebbe dovuto almeno insegnarle a usare una bussola e cosa fare se si fosse persa nella proprietà.

Stavano camminando e chiamando Jasna da circa venti minuti quando gli squillò il telefono. Abbassando lo sguardo vide che era Tiny.

«L'hai trovata?» gli chiese.

«No. Ma volevo farti sapere che i genitori di Christian Dekker si sono presentati alla stazione di polizia. È stato diramato l'allarme di sospetto rapimento di un minore e loro sono spaventati a morte.»

«Perché?»

«Pensano che potrebbero essere i prossimi. Che il figlio stia portando a compimento ciò che ha scritto. Sono andati a parlare con i detective e hanno raccontato tutto quello che potevano. Non ci sono prove che ci sia lui dietro la scomparsa di Jasna, ma non hanno voluto correre il rischio quando hanno riconosciuto il cognome di Henley. Non appena avranno finito alla stazione di polizia lasceranno Los Alamos.»

«Merda. Che cos'hanno detto?»

«Non ho tutti i dettagli, solo quello che ho sentito alla radio dell'agente con cui sono. Ma credo che per tutta l'estate sia entrato e uscito da casa quando voleva. In primavera ha lasciato la scuola. Non parla molto con loro, fa praticamente finta che non ci siano. Hanno detto che si comporta in modo inquietante.

La brutta notizia è che nessuno ha visto il ragazzo. Nessuno nel campus ricorda di averlo incontrato e i suoi genitori non lo vedono da giorni. Non ci sono prove che abbia a che fare con la scomparsa di Jasna. Al momento gli agenti continuano a pensare che si sia allontanata e persa.»

Si sentì rimescolare la pancia. Ricordava la paura nella voce di Henley quando gli aveva parlato del cliente che credeva fosse nato malvagio. Prima che succedesse il fattaccio con Steel, non credeva che alcune persone potessero nascere cattive, ma dopo aver sperimentato la totale mancanza di umanità di Pablo Garcia, aveva cambiato idea.

Se Henley pensava che Christian Dekker fosse capace di fare del male alle persone vicine a lui senza provare rimorso, le credeva.

«La polizia sta cercando Dekker?» chiese.

«Sì... ufficiosamente» rispose Tiny.

Era già qualcosa. «Ok. Ha un telefono? Possono rintracciarlo?»

«Non senza un mandato.»

Merda. Non c'era modo di sapere quanto tempo ci sarebbe voluto per ottenere un'ordinanza del tribunale, soprattutto senza alcuna prova se non i timori dei suoi genitori e i sospetti di Henley.

Se Christian Dekker l'aveva rapita, Jasna poteva essere letteralmente ovunque. Potevano essere già a metà strada per Albuquerque. L'allerta di sospetto rapimento era un'ottima cosa, si sperava che incoraggiasse la gente a stare in guardia. Ma senza il nome della persona coinvolta o la descrizione dell'auto associata all'allerta... era come cercare un ago in un pagliaio. Se Jas fosse stata nel bagagliaio di una macchina o nascosta da qualche altra parte, nessuno avrebbe avuto la possibilità di vederla o identificarla.

Tonka conosceva le statistiche. I tempi di ritrovamento dei bambini scomparsi rientravano in una finestra molto piccola, poi le possibilità di essere trovati vivi precipitavano. Non poteva immaginare che Jasna potesse venire maltrattata o ferita.... o uccisa. La sua morte avrebbe distrutto Henley.

Era sopravvissuta all'aggressione e all'omicidio della madre. Non era sicuro che sarebbe riuscita a sopportare che anche sua figlia fosse vittima di una morte violenta.

«Grazie della chiamata» disse a Tiny con un tono devastato.

«Mi dispiace, Tonka.»

«Lo so. Dobbiamo solo sperare che sia qui da qualche parte.»

«Ti farò sapere se sento qualcos'altro.»

Annuì, anche se l'altro non poteva vederlo. «Ok.»

«A dopo.»

Chiuse la chiamata, grato che il suo amico non lo avesse salutato con insignificanti luoghi comuni. Fece un respiro profondo e si rivolse a Bret. «Quanto veloce riesci a camminare?»

«Molto» rispose con un'espressione determinata.

«Bene. Perché se devo perlustrare ogni centimetro di questo maledetto bosco, è quello che farò» sostenne.

L'altro annuì e proseguirono a un ritmo molto più sostenuto di prima. Se Jasna era lì fuori, qualcuno l'avrebbe trovata. Dovevano.

CAPITOLO DICIOTTO

CHRISTIAN DEKKER GUARDÒ la ragazza ammanettata a un palo che aveva conficcato nel pavimento della baita fatiscente, e si accigliò.

Rapirla era stato più facile di quanto avesse immaginato. Quasi deludente.

Quando aveva seguito la strizzacervelli, scoprendo che stava accompagnando la marmocchia in un campeggio, era stato elettrizzato. Anche se in giro c'erano molti bambini e istruttori, non erano certo ex militari come i proprietari del Rifugio. Sapeva che sarebbe stato facile portare via la ragazza.

E aveva avuto ragione.

Era rimasto nascosto nel bosco per giorni, sotto il naso di tutti. Era bravo a mimetizzarsi, avendo cacciato fin da bambino. E quando la ragazzina era rimasta indietro rispetto agli altri durante un'escursione, Christian era semplicemente uscito dal suo nascondiglio, l'aveva afferrata mettendole una mano sulla bocca e l'aveva trascinata tra gli alberi.

Lei lo aveva guardato con due occhi enormi, così shoccata da cercare a malapena di divincolarsi. Le aveva allungato una bottiglia di succo d'arancia e vodka – che aveva drogato – ordinandole di bere. Quando si era rifiutata, era bastata la minaccia di uccidere tutti i suoi amichetti del campus e aveva eseguito docilmente i suoi ordini.

Il senso di potere che aveva provato in quel momento era stato travolgente. Quello era ciò che aveva desiderato per tutta la vita. Persone che facevano *ciò* che lui voleva, *quando* voleva.

Si era indebolita praticamente subito e quando non era più riuscita a camminare, aveva dovuto buttarsela sulle spalle. Una volta arrivato alla sua auto, nascosta lungo una strada sterrata lì vicino, era senza fiato. Avrebbe dovuto fare degli aggiustamenti a quella tecnica in futuro, ma per il resto il rapimento era andato alla perfezione.

Aveva portato la ragazza svenuta alla baita prima ancora che qualcuno si accorgesse della sua assenza. Circa un'ora dopo il cellulare aveva emesso un fastidioso tintinnio, con l'avviso di un'allerta di sospetto rapimento per la ragazza che ora era stesa di fronte a lui sul pavimento.

Christian era scoppiato a ridere.

Ma più stava seduto lì aspettando che si riprendesse, più si annoiava. La ragazzina era *ancora* priva di sensi. Qualsiasi cosa facesse per svegliarla non funzionava. Le aveva gettato dell'acqua sul viso. Niente. Aveva usato il coltello per farle un taglio sulla pianta del piede, dove sapeva sarebbe stato molto sensibile. Niente.

Doveva aver fatto un casino e usato troppo Roipnol. Non era sicuro della quantità giusta senza conoscere il suo peso, ma era chiaro che ne avesse messo troppo nella bevanda. Da quello che aveva letto, l'alcol l'avrebbe resa più docile e potenziato l'efficacia della droga, ma a quanto pareva aveva sbagliato i calcoli. Un'altra cosa che avrebbe dovuto perfezionare. Aveva voluto sottometterla rapidamente e assicurarsi che non lottasse. Il suo piano sarebbe andato a rotoli se avesse gridato allertando tutti su quanto stava accadendo.

Il tempo stringeva e lui voleva procedere con il divertimento.

Ma torturare una vittima svenuta non era affatto divertente. Voleva sentirla urlare. Voleva incasinarle la testa tagliandole lentamente i vestiti e dicendole che non l'avrebbe uccisa, per poi farla piangere a ogni coltellata o a ogni colpo di uno dei tanti oggetti contundenti che aveva lì pronti.

Odiava aspettare. Soprattutto quando era *così vicino* alla sua prima vera uccisione. Aveva sognato quel giorno per tanto tempo e finalmente era arrivato. Solo che quella stupida stronza stava ancora dormendo!

Sospirando, Christian si mise a camminare per la stanza.

Avanti e indietro.

Avanti e indietro.

Controllò la ragazza... continuava a non reagire quando la pungolava con il coltello.

Avanti e indietro.

Più tempo passava, più si irritava. Avrebbe dovuto farla bere poco all'inizio, per valutare la sua reazione. Invece aveva insistito perché finisse tutta la bottiglia. La volta successiva avrebbe fatto di meglio. Sarebbe migliorato a ogni uccisione. Ma ciò non lo avrebbe aiutato in quel momento.

Sospirò ancora e si avvicinò a lei, fissandola frustrato.

Il suo stomaco brontolò.

Si accigliò portandosi una mano sulla pancia. Stava morendo di fame, e aveva pianificato di tenersi occupato per le successive otto ore circa... una volta che la ragazza si fosse finalmente svegliata. Non voleva essere distratto dai morsi della fame mentre era impegnato a torturarla.

Guardò l'orologio. Le cinque e mezza. Avrebbe potuto correre in paese, prendere un hamburger e delle patatine, poi tornare e mettersi al lavoro. Anche se si fosse svegliata mentre lui era via, non sarebbe potuta andare da nessuna parte. Non mentre era ammanettata al palo. Probabilmente l'avrebbe spaventata ancora di più svegliarsi da sola, senza avere idea di dove si trovasse o di cosa stesse succedendo.

Christian sorrise. Sì, sarebbe andato a prendere qualcosa da mangiare. Magari l'avrebbe stuzzicata dandogliene un po' per farle abbassare le difese, rendendo ancora più bello il momento in cui si sarebbe resa conto che non l'avrebbe lasciata andare.

Poteva quasi assaporare la sua paura. Il suo terrore. *Cazzo*, non vedeva l'ora!

Presa la decisione, si accovacciò accanto alla ragazza e le accarezzò la guancia con poca delicatezza. «Fai la brava, capito?» disse, ridendo tra sé e sé. «Non andare da nessuna parte. Tornerò presto. Poi ci divertiremo *davvero*.»

Gli brontolò di nuovo la pancia, così si alzò. Uscì dalla porta sul retro e si diresse verso la sua auto, che aveva nascosto dietro l'edificio. Avrebbe placato la fame, poi sarebbe tornato e si sarebbe messo al lavoro.

Quello era il primo giorno della sua nuova vita. Presto tutti avrebbero conosciuto il suo nome. Nessuno lo avrebbe più sottovalutato. Sarebbe passato alla storia come il serial killer più famoso di tutti i tempi. Non aveva intenzione di venire catturato prima di aver ucciso centinaia, forse addirittura un migliaio di persone. Il sangue sarebbe scorso a fiumi e lui vi si sarebbe immerso con gioia.

Con un enorme sorriso sulle labbra, Christian mise in moto l'auto e partì.

CAPITOLO DICIANNOVE

Niente.

Nessuno aveva trovato nemmeno uno straccio di prova che Jasna fosse stata da qualche parte nel bosco circostante. Era come se fosse letteralmente scomparsa nel nulla, ma sapevano tutti che era impossibile.

Tonka era tornato al campo principale con il resto dei suoi amici. Tutti erano lì intorno, in attesa di ulteriori indicazioni. Tutti tranne lui. Camminava avanti e indietro furiosamente. L'impazienza gli scorreva nelle vene. Presto sarebbe stato buio e il pensiero che Jasna fosse da qualche parte là fuori, spaventata a morte nell'oscurità, gli faceva venire voglia di urlare.

Avevano perlustrato il bosco per un paio d'ore e ogni volta che Tonka aveva dovuto rispondere a un messaggio di Henley dicendole che non avevano ancora avuto fortuna, un pezzo di lui era morto. Doveva essere completamente devastata e non era lì per lei. E non c'era nemmeno per Jasna. Era giusto che stesse lontano da Henley in quel momento? Forse avrebbe dovuto tornare al

Rifugio e lasciare che i suoi amici si occupassero della ricerca.

Proprio quando stava per andare a dire a Brick di riportarlo da lei, le radio sulla cintura degli agenti cominciarono a ronzare e tutti poterono ascoltare il rapporto che venne trasmesso.

«Messaggio ricevuto al numero dell'organizzazione Crime Stoppers... il sospetto, Christian Dekker, è stato visto l'ultima volta uscire dal fast food Sonic e dirigersi a ovest. L'indirizzo di dove potrebbe essere diretto è il seguente...»

Tonka non riconobbe il luogo, ma quando gli agenti corsero verso le loro auto, lo fecero anche lui e i suoi amici. Salirono tutti sulla Jeep di Brick e si tennero forte mentre lui faceva del suo meglio per tenere il passo con la fila di auto che lasciavano il campeggio.

«Com'è possibile che qualcuno sapesse chi era il sospetto?» chiese Tiny, mentre attraversavano il paese.

«E la persona che ha fatto la soffiata come faceva a sapere dove stava andando? Inoltre, la sua casa è a nord, giusto?» aggiunse Spike.

Non importava come *qualcuno* fosse riuscito ad avere informazioni su Dekker, era sollevato che finalmente stessero facendo qualcosa di diverso da una ricerca alla cieca. Se Henley aveva ragione e Dekker aveva preso Jasna, forse stavano per trovarla.

La strada che la fila di auto alla fine imboccò non era altro che un sentiero di terra battuta, pieno di buche e che si inoltrava nel bosco. Era evidente che fossero anni che non veniva fatta alcuna manutenzione ed era impossibile sapere cosa ci fosse alla fine.

Le macchine si fermarono prima di raggiungere un'eventuale abitazione e gli agenti si riversarono fuori, alcuni sparpagliandosi a destra e a sinistra. Tutto il gruppo proseguì silenziosamente, seguendo il sentiero sterrato ad armi spianate.

Tonka e i suoi amici non erano armati, ma non avevano intenzione di rimanere indietro. Non se ne parlava proprio. Se Jasna era tenuta prigioniera da qualche parte alla fine di quella strada, doveva essere lì quando l'avrebbero trovata. Era contento della presenza della polizia, ma una situazione con ostaggi *non* era facile da gestire. E avrebbe spaventato a morte Jasna. Era una ragazza tosta, ma una cosa del genere sarebbe stata troppo per chiunque.

Finalmente riuscì a scorgere una piccola baita fatiscente alla fine del sentiero. La casa che probabilmente un tempo era stata l'orgoglio di qualcuno era a un passo dall'essere spazzata via da una raffica di vento. Le imposte pendevano dai cardini, non c'erano vetri alle finestre e il muschio riempiva le pareti.

Alcuni agenti impedirono a Tonka e agli altri di avvicinarsi.

Una volta circondata l'abitazione così che non ci fosse più alcuna possibilità di sgusciare fuori senza essere visti, uno dei poliziotti gridò in tono deciso attraverso un megafono: «Christian Dekker! Sei circondato. Esci con le mani in alto!»

L'ordine dell'ufficiale fu accolto dal silenzio.

Tonka si mosse a disagio.

«Cazzo. Avrebbero dovuto entrare e basta» mormorò Tiny.

«Infatti!» concordò Spike. «Ora gli hanno fatto sapere che siamo qui. Potrebbe vendicarsi. O peggiorare la situazione.»

Esattamente quello che aveva pensato anche lui. Si allontanò dai suoi amici smaniando di correre verso la porta e irrompere lui stesso, ma sapeva che non sarebbe nemmeno arrivato a metà strada prima che uno degli agenti lo fermasse.

Era terribile quanto lo era stato essere su quella barca a guardare Garcia che faceva del male a Steel e a Dagger. Dekker poteva essere lì dentro in quel momento ad affondare un coltello nel corpo di Jasna, proprio come Garcia...

Interruppe bruscamente quelle riflessioni. Non poteva pensare a quello, non in quel momento.

Non c'erano prove che lei fosse in quella casa. Accidenti, avevano almeno la certezza che ci fosse *Dekker* lì dentro? Non vedeva alcun veicolo lì intorno.

Più passavano i secondi, più l'atmosfera si faceva tesa. Stava per accadere qualcosa di grosso. Se lo sentiva. E l'unica cosa che potevano fare era tenersi pronti.

———

Christian camminava su e giù per la stanza in preda all'ansia. Era andato al Sonic e aveva mangiato l'hamburger e le patatine. Mentre era seduto aveva fantasticato di uccidere la donna e il bambino dell'auto parcheggiata accanto alla sua. Aveva pensato di afferrare lo stronzo che gli aveva portato il cibo, di trascinarlo in macchina e tagliargli la gola. Ovunque guardasse, vedeva persone che avrebbe potuto uccidere. Persone che non si rendevano conto del pericolo costante che correvano. Che vivevano solo perché lui lo permetteva.

Era di ottimo umore quando si era fermato dietro alla baita ed era entrato, pronto a iniziare.

Ma con suo grande shock, la ragazza non c'era più.

Le manette erano ancora lì, così come il palo che aveva conficcato nel pavimento. Ma lei non si vedeva da nessuna parte.

Sconvolto, aveva cercato nella piccola casa. Non c'erano molti posti dove nascondersi, dato che era per lo più vuota. Ma aveva controllato in tutti gli armadietti della cucina e nei ripostigli.

Non riusciva a capire. Era semplicemente *sparita*! Com'era potuto accadere? Non era stato via per molto. L'aveva trovata la polizia?

No, se fossero stati loro, lo avrebbero aspettato. Era come se la stronza si fosse semplicemente alzata per poi scomparire.

Ovviamente, non poteva essere andata così. Qualcuno l'aveva trovata e gliel'aveva portata via.

Si sentì travolgere dalla rabbia. *Nessuno* prendeva ciò che era suo! *Nessuno*! Avrebbe trovato il colpevole e ucciso anche lui! In modo lento e doloroso.

Mentre camminava, Christian cercò di capire dove avesse sbagliato. Aveva fatto quasi tutto alla perfezione. La ragazza non aveva emesso un suono quando l'aveva afferrata. Non aveva lasciato alcun indizio nel bosco. Per quanto ne sapeva, nessuno aveva visto lui o la sua auto mentre si allontanava.

Il cellulare gli vibrò nella tasca posteriore e Christian si irrigidì. Non si prese la briga di tirare fuori quello stupido affare.

Cazzo. Il telefono.

Era stato rintracciato. Qualcuno aveva capito che aveva rapito la ragazza e lo aveva rintracciato grazie al telefono. Doveva essere così. Ma... avrebbe dovuto avere più tempo!

Aveva visto abbastanza telefilm da sapere che i poliziotti dovevano ottenere un'ordinanza del tribunale per rintracciare il suo maledetto cellulare.

Aveva pianificato di dare fuoco alla baita una volta finito, per assicurarsi che non rimanesse nulla del suo DNA. Avrebbe preso la ragazza e gettato le sue parti del corpo nei cassonetti lungo la strada verso Albuquerque. Non l'avrebbero più trovata una volta arrivata nelle varie discariche. *Aveva pianificato tutto!*

Eppure, qualcuno gli aveva rubato il premio da sotto il naso.

«Cazzo!» urlò, rimpiangendo di essere andato a mangiare. Se solo l'avesse fatto prima di rapirla. Se solo avesse ignorato la sua pancia che brontolava. Se solo, se solo, se solo...

Proprio mentre si girava per andare alla macchina e andarsene, qualcosa attraverso un'asse rotta che copriva una finestra attirò la sua attenzione.

Si irrigidì di nuovo e il sangue gli si gelò nelle vene.

No! No, no, no, no, no!

Era arrivata la polizia.

Era troppo tardi.

Non solo non avrebbe provato l'ebbrezza della sua prima uccisione, ma non sarebbe stato in grado di sfuggire al numero di agenti che *sapeva* stavano già circondando la casa mentre lui rimaneva lì attonito.

Fanculo, non sarebbe andato in prigione.

Nessuno diceva a Christian Dekker cosa fare. Né i suoi genitori né i cazzo di strizzacervelli né i maledetti poliziotti.

Ignorando le bottiglie di benzina che aveva accatastato contro il muro, gli strumenti di morte e tortura che aveva pianificato di usare e le manette abbandonate sul pavimento, prese il fucile da caccia che aveva portato con sé come ulteriore modo per spaventare a morte la sua vittima.

Fece un respiro profondo, sollevò un piede e lo sbatté contro la porta d'ingresso della baita.

Se doveva uscire... lo avrebbe fatto alle sue condizioni.

———

Tonka sobbalzò sorpreso quando la porta della baita fu aperta con un calcio dall'interno. Dato che i cardini erano probabilmente arrugginiti e deboli, l'intero pannello volò via, atterrando sull'erba sotto i due gradini che portavano all'ingresso.

«Dov'è?» urlò il ragazzo che supponeva fosse Dekker, mentre si trovava sulla soglia a gambe divaricate e imbracciando un fucile, che puntò contro gli agenti più vicini. «L'avete presa voi?»

«Metti giù l'arma e ne parliamo!» urlò quello con il megafono.

Tonka capì che Dekker non aveva alcuna intenzione di farlo.

«Vaffanculo!» urlò il ragazzo.

Lo studiò. Non avrebbe mai detto che avesse solo sedici anni data la sua stazza. Quello era un uomo deciso a morire. E avrebbe portato con sé quante più persone possibile.

Con il cuore in gola, Tonka afferrò il braccio di Brick e lo tirò indietro mentre il suo amico stava uscendo dal sentiero sterrato e si dirigeva verso un grande albero. Ma non dovette avvertirlo. E nemmeno Tiny e Spike. Avevano capito loro stessi, dagli occhi e dal tono di Dekker, quali fossero le sue intenzioni.

I quattro si ripararono dietro agli alberi come meglio poterono.

Tonka trattenne il respiro. Pregò che Jasna fosse a terra nel caso si trovasse all'interno della casa, perché da un momento all'altro ci sarebbe stata una sparatoria e se lei fosse rimasta intrappolata nel fuoco incrociato, lui avrebbe perso la testa.

Poi elaborò le parole che Dekker aveva detto dopo aver sfondato la porta.

Ebbe solo un secondo per chiedersi cosa intendesse quando aveva urlato "dov'è?" e "l'avete presa voi?", prima che il rumore degli spari risuonasse nella sera precedentemente tranquilla.

Dekker aprì il fuoco sugli agenti di polizia. Nessuno di loro esitò a rispondere, pensando solo a neutralizzare la minaccia.

Tonka avrebbe voluto gridare loro di fermarsi. Che Jasna poteva essere in quella casa! Che potevano colpirla!

Quando l'ufficiale responsabile urlò "cessate il fuoco!" al di sopra del rumore degli spari, Dekker era sdraiato in una pozza di sangue sulla porta della baita... che sembrava ancora più inquietante con centinaia di fori di proiettile sulle pareti.

Si mosse prima ancora di pensare a ciò che stava facendo.

Non andò lontano. Brick e Tiny gli afferrarono le braccia e lo trattennero.

«Lasciatemi! Devo andare da Jas!» gridò mentre si dibatteva.

«Se corri lì in mezzo, spareranno anche a te!» gli disse

Spike. «Calmati e lascia che facciano il loro lavoro. Se Jas è lì, la tireranno fuori e poi potrai andare da lei.»

Sapeva che il suo amico aveva ragione, ma si oppose lo stesso. Andava contro tutto ciò che lui era stare lì e non fare nulla... ancora una volta.

Guardò un agente controllare il polso di Dekker e altri scavalcarlo o aggirarlo per entrare in casa. I suoi amici ora lo tenevano sotto stretto controllo. Trattenne il respiro, aspettando la conferma che Jasna fosse lì dentro e ancora viva.

Passarono dieci secondi. Venti.

Il suo cuore batteva a mille. L'adrenalina era alle stelle. Era sulle spine e aveva un disperato bisogno di vedere Jas. Per assicurarsi che stesse bene. Per se stesso, per Henley.

In preda alla confusione e all'orrore, vide gli agenti di polizia cominciare a uscire dalla casa riponendo le armi nella fondina.

«Cosa sta succedendo?» sussurrò Tonka. Era stato impaziente di precipitarsi dentro fino a un attimo prima, ma ora i suoi piedi erano come avvolti nel piombo. Non riusciva a muoversi. Stavano uscendo perché lei non c'era? Perché era morta?

No. Nessuna delle due opzioni era accettabile.

Brick e Tiny rimasero al suo fianco, tenendo entrambi una mano sul suo braccio, ma nessuno dei due lo stava più trattenendo. Lo tenevano in piedi.

«Non farti prendere dal panico» gli ordinò Tiny. «Torno subito.»

Si avvicinò di corsa all'agente più vicino e gli parlò brevemente prima di tornare da lui.

Dall'espressione del suo amico capì che qualsiasi cosa

stesse per dirgli, non era positiva. Sentendosi svenire, irrigidì le gambe.

«Non è dentro» disse l'altro, senza girarci attorno.

Una parte di lui si sentì sollevata, si era aspettato quella risposta dopo ciò che aveva detto Dekker, ma l'altra parte era ancora più inorridita. Se non era in quella casa, dove diavolo era?

«*Cazzo*» imprecò Brick. «Dov'è?»

Sentire i propri pensieri espressi dall'amico fu doloroso e allo stesso tempo un sollievo.

All'improvviso gli vibrò il telefono nella tasca e per quanto temesse di dover dire di nuovo a Henley che non avevano avuto fortuna nel trovare Jasna, si rifiutava di ignorare i suoi messaggi.

Lo tirò fuori e i suoi amici lo lasciarono andare con riluttanza. Si sentì addosso tre paia di occhi, ma li ignorò e guardò lo schermo.

Invece di vedere il nome di Henley, c'era un messaggio da un numero sconosciuto.

Sbloccò il telefono e lo toccò per leggerlo.

Sconosciuto: *Jasna è nel bunker 103. È illesa.*

Tonka lo lesse di nuovo.

Poi una terza volta.

Si voltò senza dire una parola e iniziò a correre verso il veicolo di Brick. Grazie a Dio erano stati gli ultimi a svoltare sul vialetto sterrato. Sarebbero riusciti ad andarsene in fretta.

«Tonka? Chi è? Henley? Cos'è successo?» chiese Brick, mentre correva per raggiungerlo.

In risposta gli passò il telefono, ma non rallentò il passo.

«*Ma che cazzo!*» esclamò l'amico mentre passava il cellulare a Tiny, che lesse il messaggio a Spike.

Tonka aveva mille domande, ma al momento gli interessava solo arrivare a Jas.

«Chi lo manda? E come cazzo fa a sapere dei bunker?» ringhiò Spike mentre raggiungevano la Jeep.

«Ho appena provato a rispondere al messaggio» disse Tiny. «Risulta non recapitabile.»

«Pensi che Pipe, Owl o Stone l'abbiano in qualche modo trovata e nascosta lì?» chiese Spike confuso, cercando di trovare una spiegazione mentre Brick metteva in moto l'auto.

«No» replicò Tiny scuotendo la testa. «È impossibile che l'abbiano fatto senza chiamare Tonka. E l'avrebbero portata al lodge o all'ospedale, se necessario. Di certo non l'avrebbero nascosta in un bunker.»

«Il 103 è il più vicino a una strada in quella parte della proprietà» rifletté Brick, facendo una rapida retromarcia e sfiorando un'auto della polizia. Poi scattò in avanti quasi abbattendo un albero, prima di fare di nuovo retromarcia e dirigersi verso la statale 4 che portava al Rifugio.

«Perché non ha semplicemente parcheggiato nel nostro vialetto per portarla direttamente da sua madre? Anche se non sapeva se Henley era al rifugio, doveva immaginare che ci sarebbe stato *qualcuno* lì» disse Tiny.

«Ma soprattutto, perché non è andato alla stazione di polizia? Se l'ha trovata che vagava lungo la strada o nel bosco, deve aver visto l'allerta AMBER sul suo telefono» aggiunse Spike.

Tonka non disse nulla. Non poteva. Se avesse aperto la bocca, avrebbe urlato per la tensione che aveva dentro. Si poneva le stesse domande dei suoi amici, ma al momento gli interessava solo arrivare al bunker e vedere se Jasna era davvero lì. Se non ci fosse stata... se qualcuno si stava prendendo gioco di loro... non sapeva cos'avrebbe fatto.

Per la seconda volta da quando aveva saputo che la bambina era scomparsa, pensò a Pablo Garcia. Poteva essere stato lui?

No. Per quanto ne sapeva quell'uomo era ancora in prigione. Lo avrebbero contattato se fosse stato rilasciato. E dovevano passare ancora molti, *molti* anni prima che ciò accadesse. C'era ovviamente solo Dekker dietro la scomparsa. Ma come diavolo aveva fatto Jasna a uscire da quella casa e a entrare in uno dei loro bunker? Bunker *segreti*... di cui solo otto persone al mondo avrebbero dovuto sapere della loro esistenza.

«È possibile che Alaska si sia lasciata sfuggire qualcosa?» chiese Spike, come se potesse leggere nella sua mente.

«No» rispose Brick con decisione.

«Potrebbe esserselo lasciato sfuggire con qualcuno di cui pensava di potersi fidare, anche senza pensarci. O forse qualcuno l'ha sentita» suggerì Tiny.

«Ho detto di no» ripeté Brick bruscamente. «Sa quanto sia importante mantenere il riserbo su quei bunker. Non direbbe mai niente a nessuno senza prima chiedermi il permesso. Mi fido di lei al cento per cento. Non lo ha fatto.»

«Ok. Allora come diavolo ha fatto uno sconosciuto a saperlo?» chiese Spike.

Nessuno aveva una risposta.

«Tonka? Come va?» gli domandò Brick mentre sfrecciava sulla strada.

Apprezzò il fatto che guidasse come un pazzo. «Non molto bene» rispose a denti stretti.

Fu contento quando nessuno cercò di rassicurarlo.

Non c'era modo di sapere cosa avrebbero trovato una volta arrivati al bunker 103. Si trovava alle ore tre in punto rispetto al lodge. In totale ce n'erano sette nelle profondità del bosco della loro proprietà, alle ore nove, alle dieci, alle undici, alle dodici, all'una, alle due e alle tre. Brick aveva nascosto Alaska nel bunker 111 quando era andato a cercare lo psicopatico che le dava la caccia. Il 103 si trovava a una distanza di circa otto chilometri da quello.

E come aveva già detto Brick, era quello più vicino alla strada principale. Non c'erano telecamere sul percorso, quindi se qualcuno si fosse fermato lungo la statale 4 per portare Jasna nel bunker, avrebbe avuto la possibilità di farlo senza essere visto.

«Installerò delle cazzo di telecamere» borbottò Brick come se gli avesse letto nella mente, mentre eseguiva un'inversione a U in mezzo alla strada per poi accostare.

Tutti e quattro gli uomini scesero e si inoltrarono subito nel bosco, con Tonka in testa. Nessuno di loro aveva bisogno di un GPS per sapere dove andare. Avevano memorizzato la posizione dei bunker in caso di emergenza. Quando erano arrivati al Rifugio, erano ancora tutti un po' scombussolati a causa dei traumi subiti. Avere quei bunker era sembrato un piano di sicurezza necessario. Erano posti in cui sarebbero potuti andare se fosse successo qualcosa o se avessero avuto bisogno di nascondersi per prendersi una pausa mentale. Erano praticamente box sotterranei di varie dimensioni.

Erano rimasti inutilizzati per anni, fino a quando Brick non ne aveva usato uno per nascondere Alaska, ma li tenevano sempre riforniti per ogni evenienza.

Quando si avvicinarono all'area in cui era nascosto il bunker gli venne da vomitare. Si fermò per guardarsi intorno alla ricerca di qualcosa, *qualsiasi cosa* che indicasse che qualcuno era stato lì. Ma vide solo alberi, erba e rocce. Come al solito.

«Vado io» suggerì Tiny oltrepassandolo.

Sollevò di scatto il braccio fermandolo subito. «No.»

Non ebbe bisogno di dire altro. Il suo amico annuì e indietreggiò. Tonka fece un respiro profondo e si diresse verso l'entrata. Era ben nascosta. Nessuno passando di lì avrebbe notato la botola circolare sepolta tra le piante del sottobosco. Afferrò senza esitazione l'anello e tirò verso l'alto. Non ci volle molta forza; avevano costruito le porte in modo da poterle sollevare con un minimo sforzo, nel caso uno di loro fosse stato ferito e avesse avuto bisogno di entrare.

Guardò attraverso l'apertura rotonda e non riuscì a vedere nulla. Era buio pesto e gli si strinse lo stomaco per la paura. Quel particolare bunker era più lungo che alto, così si sedette sul bordo e saltò giù. Si mise su un ginocchio usando la mano per sorreggersi, mentre fissava l'oscurità di quel posto pregando intensamente come non aveva mai fatto. Nemmeno in quel terribile giorno sull'oceano.

«Tieni» gli disse Spike porgendogli il telefono. Aveva già attivato la torcia, e anche se la luce non era molto potente, niente a che vedere con le torce che portavano alla cintura quando uscivano nel bosco con gli ospiti, sarebbe stata sufficiente. Non gli era nemmeno venuto in mente di usare quella del suo cellulare. Era grato al suo amico per essere stato pronto.

Con mani tremanti, sollevò il telefono e lo puntò verso l'estremità opposta, con tutti i muscoli del corpo in tensione.

«È lì?» chiese Brick con urgenza.

«Sì... credo» disse con voce spezzata. «Un attimo.»

Avanzò in ginocchio verso la forma scura sul fondo. Avvicinandosi riuscì a intravedere alcune ciocche di capelli biondo scuro sulla stretta branda. C'era una coperta sopra la forma e Tonka trattenne il fiato mentre allungava la mano per tirarla indietro.

Emise un respiro tremante quando vide Jasna, ma la sua paura non si attenuò.

Posò le dita sulla sua carotide, con la mano che tremava così tanto che non era sicuro se sarebbe riuscito a sentire la pulsazione. Andò per un attimo nel panico. Ma poi lo sentì. Il rassicurante battito del suo cuore.

Era anche calda al tatto, un altro indicatore che fosse viva.

«È... è qui. E sembra che stia bene» disse. Aveva avuto intenzione di gridarlo, ma la sua voce era stata poco più di un sussurro.

«Hai bisogno di aiuto per tirarla fuori?» chiese Tiny attraverso il buco.

Prendendosi un momento per controllarla e assicurarsi che non fosse visibilmente ferita, Tonka quasi pianse quando non vide alcuna traccia di tagli o di sangue.

«No. Ce la faccio» rispose all'amico. Si mise in tasca il telefono di Spike; ora che sapeva che Jas stava bene non gli serviva più la luce. La prese in braccio e indietreggiò sulle ginocchia. Aveva la mente così annebbiata che sentì a malapena il suo peso, ma era davvero grato di averla trovata.

Quando arrivò al buco d'ingresso, si alzò con cautela, lasciando che Tiny la prendesse per permettergli di uscire, poi la riprese subito in braccio mentre andavano verso la Jeep.

«Vuoi che mandi un messaggio a Henley?» gli chiese Brick.

Scosse la testa. «La chiamerò dalla macchina mentre andiamo all'ospedale.»

Gli altri annuirono.

«Dirò a Pipe di accompagnare lei e Alaska» disse Tiny.

Tonka era preoccupato del fatto che Jasna non si fosse ancora mossa, ma proprio nel mezzo di quel pensiero, lei si sistemò nella sua presa, avvolgendogli lentamente il braccio intorno al collo. «Finn...?»

Le sue ginocchia quasi cedettero per il sollievo. «Sì, piccolina. Sono io.»

Lei affondò il naso nel suo collo e mormorò: «Hai un buon profumo.»

Stava quasi per mettersi a ridere, finché lei non si afflosciò di nuovo. Ormai avrebbe dovuto risvegliarsi se Dekker l'aveva tramortita colpendola alla testa o qualcosa del genere. Sospettava che fosse stata drogata. Nonostante quel pensiero orribile, quel breve momento di lucidità lo fece sentire un po' meglio. Prima l'avesse portata da un medico per farle fare un esame del sangue completo e assicurarsi che stesse bene, meglio sarebbe stato.

CAPITOLO VENTI

Henley era seduta accanto al letto di Jasna all'ospedale, con una mano che stringeva quella della figlia e l'altra quella di Finn. Le ultime ore erano state le peggiori della sua vita. Peggiori persino di quelle che aveva passato quando aveva dieci anni. Perdere sua madre in modo così violento, dover ascoltare l'aggressione... era stato devastante, ma non sapere dove fosse Jasna, se fosse ferita, se fosse viva, era stato straziante.

Ogni volta che aveva ricevuto un messaggio da Finn che la informava che non l'avevano ancora rintracciata, era stato come morire.

Ma il sollievo provato quando l'aveva chiamata per dirle di averla trovata e che la stava portando in ospedale era stato incalcolabile. Pipe aveva accompagnato lì lei e Alaska, così era riuscita a vedere brevemente sua figlia constatando di persona che era tutta intera e sembrava stare bene, prima che la portassero in uno degli ambulatori.

Quando finalmente avevano permesso a lei e a Finn di

starle accanto, Jasna stava ancora dormendo. Il medico le aveva fasciato il taglio sul piede, fatto un controllo accurato confermando che non era stata violentata – il che era stato un enorme sollievo per tutti – e le aveva fatto le analisi del sangue, trovando alcol e Roipnol nel suo organismo. Scoprire che la sua bambina era stata drogata era stato un duro colpo, ma ciò aveva spiegato perché non avesse ancora ripreso completamente conoscenza.

Da quel momento Jasna era stata altalenante, si svegliava di tanto in tanto abbastanza da riconoscere la madre e sapere che era al sicuro, per poi riaddormentarsi. Il medico aveva detto che avrebbe potuto rimanere disorientata fino a dodici ore ed era probabile che non ricordasse molto di quello che le era successo, se mai avesse ricordato qualcosa.

Per Henley sarebbe stata una benedizione.

Le avevano inserito una flebo per mantenerla idratata e l'avrebbero tenuta in osservazione per tutta la notte, per assicurarsi che non ci fossero conseguenze provocate dalla droga o dalla sua esperienza traumatica.

Finn le aveva raccontato che non erano riusciti a trovare indizi su ciò che era accaduto al campus e che qualcuno aveva fatto una soffiata agli agenti di polizia riguardo a dove si trovava Christian. Non sapeva ancora come fosse riuscito a trovare Jasna, ma non avevano avuto molto tempo per parlare.

Ora era mezzanotte passata ed erano entrambi nella stanza d'ospedale. Henley sospirò e si appoggiò a lui, senza lasciare andare la sua mano né quella della figlia.

«Ti va di raccontarmi il resto di quello che è successo stasera e dove si trovava Jasna?» chiese a bassa voce.

«Siamo andati alla baita in cui l'informatore aveva detto

avremmo trovato Dekker, e così è stato. È uscito con un fucile e ha sparato a uno degli agenti.»

«Ma lui lo hanno ucciso?» chiese.

«Sì.»

«Ne sei sicuro?»

Finn la abbracciò forte, come se sapesse a cosa stava pensando. «Sì. È morto. Non può più fare del male a nessuno.»

Henley annuì. Avrebbe dovuto sentirsi in colpa. Christian aveva solo sedici anni. Aveva tutta la vita davanti. Ma che tipo di vita sarebbe stata? C'era stato qualcosa di gravemente sbagliato in quel ragazzo, fin da bambino, forse addirittura da quando era nato. Non era stata una malattia e nemmeno un disturbo mentale. Era solo... nato sbagliato.

Finn continuò. «Uno dei detective mi ha parlato in sala d'attesa mentre il medico era con Jas e mi ha detto cos'-hanno trovato all'interno della baita. Tutto indicava che avesse intenzione di... farle del male. C'erano manette e vari oggetti disposti a terra. Presumono che stesse aspettando che lei si svegliasse. Aveva anche della benzina, probabilmente per bruciare la casa. I poliziotti hanno trovato un quaderno pieno di sproloqui su quante persone voleva uccidere, su quali fossero i quartieri di Albuquerque in cui c'era più probabilità di trovare senzatetto e prostitute. Hanno ipotizzato che dopo aver bruciato la baita se ne sarebbe andato da qui e si sarebbe diretto in città, dove avrebbe trovato altre persone da rapire e uccidere.»

Henley rabbrividì e chiuse gli occhi. Dio, Jasna era andata così vicina a morire. Era stata nelle mani del male puro, ma in qualche modo era ancora lì. Quasi illesa. Era davvero un miracolo.

«Come...?» sussurrò, voltandosi a guardare Finn.

«Come ha fatto a scappare?» le chiese.

Annuì.

«Non lo so» rispose, scuotendo piano la testa.

Lo guardò accigliata. «Puoi dirmelo. Non ho intenzione di dare di matto.»

«Tesoro, davvero non lo so» ripeté. «Le uniche cose che Dekker ha detto quando è uscito con quel fucile sono state: "Dov'è?" e "L'avete presa voi?" Non ci ho pensato molto in quel momento, perché ero più preoccupato dell'arma che aveva in mano e del fatto che Jasna potesse finire nel fuoco incrociato dell'inevitabile sparatoria. Ma se Dekker stava parlando di lei... allora nemmeno lui aveva idea di dove fosse in quel momento.»

«Sono così confusa. Allora come *hai* fatto a trovarla?»

«Ho ricevuto un messaggio. È stato dopo che la polizia ha realizzato che Jas non era in casa. Stavo per perdere la testa, Brick e Tiny mi stavano letteralmente tenendo in piedi, quando il mio telefono ha vibrato per l'arrivo di un messaggio. Era da un numero sconosciuto. Chiunque fosse, mi ha fatto sapere dove si trovava Jas.»

Henley aspettò, ma lui non disse altro. «E dov'era?» chiese, inclinando la testa.

Finn sospirò. Si guardò intorno nella stanza come se qualcuno potesse essere in ascolto nelle vicinanze. Poi la guardò negli occhi. «Quello che sto per dirti lo sanno solo otto persone al mondo. Cazzo, be'... forse nove. Tu saresti la decima. È molto importante che tu non lo dica mai a nessuno.»

Aveva un'aria così seria che Henley si preoccupò. «Te lo prometto.»

Lui annuì. «Ci sono sette bunker nascosti nella

proprietà del Rifugio. Sono sotterranei e li abbiamo allestiti quando lo stavamo costruendo. Nessuno di noi era nel migliore stato mentale e avevamo bisogno della sicurezza che avrebbero offerto. Quando quell'uomo è venuto qui a cercare Alaska, Brick l'ha nascosta in uno dei bunker mentre lui andava a caccia di quello stronzo.»

Quello poteva capirlo e annuì.

«Il messaggio che ho ricevuto diceva che Jas era in uno di questi bunker. Non l'ha mandato nessuno dei nostri amici. Non abbiamo idea di chi sia stato, né di come potesse esserne a conoscenza.»

Henley era ancora confusa. «Quindi, questa persona misteriosa ha in qualche modo trovato Jasna, l'ha sottratta a un serial killer, l'ha portata in uno dei bunker e l'ha lasciata lì, poi ti ha mandato un messaggio così che tu potessi andare a prenderla?»

«Esatto.»

Le implicazioni erano inquietanti. «Potete rintracciare da dove è partito il messaggio o qualcosa del genere per vedere chi l'ha mandato?»

«Ci sta lavorando un nostro amico. È un genio con la tecnologia. Ci farà sapere quando avrà un nome» disse Finn.

«Quindi c'è qualcuno là fuori che sa dei bunker top-secret e... cosa? Era coinvolto nel rapimento di Jasna? Forse lavorava con Christian?»

«Respira, Hen. Ne ho parlato un po' con Brick e non crediamo sia così.»

«Allora come... cosa... non capisco, Finn!»

«Anche noi siamo perplessi» ammise. «Ma chiunque mi abbia mandato il messaggio, se avesse voluto fare del male a Jas avrebbe avuto tutto il tempo per farlo. Avrebbe potuto portarla chissà dove e noi non l'avremmo mai trovata.»

Henley trasalì. Le sue parole erano state un po' dure, ma aveva assolutamente ragione. «E adesso?»

«La portiamo a casa e andiamo avanti con le nostre vite» disse con fermezza.

«Ma... e la persona che sa dei bunker? Potrebbe essere qui a osservare il Rifugio.»

«Tex scoprirà chi è, ma nel frattempo continuiamo a vivere. Magari staremo un po' più attenti, ma ripeto, non credo che corriamo alcun pericolo con chi mi ha condotto da Jas.»

Si voltò e guardò la figlia addormentata. Era un vero miracolo che fosse lì. Le statistiche sui bambini scomparsi erano strazianti e deprimenti. La maggior parte delle vittime di rapimenti veniva uccisa entro due ore dalla scomparsa. Ma Jas era stata l'eccezione alla regola. Era stata nelle mani di qualcuno che sarebbe potuto diventare il più prolifico serial killer che il Paese avesse mai conosciuto. Eppure... eccola lì, sorridente anche nel sonno e completamente ignara di ciò che era accaduto.

Si concesse un momento per *ringraziare* il fatto che Christian avesse usato il Roipnol. Che sua figlia non si sarebbe ricordata di essere stata nelle sue grinfie. O almeno lo sperava.

Si voltò di nuovo verso Finn. «Come stai?» gli chiese.

«Sto bene.»

«No, Finn. Sul serio. Come stai? So che ciò che è successo non è stato affatto facile per te. Volevo che restassi con me, ma sapevo che dovevi andare a cercare Jasna. Dove sei con la testa in questo momento?»

Le fece un piccolo sorriso e le strinse la mano. «Stai giocando la carta della psicologa con me?»

«Sì» rispose Henley senza un minimo di esitazione o rimorso. Aveva bisogno che le due persone che amava di più al mondo fossero a posto. E ora che sapeva che sua figlia stava bene, o che lo sarebbe stata, doveva capire in che condizione fosse Finn.

«Sto bene, davvero» disse lui con dolcezza. «Hai ragione, dovevo essere là fuori a cercare Jas. Non potevo stare solo a guardare come ho fatto con Steel.»

Henley aprì la bocca per obiettare. Per dirgli ancora una volta che se allora avesse fatto qualcosa di diverso, forse ora non sarebbe lì, ma lui alzò la mano libera fermandola.

«So cosa stai per dire, e hai ragione anche su questo. Ma non cambia ciò che provo. Non voglio mentire. La situazione di oggi mi ha spaventato. Ho lottato contro i miei demoni e ci sono stati dei momenti in cui ho pensato che avrebbero vinto. Ma eccoci qui. Steel mi mancherà per il resto della vita. Non dimenticherò mai quello che è successo, ma il dolore che ho provato quel giorno, e ogni giorno da allora, sta svanendo. Sai perché?»

«Perché?»

«È per merito tuo. E di Jas. E di Melba, Scarlet e Chuck. Di Brick, Spike, Pipe e tutti gli altri miei amici. Anche di Raid e di come è riuscito a legare con il suo segugio. Sarò sempre iperprotettivo. Non posso farci niente. Non sarò mai eletto Mister Simpatia, ma sono pronto ad abbracciare il mio futuro. Stare vicino a Jas per tutta l'estate mi ha fatto ritrovare la gioia di vivere. Per molti versi, mi ricorda Steel. È amichevole, leale e si entusiasma per le cose più piccole. Accoglie le nuove esperienze e non ha paura di nulla. Il mio ragazzo era così. Amava la vita e io adoravo vedere il mondo attraverso i suoi occhi. Ora voglio vederlo attraverso gli occhi di Jas. E i tuoi. E attraverso gli occhi dei nostri nuovi cani. E dei nostri figli, se avremo la fortuna di averne.»

«Finn» sussurrò Henley con gli occhi pieni di lacrime.

La attirò a sé e lei gli lasciò la mano per cingerlo con il braccio e seppellire il viso nel suo petto. La posizione era scomoda dato che erano seduti su sedie separate accanto a un letto d'ospedale, ma non sembrò turbare nessuno dei due.

«Non posso promettere che non avrò giornate storte in futuro, ma mi sento come se stessi finalmente venendo a galla per respirare dopo essere stato bloccato sott'acqua per anni. Ho *bisogno* di te, Hen. E di Jas. Senza di voi temo che verrei risucchiato di nuovo nel vortice e non sarei in grado di riemergere una seconda volta.»

«E noi ci siamo. Però ti sbagli. Non hai *bisogno* di noi. Non ne hai mai avuto. Sei l'uomo più forte che abbia mai conosciuto. Ci basta che tu sia ciò che sei. Non ci importa se hai dei giorni difficili. Immagino che negli anni a venire ne vivremo parecchi con la nostra adolescente in preda agli ormoni. Abbiamo solo bisogno che tu ci sia. Che tu rida con noi, che vegli su di noi. Che tu sia te stesso.»

«Ti amo» disse Finn con voce rotta.

Henley alzò lo sguardo. «Anch'io ti amo. Posso farti una domanda?»

«L'hai appena fatta» replicò con un piccolo sorriso.

Lei alzò gli occhi al cielo. «Andiamo comunque al canile questo fine settimana?»

«Sì» rispose con decisione. «Prima mi procuro un Pitbull di cinquanta chili dall'aria cattiva, che segua Jasna ovunque e sembri disposto a mangiare chiunque faccia un passo falso, meglio è.»

Lei ridacchiò. «Lo sai che non sarebbe servito a impedire ciò che è successo, vero? Non è che può portare il suo cane al campus.»

«Può, se è il suo cane da terapia.»

«Assolutamente no. Non mentiremo su una cosa del genere. Non si fa» disse un po' stizzita.

«Rilassati, Hen. Lo so.» Sospirò. «Ma se potessi dare a Jas una guardia del corpo che lanci occhiatacce a chiunque osi guardarla come non dovrebbe, lo farei.»

«Dovrai solo insegnarle a fare le occhiatacce. E il kung fu.»

«Oh, questo lo farò sicuramente.»

«Sarai un padre fantastico» dichiarò.

La fissò con uno sguardo preoccupato. «Non lo so.»

«Io sì» ribadì con fermezza.

«I bambini sono ancora più indifesi dei cani. Non sono riuscito a proteggere Steel. Perché dovrei pensare di poter proteggere una bambina?»

Facendo un respiro profondo, Henley lasciò la mano della figlia e si alzò. Salì sulle ginocchia di Finn mettendosi a cavalcioni, e lui le afferrò i fianchi tenendola ferma. Gli prese il viso tra le mani e si sporse. «Quello che è successo a Steel non è stata colpa tua. È stata *tutta* opera di quello stronzo. Inoltre, ci sarò io ad aiutarti. E tutti gli altri del Rifugio. *E* il cane che adotteremo, e ogni singolo ospite che verrà a soggiornare. Crescere Jasna da sola è stato difficile. Molto difficile. Essere un genitore single è un'esperienza che non rifarei, anche se amo mia figlia. Ma sapere che non sarò sola se avremo dei bambini, mi rende entusiasta alla prospettiva. Non devi proteggere da solo me,

Jasna o i nostri figli. Ci vuole una comunità. E la nostra comunità del Rifugio si farà avanti, non ho dubbi.»

«Ti amo» sussurrò Finn.

«Non credo che mi stancherò mai di sentirtelo dire.»

«Bene, perché non mi stancherò di dirlo. Adesso, penso che tu abbia bisogno di riposare per qualche ora.» Guardò la branda dietro di loro che era stata portata in precedenza. «E prima che tu dica di no, resterò a vegliare su Jas. Se dovesse svegliarsi, te lo farò sapere. Promesso.»

«Sono stanca» ammise Henley. «Ma anche tu devi essere esausto.»

«Sono più che altro teso. Dormirò più tardi, per ora voglio solo vegliare sulle mie ragazze.»

Le sue ragazze. Le piaceva. No, lo *amava*.

«Ok. Finn... grazie per esserci stato per me e Jasna oggi.»

«Ci sarò sempre per voi.» Poi si alzò con lei in braccio e Henley abbassò le gambe mettendosi in piedi. La condusse al lettino e quando lei si sdraiò e si sistemò, si chinò e le baciò la fronte. «Dormi, amore.»

Non era sicura di riuscire ad addormentarsi con il trambusto dell'ospedale, ma prima che se ne rendesse conto i suoi occhi si chiusero. L'ultima cosa che sentì prima di cedere al sonno fu la voce bassa di Finn che mormorava a Jasna quanto le voleva bene.

CAPITOLO VENTUNO

Mentre Tonka strigliava uno dei cavalli, guardò il box accanto a quello in cui si trovava e sorrise. Jasna era seduta sul fieno e stava accarezzando Scarlet Pimpernickel dicendole quanto fosse dolce e bella.

Erano passate due settimane e mezzo dal suo rapimento e ogni giorno era grato che lei non ricordasse *nulla*. L'ultima cosa di cui aveva un ricordo chiaro era il pranzo prima di partire per l'escursione di gruppo al campus. Era sicuramente una benedizione, ma doveva ammettere che fosse anche un po' frustrante. Lui e i suoi amici avevano sperato che fosse in grado di dire chi l'aveva portata al bunker. Ma lei non ricordava proprio nulla, se non di essersi svegliata in ospedale e di aver visto lui e Henley.

Ripensò alla telefonata che avevano avuto con Tex il giorno prima. L'ex SEAL aveva cercato di rintracciare il numero dal messaggio che Tonka aveva ricevuto. Le sue parole esatte erano state: «Chiunque sia, è migliore di me.»

Erano rimasti tutti completamente shoccati. Sembrava

impossibile che non fosse riuscito a rintracciare un numero di telefono. Si vantava di essere in grado di hackerare qualsiasi apparato, di trovare chicchessia. Ma in quel caso, chiunque fosse, aveva usato un telefono usa e getta e non aveva fatto solo rimbalzare il segnale su diversi ripetitori – o almeno *sembrava* così – ma aveva anche usato i satelliti per divertimento. Fino a quel momento era stato impossibile risalire alla ragnatela di tracce per trovare chi avesse inviato il messaggio.

Non erano ancora riusciti a capire come diavolo Jasna fosse stata prelevata dalla baita dove Dekker l'aveva nascosta e poi portata al bunker nella proprietà del Rifugio. Ed era ancora un mistero come il loro anonimo salvatore fosse a conoscenza dei bunker stessi.

Tex aveva ipotizzato che se quella persona era così brava come sembrava a coprire le proprie tracce elettronicamente, probabilmente aveva scoperto i bunker con altrettanta facilità.

Nessuno dei ragazzi era entusiasta di sapere che c'era qualcuno che forse li controllava e seguiva ogni loro mossa, ma dato che aveva salvato Jasna, stavano facendo del loro meglio per continuare a vivere normalmente, anche se con più cautela.

Jasna stessa non aveva sofferto delle conseguenze di ciò che era accaduto. Si era preoccupata un po' e aveva voluto sapere ogni dettaglio di quel giorno, ma in generale era la stessa bambina di prima dell'incidente.

Era *Henley* ad avere difficoltà. Aveva degli incubi che gli straziavano il cuore ogni volta che si svegliava perché lei si lamentava e dimenava. L'unica cosa che poteva fare era abbracciarla e dirle che era al sicuro. Che Jasna era al sicuro. Che era tutto finito. Al Rifugio la tenevano d'occhio tutti, assicurandosi che sapesse che aveva il loro sostegno.

La famiglia Dekker si era trasferita in un altro Stato. Avevano inviato una lettera al capo di Henley, scusandosi per le azioni del figlio. Erano sollevati di non doversi più guardare le spalle, ma erano chiaramente tristi per ciò che era successo.

Un pomeriggio Tonka e gli altri ragazzi erano andati alla baita dove Dekker aveva progettato di torturare e uccidere la bambina, demolendola fino alle fondamenta. Era stato catartico distruggere un edificio in cui erano state pianificate e quasi realizzate tutte quelle cose malvagie.

«Finn?» lo chiamò Jasna.

Più che felice di prendersi una pausa dalla strigliatura del manto del cavallo, Tonka andò nel box accanto. «Sì, Jas?»

«Pensi che a Scarlet piaccia il suo fiocco?»

Si sforzò di non ridere. La vitella stava crescendo rapidamente e non era più la bestiolina carina e coccolosa di quando era appena arrivata. Era anche molto viziata, ma non gli poteva importare di meno. Adorava posare la testa in grembo a Jasna e farsi grattare le orecchie.

Jas aveva portato nella stalla un enorme fiocco rosa fluorescente e aveva detto a Scarlet che era un regalo. Tonka non aveva dubbi che entro l'indomani sarebbe stato sporco e molto probabilmente si sarebbe sciolto e lo avrebbe calpestato fuori nel fango, ma in quel momento vedere il sorriso sul volto della ragazzina non aveva prezzo.

«Credo che le piaccia» disse infine.

«Certo che sì» concordò, con la certezza tipica dei bambini. Poi lo guardò con un'espressione un po' cupa. «Come sta la mamma?»

Fin dal rapimento, Jasna era ossessionata dallo stato mentale di Henley. Tonka supponeva che fosse perché era a conoscenza di ciò che era accaduto a sua madre da bambina, e che di conseguenza non aveva parlato per anni. Anche se Jas non era stata condizionata dalla sua esperienza visto che non la ricordava, *era* in pensiero per lei.

«Sta bene. Perché me l'hai chiesto? È successo qualcosa?»

«Non proprio. Ma domani inizio la scuola e sono preoccupata che possa pensare che sarò rapita di nuovo. Le ho detto che starò più attenta, ma non sono sicura che l'abbia fatta sentire meglio.»

«Ti dirò un segreto, Jas. Mi stai ascoltando?» chiese Tonka, accucciandosi accanto a lei.

«Sì.»

«Le mamme si preoccupano sempre per i loro figli. Indipendentemente dalla tua età, Henley lo farà. Tutto ciò che puoi fare è quello che hai appena detto... essere consapevole di ciò che ti circonda e stare attenta il più possibile. Ma devi vivere la tua vita. Non lasciare che la paura ti ostacoli.»

Jasna rifletté per un attimo sulle sue parole prima di annuire.

Non aveva previsto di farlo proprio ora, ma pensò che quello fosse un momento buono come un altro. «Potrei avere qualcosa per distoglierla in parte dalla preoccupazione.»

«Che cosa?»

«Voglio chiederle una cosa... ma prima voglio assicurarmi che tu sia d'accordo.»

Con sua grande sorpresa, Jasna si liberò da sotto l'enorme e pesante testa di Scarlet e si spostò verso di lui. I suoi occhi color ambra scintillavano, ricordandogli ancora una volta il modo in cui Steel lo guardava quando Tonka teneva in mano la palla che voleva rincorrere: con un misto di trepidazione ed eccitazione.

«Ti prego, ti prego, *ti prego*, dimmi che vuoi chiederle di sposarti!»

Sbatté le palpebre sinceramente sorpreso. «Be'... sì. Come lo sai?»

Lei rise. «Finn, voi due siete tremendamente sdolcinati quando siete insieme. Dite sempre quanto vi amate e andate a baciarvi di nascosto pensando che io non lo sappia. È *ovvio* che tu voglia sposarla.»

La sua perspicacia era sorprendente e allo stesso tempo un po' sconcertante. Tonka non era sicuro di essere pronto a vederla crescere. Gli sembrava di conoscerla da sempre, mentre erano passati solo pochi mesi.

«Amo tua madre. Ma non voglio che tu pensi che mi stia intromettendo nella vostra relazione o altro. Voi due avrete sempre un legame profondo.»

«Lo so. Avrete dei bambini? Avrò un fratello o una sorella?»

Fu il turno di Tonka di ridere. «Non lo so.»

«Ma tu vuoi un bambino?»

«A essere sincero, penso di sì.»

«Bene. Anch'io. Anche se sarò vecchia quando lui o lei sarà abbastanza grande per giocare, ma questo significa solo che dovrò tornare a casa spesso per non essere dimenticata. Quando glielo chiederai?»

Quel discorso non stava andando come aveva pensato. Scrollò le spalle. «Non lo so ancora.»

«Stasera» decretò Jasna con decisione. «Vedrò se Alaska vuole guardare un film con me al lodge. Così sarete soli. Potrete fare una cena romantica o qualcosa del genere, sbaciucchiarvi un po' e poi potrai chiederglielo. E quando ti dirà di sì, mandami un messaggio, così verrò a casa e potremo festeggiare.»

Tonka sorrise e si alzò, tendendole la mano. Quando la prese lui la tirò in piedi. «Mi sembra un buon piano.»

Gli si gettò addosso e lo abbracciò forte. «Sono felice che tu sia entrato nella nostra vita, Finn.»

Le diede una piccola stretta sulla schiena, cercando di controllare le emozioni.

Per fortuna sentirono abbaiare dalla porta della stalla.

«Wally!» esclamò Jasna eccitata, staccandosi da lui per andare a salutare il suo cane.

Erano andati al canile dopo che l'avevano dimessa dall'ospedale, e con sua grande gioia Jasna si era innamorata del grosso Pitbull nero appena lo aveva visto. Era un po' troppo incline a leccare la faccia delle persone per i suoi gusti e aveva la tendenza a saltare dentro l'abbeveratoio del recinto, ma era un gran burlone e rendeva Jasna felice, quindi non gli importava molto.

Poi, mentre se ne stavano andando, costeggiando la fila di gabbie, Tonka aveva visto il cane più patetico su cui avesse mai posato gli occhi. Era un incrocio di terrier femmina ed era rannicchiata tremante nell'angolo più lontano. Non pesava più di tre chili... e nel momento in cui l'aveva vista, aveva capito che era destinata a essere sua.

Non era riuscito a spiegare quella sensazione e di certo non avrebbe mai scelto un cane così piccolo. Gli piacevano quelli grandi, con cui poteva azzuffarsi senza preoccuparsi di ferirli. Cani come Steel e Dagger. E il Pitbull che Jasna aveva scelto poco prima.

Qualcosa in quella cagnolina lo aveva attirato.

Aveva chiesto all'impiegata del canile se poteva vederla e lei gli aveva fatto un piccolo sorriso. «Certo, ma non si offenda se non si affeziona a lei. È molto timida.» Poi si era accigliata. «E a dire il vero... è sulla lista per questo pomeriggio.»

Tonka sapeva cosa significava. In lista per l'eutanasia.

Con grande sorpresa sua e della donna, la cagnolina era strisciata verso di lui non appena aperta la porta della gabbia. Aveva un odore strano e necessitava di una sistemata al pelo, ma quando l'aveva presa in braccio era stato amore a prima vista. Per *entrambi*. Ed era solo riuscito a dire: «La prendo.»

Henley aveva semplicemente sorriso quando l'aveva informata che avrebbero portato a casa due cani. Brick e gli altri avevano riso a crepapelle quando avevano visto la patetica cagnolina accoccolata con fiducia tra le sue braccia. Tonka non li aveva badati. L'aveva chiamata Beauty, perché faceva ridere Jasna... e sperava che il nome avrebbe dato alla piccola creatura un po' di sicurezza.

Era ridicolo, lo sapeva, ma non gli importava. Nelle ultime settimane la cagnolina non era uscita molto dal suo guscio. Era timida e faticava a fidarsi, ma si adattava perfettamente all'incavo del suo braccio. Di solito stava nella cuccia che le aveva preparato nella stalla e lo guardava lavorare, senza mai perderlo di vista se poteva evitarlo.

Pensando a lei Tonka si voltò a guardarla. Quando Beauty lo vide osservarla, si alzò e trottò verso di lui, così la prese in braccio come al solito. Spike lo prendeva sempre in giro, ricordandogli che il cane aveva le zampe e poteva camminare, ma a lui non importava nemmeno quello. Amava tenerla in braccio e portarla in giro.

Jasna tornò da lui con Wally alle calcagna. «Dimmi che hai un anello» gli disse seria.

Le sorrise. «Ce l'ho.»

«Bene. È grande?»

«Abbastanza.» La verità era che non era enorme, ma Tonka non voleva che Henley indossasse qualcosa di troppo vistoso che potesse renderla un bersaglio per qualcuno che avrebbe voluto rubarglielo. Per rimediare, l'avrebbe viziata in qualsiasi modo lei avesse voluto.

«Ottimo. Finn?»

«Sì?»

«Se la mamma cambia il suo cognome in Matlick... pensi che... magari... possafarloanchio?» espresse le ultime parole tutte attaccate, come se avesse avuto timore di chiederlo.

Tonka fece un respiro profondo. Aveva intenzione di parlare di adozione a un certo punto, ma voleva essere sicuro che Jas e Henley fossero inclini all'idea prima di affrontare l'argomento. «Non c'è niente che mi piacerebbe di più del fatto che tu prenda il mio nome» le disse.

La ragazzina rilassò le spalle e sorrise. «Grande! Devo andare a cercare Alaska per vedere se vuole guardare quel film. Buona fortuna, anche se non ne avrai bisogno!» Corse via con Wally, che abbaiava e saltellava come se la bambina stesse facendo un gioco.

«Che ne pensi, Beauty? Andiamo a chiedere alla mamma se vuole sposarsi?» chiese alla cagnolina, grattandole la testa mentre mugolava soddisfatta. «Lo prendo come un sì.»

Si diresse verso il suo chalet con un sorriso. Henley sarebbe uscita da una sessione di gruppo da lì a mezz'ora e voleva essere pronto per lei.

CAPITOLO VENTIDUE

Henley era stanca, ma in modo positivo. La sessione di quel pomeriggio era stata emozionante e più dura di altre. Gli uomini e le donne che si trovavano al Rifugio quella settimana avevano fatto tutti parte di una stessa unità caduta in un'imboscata in una missione oltreoceano. Erano stati bloccati dal fuoco nemico per ore prima che arrivassero i rinforzi. La cosa aveva condizionato ognuno di loro in modo diverso, ma era contenta di vedere che tutti insieme tenevano duro.

A volte aiutava sentire le preoccupazioni e le paure degli altri, faceva sì che le tue non sembrassero così fuori dalla norma. Henley si era sempre preoccupata per sua figlia, desiderando il meglio per lei, ma ora lo faceva ancora di più a causa di ciò che era successo. Vedeva Mike due volte alla settimana per cercare di affrontare i sentimenti che provava riguardo a quell'esperienza, e si sentiva meglio. Aiutava che Jasna fosse la stessa bambina di sempre e che non fosse rimasta traumatizzata.

Anche Finn le era di grande aiuto. Era sempre

presente, la guardava con il suo sguardo intenso, come se potesse vedere attraverso la sua anima. L'aveva portata nel bunker in cui il misterioso soccorritore aveva nascosto Jasna, e il solo fatto di vederlo, sapendo che chiunque l'aveva portata via dalla baita di Christian l'aveva sistemata nel posto più sicuro che potesse trovare, l'aveva fatta rilassare un po'.

Aveva deciso di considerare quello sconosciuto un angelo, piuttosto che qualcuno di spaventoso che era là fuori a osservare in attesa di chissà cosa.

Quando uscì dalla stanza fu sorpresa di vedere Jasna nell'atrio del lodge. «Ehi, va tutto bene?» le chiese, aggrottando la fronte.

«Sì! Tutto bene. Alla grande. Finn è nello chalet e ti sta aspettando. Io mangerò qui al lodge e poi guarderò un film con Alaska. Così voi due potrete stare un po' da soli. Quindi... vai... divertiti.»

Sua figlia si stava comportando in modo strano, ma sorrideva, quindi non ci pensò troppo. Aveva voglia di passare un po' di tempo da sola con Finn. Ormai lei e Jasna vivevano praticamente con lui e non tornavano quasi mai nel loro appartamento di Los Alamos. Avrebbe dovuto sentirsi in colpa, ma amava troppo stare con lui per preoccuparsene. E dato che Finn le aveva detto più di una volta quanto fosse felice che stessero lì, aveva deciso di prenderlo in parola.

«Va bene» le disse. «Ma non far salire Wally sul divano della sala TV. Puoi sederti con lui sul pavimento. È una rottura per Ryan e le altre pulire i peli di cane dai cuscini.»

«Ok, mamma.»

«Immagino che Beauty sia con Finn.»

Jasna alzò gli occhi al cielo. «Ovvio.»

«Giusto. Scusa, era una domanda stupida.» Henley non poté fare a meno di sorridere pensando a Finn e alla sua piccola ombra. Era incredibile vederli insieme. Era destino che si trovassero. «Ok, se hai bisogno di qualcosa, fammelo sapere. Non restare qui oltre le otto e mezza.»

«Ma mamma.... è troppo presto! Le dieci?» implorò la ragazzina.

«Le nove. Domani hai la scuola, e se continui a supplicare diventeranno le otto.»

«E nove sia allora» disse Jasna con disinvoltura. «Divertiti. Ciao!»

Poi si girò e corse verso la cucina, probabilmente per tormentare Robert e Luna per avere uno spuntino prima di cena.

Salutò Alaska e mimò un "grazie" mentre si dirigeva verso la porta. L'altra donna ricambiò il saluto.

Nel momento in cui uscì dal lodge, Henley fece un profondo respiro. Il clima era ancora caldo, ma non sarebbe passato molto prima che arrivasse l'aria più fresca. Amava vivere in montagna, anche con la neve e il freddo che c'erano in inverno.

Nonostante la stanchezza, si rianimò mentre si avvicinava allo chalet. Era da un po' che lei e Finn non avevano del tempo tutto per loro. Di conseguenza non era più così stanca come pochi minuti prima. Guardò l'orologio e vide che avevano tre ore e mezza prima che Jasna tornasse a casa.

I suoi capezzoli si inturgidirono pensando a tutto il divertimento che avrebbero potuto avere in quel lasso di tempo. Era passata una settimana da quando avevano fatto l'amore ed era più che pronta.

Entrò in casa e si lasciò sfuggire un gridolino quando

per poco non sbatté addosso a Finn. O era rimasto sulla porta ad aspettare il suo arrivo o l'aveva vista avvicinarsi ed era andato ad accoglierla.

Aprì la bocca per salutarlo, ma lui le coprì le labbra con le sue e subito il desiderio di Henley si infiammò. Lasciò cadere la borsa mentre lui chiudeva la porta con il piede. Poi girò la chiave, nel caso Jasna fosse andata a cercarli.

Mentre si affannava a togliersi i vestiti la sua mente fu pervasa dai ricordi della loro prima volta insieme; almeno ora anche Finn si stava spogliando. Sorrise ricordando che dopo aver fatto sesso contro la porta, lui era andato in camera con i pantaloni intorno alle caviglie.

Poi riuscì a pensare solo a quanto fosse bello stare con lui e sentirlo toccarla dappertutto, preparandola. Ma era già più che pronta. Sembrava che il suo corpo fosse stato addestrato a essere pronto all'istante ogni volta che erano soli.

E Finn era altrettanto eccitato. Il suo cazzo pulsava nella sua mano mentre glielo accarezzava.

«Non posso aspettare» ringhiò, afferrandola per i fianchi. «Salta su» le ordinò.

Henley obbedì con entusiasmo. Gli circondò la vita con le gambe mentre era appoggiata con la schiena alla porta. «Mettitelo dentro. Ora.»

Proprio la settimana prima avevano parlato a lungo di contraccezione e di bambini, e avevano deciso di rinunciare ai preservativi. Avrebbero lasciato che la natura facesse il suo corso. Se fosse rimasta incinta subito, sarebbe andato più che bene a entrambi. Se ci fosse voluto un po' di tempo, sarebbe andato bene lo stesso.

La prima volta che Finn aveva fatto l'amore con lei senza nulla era stata indimenticabile. Erano riusciti a farlo in modo lento, a godersi il momento, e anche se senza preservativo si sporcava più di quanto fossero abituati, di certo non li frenava.

In quel momento, la lentezza e la delicatezza erano il pensiero più lontano nella loro mente. Henley sistemò l'uccello di Finn tra le sue pieghe e lui la penetrò subito con forza. Gemettero entrambi quando arrivò in fondo.

«Ti amo» le disse, mentre si spingeva dentro e fuori.

«Ti amo anch'io» rispose lei senza fiato. Tutto il suo corpo fremeva, e stava ansimando per il desiderio e l'eccitazione. Gli strinse le gambe intorno alla vita, mentre lui portava una mano sotto il suo sedere e l'altra sulla nuca, spingendola con il proprio peso contro la porta.

La fissò negli occhi mentre la scopava e non ci volle molto prima che Henley sentisse l'orgasmo avvicinarsi. «Finn... Sì! Dio, ti prego, di più.»

In risposta lui mosse i fianchi più velocemente. Henley non riuscì a impedirsi di portare una mano tra i loro corpi sudati e strofinarsi il clitoride.

«Sì, così. Fatti venire intorno al mio cazzo» le ordinò.

Non ci volle molto. Era troppo eccitata. Troppo innamorata di quell'uomo per trattenersi. Rabbrividì mentre veniva. Un attimo dopo, Finn si spinse in profondità e rimase fermo mentre trovava lui stesso il piacere.

Henley stava ancora cercando di riprendere fiato, quando le disse di punto in bianco: «Vuoi sposarmi?»

Lo fissò scioccata. «Cosa?»

«Sposami» disse. «Diventa mia moglie. Dammi dei bambini. Vivi al Rifugio con me. Sei la mia roccia. La mia ragione di vita. Ti prego, dimmi di sì.»

«Sì!» ribatté, senza alcuna esitazione. Avevano parlato di bambini, ma mai di matrimonio.

Le sorrise, poi mise entrambe le mani sotto il suo sedere e si girò, portandola verso la loro camera da letto.

«Ma dobbiamo inventarci una storia migliore di quella in cui mi chiedi di sposarti dopo avermi scopata contro la porta di casa» lo rimproverò. «Perché sai che Jasna vorrà sapere ogni dettaglio, e io non le dirò mai cos'è successo veramente.»

Finn ridacchiò e lo sentì muoversi dentro di lei mentre camminava. Gli sorrise.

«Dopo che ti avrò fatta venire altre tre volte, che ci saremo fatti la doccia, che me lo avrai succhiato e che finalmente saremo usciti dalla nostra stanza per mangiare qualcosa, te lo chiederò come avevo previsto. Prenderò l'éclair al cioccolato che ho rubato dalla cucina di Robert e te lo offrirò con la forchetta. Avrò un sorriso sciocco sul viso e sarò tutto sudato e nervoso. Tu lo mangerai, senza accorgerti dell'anello che ho nascosto nella crema. Sarò preoccupato che tu possa ingoiarlo e che dovremo andare all'ospedale, ma alla fine, all'ultimo morso, ti accorgerai che c'è qualcosa di strano all'estremità della forchetta. Quando mi guarderai, io sarò in ginocchio accanto alla tua sedia, pregandoti di sposarmi e di farmi diventare l'uomo più felice del mondo. Può andare?»

Il cuore di Henley si sciolse. «Hai davvero messo un anello in un éclair?»

«Sì. Ma come al solito, quando mi trovo vicino a te, non riesco a controllarmi e agisco d'impulso.»

«Credo che questa sia la mia battuta» gli disse quando Finn la fece sdraiare sul letto. Il suo cazzo scivolò fuori mentre si raddrizzava, e lei mise il broncio.

«Lo so, mi riavrai presto. Ma prima... hai bisogno di un altro orgasmo.»

Henley non aveva intenzione di protestare. Potevano anche non fare l'amore tutte le notti, ma quando trovavano la privacy per stare insieme la sfruttavano al massimo. Poi le venne in mente una cosa. «Jasna sapeva che me lo avresti chiesto stasera, vero?»

«Le ho chiesto il permesso di farlo» confermò con un'alzata di spalle.

Pensò ancora una volta a quanto fosse fortunata.

«E devi sapere che una volta sposati e quando prenderai il mio cognome, mi ha chiesto di poterlo fare anche lei.»

Non pensava che avrebbe potuto essere più felice di un secondo prima, ma si sbagliava.

«Voglio dire, potresti anche non volerlo cambiare, e andrebbe bene lo stesso. Ma mi piacerebbe che Jas diventasse ufficialmente anche mia. Quando vi sentirete entrambe pronte, vorrei adottarla. Oh, e... vuole un fratello o una sorella.»

«Voglio cambiare il mio nome, ed è una cosa positiva che abbiamo già deciso di volere altri figli.»

Finn la fissò per un lungo momento e Henley non riuscì a interpretare la sua espressione.

«Che c'è?»

«Non sarò mai l'uomo che ero prima, ma comincio a pensare che ora sono l'uomo che dovevo essere.»

Le spuntarono le lacrime agli occhi. Si sporse per baciarlo e li chiuse quando le loro labbra si incontrarono. Poi Finn ruppe il bacio e sorridendole scese lungo il suo corpo.

Henley inspirò bruscamente mentre lui si accingeva a sfruttare al meglio il loro tempo da soli.

Più tardi, molto più tardi... dopo che Finn le aveva chiesto di sposarlo come aveva previsto, dopo che sua figlia era tornata a casa, aveva ammirato l'anello di fidanzamento e voluto sapere ogni dettaglio, e dopo che Beauty, Wally e Jasna erano stati messi a dormire, Henley si accoccolò tra le braccia del suo amore nel loro letto e rifletté su tutto ciò che era accaduto nella sua vita.

C'erano stati momenti belli, grandiosi, terribili e davvero orribili, ma tutti avevano portato a *quel* momento. E ne era grata. Aveva una figlia felice e in salute, un tetto sopra la loro testa, buoni amici e un uomo che la amava quanto lei amava lui.

Si addormentò con il sorriso sulle labbra e la consapevolezza che qualunque cosa la vita le avesse riservato, avrebbe avuto Finn al suo fianco per affrontarla.

Spike era da solo nel suo chalet, seduto sul divano a fissare il vuoto. Le cose erano state febbrili da quando Jasna era stata rapita e poi salvata. Lui e gli altri proprietari del Rifugio si erano scervellati per capire come qualcuno fosse riuscito a prendere la ragazzina dalla baita fatiscente e a portarla nel bunker, ma non erano vicini alla soluzione più di quanto lo fossero stati il giorno in cui era successo.

Avevano anche rivisto i loro protocolli di sicurezza e deciso di aggiungere altre telecamere intorno al lodge e agli chalet, oltre a fototrappole in tutta la proprietà.

Avevano fatto tutto il possibile, date le circostanze, e anche se avrebbe dovuto rilassarsi dopo una lunga giornata di lavoro, non ci riusciva.

Era inquieto. Non sapeva nemmeno dire esattamente perché. Amava il Rifugio. Era grato a Brick per averlo invitato a farne parte.

Gli era piaciuto molto anche essere membro dei famosi team delle forze speciali Delta Force, soprattutto per il cameratismo che aveva avuto con i suoi compagni di squadra, ma alla fine l'entusiasmo si era esaurito. Negli ultimi due anni di servizio era stato più spesso in missione che a casa... aveva visto troppa morte e distruzione.

Poteva non avere i problemi con il disturbo post-traumatico da stress di cui soffrivano i suoi amici e gli ospiti, ma non significava che non fosse condizionato da tutto ciò che aveva visto e fatto.

E ora che era al Rifugio da anni, sentiva... una strana smania. Vedere Brick e Tonka sistemarsi con due delle donne più straordinarie che avesse avuto il privilegio di conoscere lo aveva portato a chiedersi se sarebbe mai stato altrettanto fortunato. A differenza di molti uomini, Spike era più che pronto. Aveva quasi quarant'anni e non voleva passare il resto della vita da solo. Ma trovare una compagna si stava rivelando estremamente difficile, ancor più in quell'angolo poco popolato del New Mexico.

Il telefono squillò, spaventandolo e facendolo accigliare. Non lo chiamava mai nessuno. Be', quasi nessuno. Non era molto legato ai suoi genitori o a sua sorella, e anche se faceva del suo meglio per tenersi in contatto con gli ex compagni di squadra dell'esercito, di solito si mandavano e-mail o messaggi.

Abbassò lo sguardo e fu sorpreso di vedere il nome di Bubba sullo schermo.

«Ehi! Bubba! Che succede?» disse rispondendo alla chiamata.

«Non molto. Sai, solita roba, giorno diverso» rispose il suo ex compagno di team.

Scambiarono due chiacchiere per qualche minuto, prima che l'amico arrivasse al motivo della chiamata. «Hai sentito Woody ultimamente?»

Spike si accigliò. «No, perché?»

«Probabilmente non è nulla. Ma ieri mi ha telefonato sua sorella Reese e voleva sapere se avevo avuto sue notizie. Ho dovuto fare opera di convincimento, ma alla fine sono riuscito a farmi dire che problema ci fosse.»

«E?» chiese Spike quando il suo vecchio amico non continuò subito.

Bubba sospirò. «A quanto pare è andato in Colombia quindici giorni fa. Ha detto a Reese che sarebbe stato via solo una settimana al massimo, ma non è tornato e lei non l'ha sentito.»

«Merda. È andato lì per trovare Isabella, vero?» domandò, sporgendosi in avanti sul divano.

«Già. Le cose non vanno bene laggiù. Reese ha detto che Woody ha ricevuto una mail da Isabella, nella quale implorava il suo aiuto per far uscire lei e suo fratello dal Paese.»

«Cazzo. E non ha più avuto notizie? Reese, intendo.»

«No. Ma questa è solo una parte del motivo per cui sto chiamando.»

Gli si strinse lo stomaco.

«Reese ha intenzione di andare in Colombia a cercarlo.»

«Ma che cazzo!» disse Spike, alzandosi di scatto.

Ricordava vagamente la sorella minore di Woody, perché l'aveva vista un paio di volte quando era andata a trovare il fratello mentre si trovavano nel Paese tra un incarico e l'altro. Ricordava una donna alta e formosa, con i capelli biondi e gli occhi azzurri. Era sempre vestita in modo impeccabile ed era molto timida e tranquilla. «Non può farlo. Almeno parla lo spagnolo? Cosa diavolo pensa di fare?»

«Non lo so, amico. Per questo speravo che avessi

notizie di Woody, in modo da convincerò Reese a lasciar perdere» rispose Bubba.

Strofinandosi la fronte, che improvvisamente pulsava per il mal di testa, cercò di ricordare tutto ciò che sapeva su Isabella Hernandez. Era stata la loro traduttrice in una missione che avevano svolto non molto tempo prima che Spike uscisse dall'esercito. All'epoca aveva poco più di vent'anni e Woody si era innamorato subito di quella bellissima donna. Aveva un fratello più giovane, a quel tempo adolescente, ma non ricordava altro.

Woody aveva ovviamente mantenuto i contatti con Isabella, e non era sorpreso che fosse accorso in suo aiuto quando glielo aveva chiesto. Non era più nell'esercito e aveva tutto il diritto di andare dove voleva, quando voleva, ma il fatto che non si tenesse in contatto mentre era via, soprattutto con Reese di cui era molto protettivo, significava che qualcosa era andato storto.

«Domani prenderò un volo per Kansas City» disse Spike all'amico. «Sono sicuro che Woody sta bene. Quello stronzo ha usato solo cinque delle sue nove vite.»

«Grande. Ci andrei io, ma mia moglie a giorni avrà il nostro bambino» spiegò Bubba, con evidente sollievo.

«Congratulazioni, amico. E non preoccuparti, farò ragionare Reese e anche il possibile per scoprire cos'è successo a Woody.»

«Tienimi informato.»

«Certo. E saluta Katie da parte mia.»

«Lo farò. E... grazie, Spike.»

«Non c'è bisogno di ringraziare. Mi farò sentire.»

«A presto.»

«A presto.» Chiuse la chiamata e fece un respiro profondo prima di andare al tavolo accanto alla cucina dove aveva lasciato il portatile. Non mangiava mai lì — odiava farlo da solo — e usava quel tavolo più come scrivania che altro. Doveva comprare un biglietto per Kansas City. Avrebbe incontrato Reese Woodall, ottenuto tutte le informazioni che aveva su Woody e su dove era diretto e, se necessario, sarebbe andato in Colombia e avrebbe trascinato lui stesso il suo culo negli Stati Uniti.

Il suo amico sapeva bene che non bisognava affrontare certe situazioni da soli, ma se Isabella gli aveva detto che lei e il fratello erano in pericolo, era impossibile dire *cosa* avrebbe potuto combinare Woody.

Spike sperava solo che la sorella non fosse impulsiva come lui. L'ultima cosa di cui aveva bisogno di preoccuparsi era di dover rintracciare anche *lei* oltre al suo ex compagno di squadra.

A quanto pare Spike va fuori città per capire cos'è successo al suo ex compagno di squadra... ma si SA che le cose non andranno come previsto e che lui e Reese avranno l'opportunità di conoscersi MOLTO meglio, molto presto! AH-AH! Acquistate oggi stesso *Meritare Reese*!

E prima che lo chiediate... Raiden AVRÀ una storia. Fa parte della serie Ricerca e soccorso Eagle Point. Manca ancora un po' all'uscita (si intitolerà In cerca di Khloe), e comunque sì, in quel libro rivedrete Tonka! Raiden e Tonka sono legati da ciò che hanno vissuto ed era impossibile scrivere la storia di Raid senza includere Tonka. Continuate a seguirmi!

La forza di Gillian
La forza di Kinley (1 Febbraio)
La forza di Aspen (1 Maggio)
La forza di Jayme (15 Giugno)
La forza di Riley (15 Agosto)
La forza di Devyn (15 Settembre)
La forza di Ember (1 Novembre)
La forza di Sierra

Armi & Amori: verso il futuro

Soccorrere Caite
Soccorrere Brenae
Soccorrere Sidney
Soccorrere Piper
Soccorrere Zoey
Soccorrere Avery
Soccorrere Kalee
Soccorrere Jane

Mercenari di Montagna

Difendere Allye
Difendere Chloe
Difendere Morgan
Difendere Harlow
Difendere Everly
Difendere Zara
Difendere Raven

Delta Force Heroes

Salvare Rayne
Salvare Emily
Salvare Harley

Il Matrimonio di Emily
Salvare Kassie
Salvare Bryn
Salvare Casey
Salvare Sadie
Salvare Wendy
Salvare Mary
Salvare Macie
Salvare Annie

Armi e Amori

Proteggere Caroline
Proteggere Alabama
Proteggere Fiona
Il Matrimonio di Caroline
Proteggere Summer
Proteggere Cheyenne
Proteggere Jessyka
Proteggere Julie
Proteggere Melody
Proteggere il Futuro
Proteggere Kiera
Proteggere i figli di Alabama
Proteggere Dakota

Ace Security

Il riscatto di Grace
Il riscatto di Alexis
Il riscatto di Bailey
Il riscatto di Felicity
Il riscatto di Sarah

Una raccolta di storie brevi
Un momento nel tempo

L'autrice

Susan Stoker è annoverata da *New York Times*, *USA Today* e *Wall Street Journal* quale scrittrice di successo, le cui collane di libri includono Badge of Honor: Texas Heroes, SEAL of Protection e Delta Force Heroes. Sposata con un sottufficiale dell'esercito in pensione, Stoker ha vissuto in ogni dove negli Stati Uniti - dal Missouri alla California e al Colorado - e attualmente vive sotto i grandi cieli del Texas. Quale vera sostenitrice del "vissero felici e contenti", Stoker ama scrivere romanzi in cui una relazione romantica si trasforma in amore.

Per ulteriori informazioni sull'autrice e il suo lavoro, visita il sito web www.stokeraces.com

—————

CAPITOLO UNO

—————

FOR THE END OF THE BOOK

A quanto pare Spike sta andando fuori città per capire cos'è successo al suo ex compagno di squadra... ma si SA che le cose non vanno mai come previsto, e lui e Reese molto presto si conosceranno MOLTO meglio! Ah! Acquistate Meritare Reese, il prossimo libro della serie Il Rifugio.

E prima che lo chiediate... Raiden AVRÀ la sua storia. Fa parte della serie Ricerca e soccorso Eagle Point. Manca un po' di tempo all'uscita del suo libro (si chiamerà In cerca di Khloe), ma sì, in quello rivedrete Tonka! Raiden e Tonka sono legati dall'esperienza che hanno vissuto ed era impossibile scrivere la storia di Raid SENZA includere Tonka. Continuate a seguirmi!

www.ingramcontent.com/pod-product-compliance
Lightning Source LLC
Chambersburg PA
CBHW060227100726
47907CB00003B/543